Viagens na minha terra

ALMEIDA GARRETT
Viagens na minha terra

TEXTO INTEGRAL
Cotejado com a primeira edição em livro:
Lisboa: Gazeta dos Tribunais, 1846.

Apresentação
Paulo Fernando da Motta de Oliveira

Notas e apêndice
Paulo Giovani de Oliveira

Viagens na minha terra

gerente editorial Fabricio Waltrick
editora Lígia Azevedo
editora assistente Fabiane Zorn
estabelecimento de texto Bárbara Borges
coordenadora de revisão Ivany Picasso Batista
revisoras Cátia de Almeida, Cláudia Cantarin

ARTE
projeto gráfico Fabricio Waltrick e Luiz Henrique Dominguez
capa L'Été 2 et 3, 2010, obra de Marcia de Moraes
coordenadora de arte Soraia Scarpa
assistente de arte Thatiana Kalaes
diagramação Ludo Design
tratamento de imagem Cesar Wolf, Fernanda Crevin
pesquisa iconográfica Evelyn Torrecilla, Sílvio Kligin (coord.)

CIP-BRASIL. CATALOGAÇÃO NA FONTE
SINDICATO NACIONAL DOS EDITORES DE LIVROS, RJ

G224v

Garrett, Almeida, 1799-1854

    Viagens na minha terra / Almeida Garrett ; apresentação Paulo Fernando da Motta de Oliveira ; notas e apêndice Paulo Giovani de Oliveira ; estabelecimento de texto Bárbara Borges. - São Paulo : Ática, 2013.
    256 p. - (Bom Livro)

    Inclui apêndice
    ISBN 978-85-08-16190-4

1. Ficção portuguesa. I. Título. II. Série.

12-7562.   CDD: 869.3
                                        CDU: 821.134.3-3

ISBN 978 85 08 16190-4 (aluno)
ISBN 978 85 08 16191-1 (professor)
Código da obra CL 737765

2013
1ª edição
1ª impressão
Impressão e acabamento: Gráfica Ideal

Todos os direitos reservados pela Editora Ática, 2013
Av. Otaviano Alves de Lima, 4400 | CEP 02909-900 | São Paulo | SP
Atendimento ao cliente: 4003-3061 | atendimento@atica.com.br
www.atica.com.br | www.atica.com.br/educacional

IMPORTANTE: Ao comprar um livro, você remunera e reconhece o trabalho do autor e de muitos outros profissionais envolvidos na produção editorial e na comercialização das obras: editores, revisores, diagramadores, ilustradores, gráficos, divulgadores, distribuidores, livreiros, entre outros. Ajude-nos a combater a cópia ilegal! Ela gera desemprego, prejudica a difusão da cultura e encarece os livros que você compra.

Sumário

De viagens e narrativas 7

[Prólogo dos editores, 1846] 13

I 19	XVIII 98	XXXV 170
II 25	XIX 102	XXXVI 175
III 29	XX 107	XXXVII 180
IV 33	XXI 112	XXXVIII 185
V 37	XXII 116	XXXIX 189
VI 41	XXIII 120	XL 193
VII 47	XXIV 125	XLI 197
VIII 53	XXV 130	XLII 200
IX 56	XXVI 134	XLIII 204
X 61	XXVII 139	XLIV 208
XI 64	XXVIII 142	XLV 212
XII 69	XXIX 146	XLVI 215
XIII 74	XXX 151	XLVII 220
XIV 79	XXXI 155	XLVIII 223
XV 84	XXXII 158	XLIX 227
XVI 88	XXXIII 163	
XVII 94	XXXIV 167	

Vida & obra 231
Resumo biográfico 245
Obras do autor 249
Obra da capa 253

DE VIAGENS E NARRATIVAS*

Paulo Fernando da Motta de Oliveira

Doutor em Teoria e História Literária pela Universidade Estadual de Campinas (Unicamp) e pós-doutor pela Universidade de Lisboa (UL). Foi presidente da Associação Brasileira de Professores de Literatura Portuguesa (Abraplip). Defendeu a livre-docência em Literatura Portuguesa na Faculdade de Filosofia, Letras e Ciências Humanas da Universidade de São Paulo (FFLCH-USP), onde leciona atualmente.

Viagens na minha terra é uma obra difícil de ser classificada. À primeira vista o título poderia indicar tratar-se de um livro de viagens. Em certa medida ele o é, embora em tudo diverso do que se poderia esperar de uma obra desse gênero. Não temos aqui, como ocorre com a mais importante narrativa de viagens da cultura portuguesa — Os lusíadas de Luís Vaz de Camões —, um percurso para o exterior, em busca de novas ou ignoradas terras. No livro de Garrett, ocorre um deslocamento no sentido inverso, em direção ao interior do país. O que se pretende descobrir — e essa busca é um dos temas fundamentais do livro — é Portugal, país que havia pouco mais de duas décadas tinha perdido sua mais importante colônia — o Brasil, como sabemos, ficara independente em 1822 — e que passara por uma guerra civil, que se estendeu de 1828 a 1834, em que se confrontaram os absolutistas e os liberais, aqueles apoiando dom Miguel I, estes partidários de dom Pedro IV — que no Brasil foi o nosso Pedro I — e sua filha dona Maria II. Os efeitos dessa guerra percorrem a narrativa do livro e são tematizados de diferentes maneiras.

Não podemos esquecer que o autor da obra é um ex-combatente. Almeida Garrett — por duas vezes exilado, na Inglaterra e na França, por causa de suas convicções — havia lutado pela definitiva implantação do liberalismo em seu país. Depois da vitória de seus partidários, manteve sua atuação política, fosse apoiando o governo de seu amigo Passos Manuel, que comandou o país de setembro de 1836 a junho de 1837, fosse opondo-se de forma sistemática ao governo de Costa Cabral, que ocupava um cargo equivalente ao de primeiro-ministro quando o livro começou a ser publicado em folhetins, no ano de 1843, na Revista Universal Lisbonense.

---

* Esta apresentação antecipa partes importantes do enredo. (N.E.)

Já no início do primeiro capítulo o narrador nos informa que vai a Santarém, cidade a cerca de 80 quilômetros de Lisboa, e que "de quanto vir e ouvir, de quanto eu pensar e sentir se há de fazer crónica". Os seus leitores sabiam que ele ia visitar Passos Manuel, que ali residia após ter deixado de comandar o país. Logo depois do trecho acima, o narrador acrescenta: "Preciso de o dizer ao leitor, para que ele esteja prevenido; não cuide que são quaisquer dessas rabiscaduras da moda que, com o título de Impressões de Viagem, ou outro que tal, fatigam as imprensas da Europa sem nenhum proveito da ciência e do adiantamento da espécie". E, não sem ironia, afirma: "Estas minhas interessantes viagens hão de ser uma obra-prima, erudita, brilhante de pensamentos novos, uma coisa digna do século". Assim, se o sentido da viagem, para o interior, faz com que ela fuja de uma longa tradição — criando uma nova, devemos notar, que teve como uma de suas consequências Viagem a Portugal, de José Saramago, publicado mais de um século depois —, o narrador também tenta se afastar de um tipo de produção literária então em voga, afirmando, explicitamente, que seu livro possui outros objetivos. Um deles é, como apontamos, o de tentar entender esse país situado em um dos extremos da Europa, que fora, durante séculos, o centro de um importante império colonial e que se encontrava naquele momento incapaz de definir qual era seu rosto e o papel que ocupava no concerto das nações.

O retrato de Portugal é, neste livro, habilmente tecido de duas formas distintas e complementares. Por um lado pelas anotações e reflexões de um narrador atento e especulativo, que, antecipando em várias décadas o nosso Machado de Assis, a todo momento interpela o leitor e com ele parece conversar. Por outro, através da novela que, aos pedaços, vai sendo narrada ao longo do livro e que, de forma simbólica e metafórica, representa os impasses pelos quais o país havia passado e a situação em que então se encontrava.

Em relação à segunda forma, será no capítulo X, quando passa pelo vale de Santarém, que o narrador começará a contar a história de Carlos e Joaninha. Carlos, em vários aspectos, é um duplo do autor: exilado na Inglaterra, voltará para sua terra para lutar no exército liberal. Amorosamente volúvel — como o fora Garrett —, encantou-se sucessivamente com três irmãs quando estava no exílio e apaixona-se por sua prima, Joaninha, quando a reencontra.

No capítulo V, bem antes de começar a novela, o narrador já havia explicado, com a ironia que o caracteriza, como então se faziam dramas e romances em Portugal: "Ora bem; vai-se aos figurinos franceses de

Dumas, de Eug. Sue, de Victor Hugo, e *recorta* a gente, de cada um deles, as figuras que precisa, gruda-as sobre uma folha de papel da cor da moda, verde, pardo, azul [...] Depois vai-se às crónicas, tiram-se uns poucos de nomes e de palavrões velhos [...] E aqui está como nós fazemos a nossa literatura original". Garrett, em certa medida, não deixou de usar essa receita, mesmo que de forma muito bem realizada. Se não queremos tirar do leitor o prazer de conhecer por si mesmo esta história, devemos pelo menos notar que em sua estrutura geral a novela não deixa de apresentar alguns temas e procedimentos recorrentes na literatura de então e que até hoje tem um aproveitamento em outras formas narrativas, como as telenovelas. Entre os vários elementos que poderíamos citar, como a presença do adultério, do crime, do arrependimento e da expiação, é de fundamental importância o *reconhecimento*: a descoberta, pelo protagonista, de que ele de fato não sabia quem era seu pai. Garrett — numa época em que o romance histórico era mais recorrente que o contemporâneo em Portugal — monta uma trama atual, inspirada nos romances franceses — que eram então consumidos com voracidade —, mas intimamente ligada à história do país, o que faz com que ganhe maior interesse e vivacidade. O conflito entre Carlos, soldado constitucional, e Frei Dinis, partidário do antigo regime, dá integridade e consistência à história. E no final, quando o narrador encontra o Frei e com ele conversa, podemos ver como toda a narrativa está intimamente vinculada: novela e comentários do narrador se articulam, são representações distintas e complementares de uma mesma realidade.

Particularmente em relação a esses comentários, é interessante notar como a voz narrativa os vai tecendo, passando de um assunto a outro, encadeando temas diversos, numa desenvoltura que antecipa alguns procedimentos contemporâneos. A estrutura do livro lembra, como já foi apontado pela crítica, um hipertexto, ou seja, prefigura a forma como estamos habituados a ler na internet, pulando de uma página para outra através de ligações que destroem a leitura linear a que, normalmente, nos obriga o texto escrito. Basta seguir os irônicos sumários que antecedem cada capítulo para perceber como o narrador deambula de um assunto a outro, de forma aparentemente descosida e voluntarista. É assim que consegue mostrar várias facetas de seu mundo, o qual — o leitor contemporâneo vai descobrindo — é em muitos aspectos parecido com o nosso. Alguns dos impasses e dilemas do Portugal oitocentista ainda são atuais. Nossa sociedade também é herdeira do que Hobsbawm definiu como a dupla revolução, assim não é de estranhar que existam vários pontos de contato. Quando, no segundo capítulo, o narrador zombeteiramente afirma "Dizia um secretário de Estado meu amigo que para se repartir com igualdade o melhoramento das ruas por toda a Lisboa, deviam ser obrigados os ministros a mudar de rua e bairro todos os três meses" ou, no terceiro, pergunta se os economistas e moralistas "já calcularam o número de indivíduos que é forçoso condenar à miséria, ao trabalho desproporcionado, à desmoralização, à infâmia, à ignorância crapulosa, à desgraça invencível, à penúria absoluta, para produzir um rico?", podemos perceber que, por mais que o livro tenha sido publicado há cerca de 170 anos, ainda possui muitos aspectos que nos tocam, muitas questões que também poderíamos fazer.

É justamente essa atualidade — seja na forma narrativa, seja nos assuntos tratados — que torna o livro fascinante e permite que o ler seja um desafio e um prazer. Vendo como Garrett constrói as imagens de seu país, nós, leitores brasileiros, vamos encontrando pedaços de nosso próprio rosto, vamos percebendo pontes que nos ligam a esse outro tempo que parece tão remoto e a essa outra nação, geograficamente tão distante, mas culturalmente bem próxima de nós.

Viagens na minha terra

[PRÓLOGO DOS EDITORES, 1846]

Os editores desta obra, vendo a popularidade extraordinária que ela tinha alcançado quando publicada em fragmentos na *Revista*, entenderam fazer um serviço às letras e à glória do seu país, imprimindo-a agora reunida em um livro, para melhor se poder avaliar a variedade, a riqueza e a originalidade de seu estilo inimitável, da filosofia profunda que encerra, e sobretudo o grande e transcendente pensamento moral a que sempre tende, já quando folga e ri com as mais graves coisas da vida, já quando seriamente discute por suas leviandades e pequenezas.

As *Viagens na minha terra*, são um daqueles livros raros que só podiam ser escritos por quem[1], como o autor de *Camões* e de *Catão*, de *D. Branca* e do *Portugal na Balança da Europa*, do *Auto de Gil Vicente* e do *Tratado de Educação*, do *Alfageme* e de *Frei Luís de Sousa*, do *Arco de Santana* e da *História Literária de Portugal*, de *Adosinda* e das *Leituras Históricas* e de tantas produções de tão variado gênero, possui todos os estilos e, dominando uma língua de imenso poder, a costumou a servir-lhe e obedecer-lhe; — por quem com a mesma facilidade sobe a orar na tribuna, entra no gabinete nas graves discussões e demonstrações da ciência — voa às mais altas regiões da lírica, da epopeia e da tragédia, lida com as fortes paixões do drama, e baixa às não menos difíceis trivialidades da comédia; — por quem ao mesmo tempo, e como que mudando de natureza, pode dar-se todo às mais áridas e materiais ponderações da administração e da política, e redigir com admirável precisão, com uma exação ideológica que talvez ninguém mais tenha entre nós, uma lei administrativa ou de instrução pública, uma constituição política, ou um tratado de comércio.

---

1 Na publicação da Portugália Editora, de 1963: "alguém". Esse volume, que tem introdução e notas de Augusto da Costa Dias, inclui as emendas feitas à mão pelo autor em um exemplar da primeira edição em livro que hoje está na Biblioteca Geral da Universidade de Coimbra. (N.E.)

Orador e poeta, historiador e filósofo, crítico e artista, jurisconsulto e administrador, erudito e homem de Estado, religioso cultor da sua língua e falando corretamente as estranhas — educado na pureza clássica da antiguidade, e versado depois em todas as outras literaturas — da meia-idade, da renascença e contemporânea — o autor das VIAGENS NA MINHA TERRA é igualmente familiar com Homero e com o Dante, com Platão, e com Rousseau, com Tucídides e com Thiers, com Guizot e com Xenofonte, com Horácio e com Lamartine, com Maquiavel e com Chateaubriand, com Shakespeare e Eurípedes, com Camões e Calderón, com Goethe e Virgílio, Schiller e Sá de Miranda, Sterne e Cervantes, Fénelon e Vieira, Rabelais e Gil Vicente, Addison e Bayle, Kant e Voltaire, Herder e Smith, Bentham e Cormenin, com os Enciclopedistas e com os Santos Padres, com a Bíblia e com as tradições sânscritas, com tudo o que a arte e a ciência antiga, com tudo o que a arte enfim e a ciência moderna têm produzido[2]. Vê-se isto dos seus escritos, e especialmente se vê deste que agora publicamos apesar de composto bem claramente ao correr da pena.

Mas ainda assim, e com isto somente, ele não faria o que faz se não juntasse a tudo isto o profundo conhecimento dos homens e das coisas, do coração humano e da razão humana; se não fosse, além de tudo o mais, um verdadeiro homem do mundo, que tem vivido nas cortes com os príncipes, no campo com os homens de guerra, no gabinete com os diplomáticos e homens de Estado, no parlamento, nos tribunais, nas academias, com todas as notabilidades de muitos países — e nos salões enfim com as mulheres e com os frívolos do mundo, com as elegâncias e com as fatuidades do século.

De tantas obras de tão variado gênero com que, em sua vida ainda tão curta, este fecundo escritor tem enriquecido a nossa língua, é esta talvez, tornamos a dizer, a que ele mais descuidadamente escreveu; mas é também a que, em nossa opinião, mais mostra os seus imensos poderes intelectuais, a sua erudição vastíssima, a sua flexibilidade de estilo espantosa, uma filosofia transcendente, e por fim de tudo, o natural indulgente e bom de um coração reto, puro, amigo da justiça, adorador da verdade, e inimigo declarado de todo o sofisma.

Tem sido acusado de cético: é a acusação mais absurda e que só denuncia, em quem a faz, ou grande ignorância ou grande má-fé. Quando o nosso autor lança mão da cortante e destruidora arma do sarcasmo, que

---

[2] Na publicação da Portugália Editora: "com a Bíblia e com as tradições sânscritas, com tudo que a arte enfim e a ciência moderna têm produzido". (N.E.)

ele maneja com tanta força e destridade, e que talvez por isso mesmo, cônscio do seu poder, ele rara vez toma nas mãos —, veja-se que é sempre contra a hipocrisia, contra os sofismas, e contra os hipócritas e sofistas de *todas as cores*, que ele o faz. Crenças, opiniões, sentimentos, respeita-os sempre. As mesmas suas ironias que tanto ferem, não as dirige nunca sobre indivíduos; vê-se que despreza a fácil vingança que, com tão poderosas armas, podia tomar de inimigos que não o poupam, de invejosos que o caluniam, e a quem, por cada dictério insulso e efêmero com que o têm pretendido injuriar, ele podia condenar ao eterno opróbio de um pelourinho imortal como as suas obras. Ainda bem que o não faz! mais imortais são as suas obras, e quanto a nós, mais punidos ficam os seus êmulos com esse desprezo do homem superior que se não apercebe de sua malignidade insulsa e insignificante.

Voltando à acusação de ceticismo, ainda dizemos que não pode ser cético o espírito que concebeu, e em si achou cores com que pintar tão vivos, caracteres de crenças tão fortes como o de Catão, de Camões, de Fr. Luís de Sousa, — e aqui nesta nossa obra, os de Fr. Dinis, de Joaninha, da Irmã Francisca.

Não analisamos agora as VIAGENS NA MINHA TERRA: a obra não está ainda completa e não podia completar-se portanto o juízo: dizemos somente o que todos dizem e o que todos podem julgar já.

A nosso rogo, e por fazer mais digna da sua reputação esta segunda publicação da obra, o autor prestou-se a dirigi-la ele mesmo, corrigiu-a, aditou-a, alterou-a em muitas partes, e a ilustrou com as notas mais indispensáveis para a geral inteligência do texto: de modo que sairá muito melhorada agora do que primeiro se imprimiu.

Qu'il est glorieux d'ouvrir une nouvelle carrière, et
de paraître tout à coup dans le monde savant, un
livre de découvertes à la main, comme une comète
inattendue étincelle dans l'espace!

X. DE MAISTRE[3]

---

3 Trecho inicial da obra *Viagem à roda do meu quarto* (1794), de Xavier de Maistre (1763-1852), conde, oficial das Forças Armadas e escritor francês, que viveu longo período na Rússia, onde morreu. Nesse livro, considerado um dos fundadores do romance moderno, o narrador descreve uma viagem de 42 dias à volta de seu próprio quarto. Machado de Assis cita o autor nominalmente na abertura das suas *Memórias póstumas de Brás Cubas*. Tradução do francês: "Como é glorioso abrir uma nova carreira e aparecer de repente no mundo sábio, um livro de descobertas na mão, como um cometa inesperado que cintila no espaço!". (N.E.)

I

> De como o autor deste erudito livro se resolveu a viajar na sua terra, depois de ter viajado no seu quarto; e como resolveu imortalizar-se escrevendo estas suas viagens. Parte para Santarém. Chega ao Terreiro do Paço, embarca no vapor de Vila Nova; e o que aí lhe sucede. A Dedução Cronológica e a Baixa de Lisboa. Lord Byron e um bom charuto. Travam-se de razões os Ílhavos e os Bordas-d'água: os da calça larga levam a melhor.[1]

QUE viaje à roda do seu quarto quem está à beira dos Alpes[*], de inverno, em Turim, que é quase tão frio como São Petersburgo — entende-se. Mas com este clima, com este ar que Deus nos deu, onde a laranjeira cresce na horta, e o mato é de murta, o próprio *Xavier de Maistre*, que aqui escrevesse, ao menos ia até o quintal.

Eu muitas vezes, nestas sufocadas noites de estio, viajo até à minha janela para ver uma nesguita de Tejo que está no fim da rua, e me enganar com uns verdes de árvores que ali vegetam sua laboriosa infância nos entulhos do Cais do Sodré. E nunca escrevi estas minhas viagens nem as suas impressões: pois tinham muito que ver! Foi sempre ambiciosa a minha pena: pobre e soberba, quer assunto mais largo. Pois hei de dar-lho. Vou nada menos que a Santarém: e protesto que de quanto vir e ouvir, de quanto eu pensar e sentir se há de fazer crónica.

Era uma ideia vaga, mais desejo que tenção, que eu tinha há muito de ir conhecer as ricas várzeas desse Ribatejo, e saudar em seu alto cume a mais histórica e monumental das nossas vilas. Abalam-me as instâncias de um amigo, decidem-me as tonterias de um jornal, que por mexeriquice quis encabeçar em desígnio político determinado a minha visita[*].

Pois por isso mesmo vou: — *pronunciei-me*.

São 17 deste mês de julho, ano de graça de 1843, uma segunda-feira, dia sem nota e de boa estreia. Seis horas da manhã a dar em São Paulo, e

---

[1] Todos os capítulos da obra são antecedidos por um sumário, em que se anunciam, com humor e ironia, os assuntos a serem tratados. (N.E.)

[*] É visível alusão ao popular e inimitável opúsculo de Xavier de Maistre, *Voyage autour de ma chambre*, que decerto foi principiado a escrever em Turim, e que muitos supõem que fosse concluído em São Petersburgo. (N.A.)

[*] É puramente histórico isto: e também é verdade que em grande parte daqui se originou a perseguição brutal que sofreu o A. daí a poucos meses. (N.A.)

eu a caminhar para o Terreiro do Paço. Chego muito a horas, envergonhei os mais madrugadores dos meus companheiros de viagem, que todos se prezam de mais matutinos homens que eu. Já vou quase no fim da praça, quando oiço o rodar grave mas pressuroso de uma carroça d'*ancien régime*: é o nosso chefe e comandante, o capitão da empresa, o Sr. C. da T. que chega em estado.

Também são chegados os outros companheiros: o sino dá o último rebate. Partimos.

Numa *regata* de vapores[2*] o nosso barco não ganhava decerto o prémio. E se, no andar do progresso, se chegarem a instituir alguns ístmicos ou olímpicos para este género de carreiras — e se para elas houver algum Píndaro ansioso de correr, em estrofes e antístrofes[3] atrás do vencedor que vai coroar de seus hinos imortais — não cabe nem um triste minguado epodo a este cansado corredor de Vila Nova[4]. É um barco sério e sisudo que se não mete nessas andanças.

Assim vamos de todo o nosso vagar contemplando este majestoso e pitoresco anfiteatro de Lisboa oriental, que é, vista de fora, a mais bela e grandiosa parte da cidade, a mais característica, e onde, aqui e ali, algumas raras feições se percebem, ou mais exatamente se adivinham, da nossa velha e boa Lisboa das crónicas. Da Fundição para baixo tudo é prosaico e burguês, chato, vulgar e sensabor como um período da *Dedução Cronológica*[5], aqui e ali assoprado numa tentativa ao grandioso do mau gosto como alguma oitava menos rasteira do *Oriente*[6].

Assim o povo, que tem sempre melhor gosto e mais puro do que essa escuma descorada que anda ao de cima das populações, e que se chama a si mesma por excelência a *Sociedade*, os seus passeios favoritos são a Madre de Deus e o Beato e Xabregas e Marvila e as hortas de Chelas. A um lado a imensa majestade do Tejo em sua maior extensão e poder, que ali mais parece um pequeno mar mediterrâneo; do outro a frescura das hortas

---

2   Na publicação da Portugália Editora: "barcos postados ao desafio". (N.E.)
*   *Regata* chamavam, e não sei se chamam ainda, em Veneza às carreiras de barcos apostados ao desafio. A palavra e a coisa introduziu-se em Inglaterra, onde é moda e popularíssima. (N.A.)
3   Na publicação da Portugália Editora: "em estrofes e antístrofes e epodos atrás". (N.E.)
4   O trecho ironiza o barco a vapor em que se inicia a viagem. Numa prova marítima o barco não receberia prêmios nem poemas em seu louvor, tal como Píndaro, poeta grego do século VI a.C., fazia em homenagem aos vencedores dos jogos olímpicos. (N.E.)
5   **Dedução Cronológica**: *Dedução Cronológica e Analítica* foi um documento antijesuítico publicado em 1767, durante o governo do Marquês de Pombal. (N.E.)
6   **Oriente**: nome de um poema épico publicado em 1814, de autoria do padre José Agostinho de Macedo (1761-1831), escritor politicamente conservador. (N.E.)

e a sombra das árvores, palácios, mosteiros, sítios consagrados todos a recordações grandes ou queridas[7]. Que outra saída tem Lisboa que se compare em beleza com esta? Tirado Belém, nenhuma. E ainda assim, Belém é mais árido.

Já saudámos Alhandra, a toireira; Vila Franca, a que foi de Xira, e depois da Restauração, e depois outra vez de Xira, quando a tal restauração caiu, como a todas as restaurações sempre sucede e há de suceder, em ódio e execração tal que nem uma pobre vila a quis para sobrenome[8].

— 'A questão não era de restaurar nem de não restaurar, mas de se livrar a gente de um governo de patuscos, que é o mais odioso e engulhoso dos governos possíveis.'

É a reflexão com que um dos nossos companheiros de viagem acudiu ao princípio de ponderação que eu ia involuntariamente fazendo a respeito de Vila Franca.

Mas eu não tenho ódio nenhum a Vila Franca, nem a esse famoso círio[9] que lá foi fazer a velha monarquia. Era uma coisa que estava na ordem das coisas, e que por força havia de suceder. Este necessário e inevitável reviramento por que vai passando o mundo, há de levar muito tempo, há de ser contrastado por muita reação antes de completar-se...

No entretanto vamos acender os nossos charutos, e deixemos os precintos[10] aristocráticos da ré: à proa, que é país de cigarro livre.

Não me lembra que lord Byron[11] celebrasse nunca o prazer de fumar a bordo. É notável esquecimento no poeta mais embarcadiço, mais marujo que ainda houve, e que até cantou o enjoo, a mais prosaica e nauseante das misérias da vida! Pois num dia destes, sentir na face e nos cabelos a brisa refrigerante que passou por cima da água, enquanto se aspiram molemente as narcóticas exalações de um bom cigarro da Havana, é uma das poucas coisas sinceramente boas que há neste mundo.

Fumemos!

---

7   O enunciador prefere os gostos do povo aos da "sociedade". Considerava o povo (em oposição às elites "cultas") e sua sabedoria a verdadeira "alma da nação". (N.E.)
8   O autor, ao mesmo tempo que enumera as localidades por onde passa, refere-se à luta entre liberais e absolutistas, intensificada com a Revolução Liberal do Porto, de 1820. Vila Franca de Xira foi palco de uma tentativa de restauração absolutista encabeçada pelo príncipe dom Miguel, em 1823. (N.E.)
9   **círio**: tipo de vela grande usado em velórios. O autor usa a imagem para sugerir a morte do absolutismo. (N.E.)
10 **precinto**: lona para proteger as velas do navio. (N.E.)
11 **lord Byron**: George Gordon Byron (1788-1824), poeta inglês, uma das figuras mais influentes do romantismo. (N.E.)

Aqui está um campino[12] fumando gravemente[13] o seu cigarro de papel, que me vai emprestar lume.

'Dou-lho eu, senhor...', acode cortesmente outra figura mui diversa, cujas feições, trajo e modos singularmente contrastam com os do *moçárabe*[14] ribatejano.

Acenderam-se os charutos, e atentámos mais devagar na companhia em que estávamos.

Era com efeito notável e interessante o grupo a que nos tínhamos[15] chegado, e destacava pitorescamente do resto dos passageiros, mistura híbrida de trajos e feições descaracterizadas e vulgares — que abunda nos arredores de uma grande cidade marítima e comercial. — Não assim este grupo mais separado com que fomos topar. Constava ele de uns doze homens; cinco eram desses famosos atletas da Alhandra que vão todos os domingos colher o *pulverem olympicum* da praça de Santana, e que, à voz soberana e irresistível de: *à unha, à unha, à cernelha!*[16]... correm a arcar com mais generosos, não mais possantes, animais que eles, ao som das imensas palmas, e a troco dos raros pintos[17] por que se manifesta o sempre clamoroso e sempre vazio entusiasmo das multidões. Voltavam à sua terra os meus cinco lutadores ainda em trajo de praça, ainda esmurrados e cheios de glória da contenda da véspera. Mas ao pé destes cinco e de altercação com eles — já direi por quê — estavam seis ou sete homens que em tudo pareciam os seus antípodas.

Em vez do calção amarelo e da jaqueta de ramagem que caracterizam o homem do forcado, estes vestiam o amplo saiote grego dos varinos[18], e o tabardo arrequifado siciliano de pano de varas[19]. O campino, assim como o saloio[20], tem o cunho da raça africana; estes são da família pelasga[21]: feições regulares e móveis, a forma ágil.

Ora os homens do norte estavam disputando com os homens do sul: a questão fora interrompida com a nossa chegada à proa do barco. Mas um

---

12 **campino**: camponês, guardador de touros. (N.E.)
13 Na publicação da Portugália Editora: "fumando também gravemente". (N.E.)
14 **moçárabe**: tipo influenciado física e culturalmente pela ocupação árabe na península Ibérica. (N.E.)
15 Na publicação da Portugália Editora: "o grupo a que tínhamos". (N.E.)
16 Na publicação da Portugália Editora: "à unha, à cernelha!" (N.E.) / **cernelha**: pescoço. (N.E.)
17 **pinto**: antiga moeda portuguesa. (N.E.)
18 **varino**: vendedor de peixe. (N.E.)
19 **vara**: tipo de casaco. (N.E.)
20 **saloio**: homem do campo dos arredores de Lisboa. (N.E.)
21 **pelasga**: povo pré-helênico que teria habitado a Grécia. (N.E.)

dos Ílhavos[22] — bela e poética figura de homem — voltando-se para nós, disse naquele seu tom acentuado: — 'Ora aqui está quem há de decidir: vejam-nos senhores[23]. Eles, por agarrar um toiro, cuidam que são mais que ninguém, que não há quem lhes chegue. E os senhores, a serem cá de Lisboa, hão de dizer que sim. Mas nós...'

— Nenhum de nós é de Lisboa: só este senhor que aqui vem agora.

Era o C. da T. que chegava.

— 'Este conheço eu; este é dos nossos (bradou um homem de forcado, assim que o viu). Isto é um fidalgo como se quer. Nunca o vi numa ferra, isso é verdade; mas aqui de Valada a Almeirim ninguém corre mais do que ele por sol e por chuva, e há de saber o que é um boi de lei, e o que é lidar com gado.'

— 'Pois oiçamos lá a questão.'

— 'Não é questão' — tornou o Ílhavo: 'mas se este senhor fidalgo anda por Almeirim, para Almeirim vamos nós, que era uma charneca[24] o outro dia, e hoje é um jardim, benza-o Deus! — mas não foram os campinos que o fizeram, foi a nossa gente que o sachou e plantou, e o fez o que é, e fez terra das areias da charneca.'

— 'Lá isso é verdade.'

— 'Não, não é! Que está forte habilidade fazer dar trigo aqui aos nateiros[25] do Tejo, que é como quem semeia em manteiga. É uma lavoira que a faz Deus por sua mão, regar e adubar e tudo: e o que Deus não faz, não fazem eles, que nem sabem ter mão nesses mouchões com o plantio das árvores: só lá por cima é que algumas têm metido, e é bem pouco para o rio que é, e as ricas terras que lhes levam as enchentes. — Mas nós, pé no barco pé na terra, tão depressa estamos a sachar o milho na charneca, como vimos por aí abaixo com a vara no peito, e o saveiro a pegar na areia por não haver água... mas sempre labutando pela vida.'

— 'A força é que se fala' — tornou o campino para estabelecer a questão em terreno que lhe convinha. — 'A força é que se fala: um homem do campo que se deita ali à cernelha de um toiro que uma companhia inteira de varinos lhe não pegava, com perdão dos senhores pelo rabo!..'

---

22 **Ílhavo:** habitante da cidade litorânea de Ílhavo, ao norte de Portugal, famosa por seus pescadores. (N.E.)
23 Na publicação da Portugália Editora: "Pois aqui está quem há de decidir: vejam nos senhores". (N.E.)
24 **charneca:** terreno seco. É assim chamado porque nele cresce a charneca, tipo de vegetação arbustiva. (N.E.)
25 **nateiro:** camada de lodo fértil. (N.E.)

VIAGENS NA MINHA TERRA 23

E reforçou o argumento com uma gargalhada triunfante, que achou eco nos interessados circunstantes que já se tinham apinhado a ouvir os debates.

Os Ílhavos ficaram um tanto abatidos; sem perderem a consciência da sua superioridade, mas acanhados pela algazarra.

Parecia a esquerda de um parlamento quando vê sumir-se, no burburinho acintoso das turbas ministeriais, as melhores frases e as mais fortes razões dos seus oradores.

Mas o orador ílhavo não era homem de se dar assim por derrotado. Olhou para os seus, como quem os consultava e animava, com um gesto expressivo, e voltando-se a nós, com a direita estendida aos seus antagonistas:

— 'Então agora como é de força, quero eu saber, e estes senhores que digam, qual é que tem mais força, se é um toiro ou se é o mar.'

— 'Essa agora!..'

— 'Queríamos saber.'

— 'É o mar.'

— 'Pois nós que brigamos com o mar, oito e dez dias a fio numa tormenta, de Aveiro a Lisboa, e estes que brigam uma tarde com um toiro, qual é que tem mais força?'

Os campinos ficaram cabisbaixos; o público imparcial aplaudiu por esta vez a oposição, e o Vouga triunfou do Tejo.

II

Declaram-se típicas, simbólicas e míticas estas viagens. Faz o A. modestamente o seu próprio elogio. Da marcha da civilização: e mostra-se como ela é dirigida pelo cavaleiro da Mancha D. Quixote, e por seu escudeiro Sancho Pança. — Chegada à Vila Nova da Rainha. Suplício de Tântalo. — A virtude galardão de si mesma; e sofisma de Jeremias Bentham. — Azambuja.

ESTAS minhas interessantes viagens hão de ser uma obra-prima, erudita, brilhante de pensamentos novos, uma coisa digna do século. Preciso de o dizer ao leitor, para que ele esteja prevenido; não cuide que são quaisquer dessas rabiscaduras da moda que, com o título de *Impressões de Viagem*, ou outro que tal, fatigam as imprensas da Europa sem nenhum proveito da ciência e do adiantamento da espécie.

Primeiro que tudo, a minha obra é um símbolo... é um mito, palavra grega, e de moda germânica, que se mete hoje em tudo e com que se explica tudo... quanto se não sabe explicar.

É um mito porque — porque... Já agora rasgo o véu, e declaro abertamente ao benévolo leitor a profunda ideia que está oculta debaixo desta ligeira aparência de uma viagenzita que parece feita a brincar, e no fim de contas é uma coisa séria, grave, pensada como um livro novo da feira de Leipzig, não das tais brochurinhas dos *boulevards* de Paris.

Houve aqui há anos um profundo e cavo filósofo de além-Reno, que escreveu uma obra sobre a marcha da civilização, do intelecto — o que diríamos, para nos entenderem todos melhor, *o Progresso*. Descobriu ele que há dous princípios no mundo: o espiritualista, que marcha sem atender à parte material e terrena desta vida, com os olhos fitos em suas grandes e abstratas teorias, hirto, seco, duro, inflexível, e que pode bem personalizar-se, simbolizar-se pelo famoso mito do cavaleiro da Mancha, D. Quixote; — o materialista[26], que, sem fazer caso nem cabedal dessas teorias, em que não crê, e cujas impossíveis aplicações declara todas utopias, pode bem representar-se pela rotunda e anafada presença do nosso amigo velho, Sancho Pança.

---

26 Na publicação da Portugália Editora, os princípios aparecem como "espiritualismo" e "materialismo". (N.E.)

Mas, como na história do malicioso Cervantes[27], estes dous princípios tão avessos, tão desencontrados, andam contudo juntos sempre; ora um mais atrás, ora outro mais adiante, empecendo-se muitas vezes, coadjuvando-se poucas, mas progredindo sempre.

E aqui está o que é possível ao progresso humano.

E eis aqui a crónica do passado, a história do presente, o programa do futuro.

Hoje o mundo é uma vasta Barataria[28], em que domina el-rei Sancho. Depois há de vir D. Quixote.

O senso comum virá para o milénio: reinado dos filhos de Deus! Está prometido nas divinas promessas... como el-rei da Prússia prometeu uma constituição; e não faltou ainda, porque — porque o contrato não tem dia; prometeu mas não disse para quando.

Ora nesta minha viagem Tejo arriba está simbolizada a marcha do nosso progresso social: espero que o leitor entendesse agora. Tomarei cuidado de lho lembrar de vez em quando, porque receio muito que se esqueça.

Somos chegados ao triste desembarcadoiro de Vila Nova da Rainha, que é o mais feio pedaço de terra aluvial em que ainda poisei os meus pés. O sol arde como ainda não ardeu este ano.

Um imenso arraial de caleças[29], de machinhos, de burros e arrieiros[30], nos espera naquele descampado africano. É forçoso optar entre os dous martírios da caleça ou do macho[31]. Do mal o menos... seja este.

E acolá — oh suplício de Tântalo[32]! — vejo duas possantes e nédias mulas castelhanas jungidas a um veículo que, nestas paragens e ao pé daqueles outros, me parece mais esplêndido do que um landau de Hyde Park, mais elegante que um caleche de Longchamps, mais cómodo e elástico do que o mais aéreo brisca da princesa Helena. E contudo — oh mágico poder das situações! — ele não é senão uma substancial e bem-apessoada traquitana[33] de cortinas.

Togados manes dos antigos desembargadores, verenandas cabeleiras de anéis e castanhola, que direis, ó respeitadas sombras, se desse limbo onde

---

27 **Cervantes:** Miguel de Cervantes (1547-1616), escritor espanhol, autor de *O engenhoso fidalgo dom Quixote de La Mancha*, publicado entre 1605 e 1615. (N.E.)
28 **Barataria:** ilha fictícia governada durante alguns dias por Sancho Pança. (N.E.)
29 **caleça:** carruagem de quatro rodas e dois assentos. (N.E.)
30 **arrieiro:** tropeiros. (N.E.)
31 **macho:** cavalo macho. (N.E.)
32 **Tântalo:** rei da mitologia grega castigado pelos deuses a padecer de fome e sede em meio a águas cristalinas e árvores carregadas de frutos. (N.E.)
33 **traquitana:** carruagem de quatro rodas e um só assento. O enunciador faz uma comparação irónica da traquitana com veículos luxuosos. (N.E.)

estais esperando pela ressurreição do Pegas... e do livro quinto — vedes este degenerado e espúrio sucessor vosso, em calças largas, fraque verde, chapéu branco, gravata de cor, chicotinho de cauchu na mão, pronto a cavalgar em mulinha de Palito Métrico como um garraio estudantinho do segundo ano, e deitando olhos invejosos para esse natural, próprio e adscritício modo de condução desembargatória? Oh! que direis vós! Com que justo desprezo não olhareis para tanta degradação e derrogação![34]

Eu comungava silenciosamente comigo nestas graves meditações, e revolvia incertamente no ânimo a ponderosa dúvida: — se o administrar justiça direita aos povos valia a pena de andar um desembargador a pé!.. Lutava no meu ser o Sancho Pança da carne com o D. Quixote do espírito — quando a Providência, que nos maiores apertos e tentações nos não abandona nunca, me trouxe a generosa oferta de um amigo e companheiro do vapor, o Sr. L. S.: era sua a invejada carroça, e nela me deu lugar até à Azambuja.

A virtude é o galardão[35] de si mesma, disse um filósofo antigo; e eu não creio no famoso dito de Bentham[36], que sabedoria seja um sofisma[37]. O mais moderno é o mais velho, não há dúvida; mas o antigo, que dura ainda, é porque tem achado na experiência a confirmação que o moderno não tem. Jeremias Bentham também fazia o seu sofisma como qualquer outro.

Vamos percorrendo lentamente aquele mal composto marachão[38] que poucos palmos se eleva do nível baixo e salgadiço do solo: de inverno não se passará sem perigo; ainda agora se não anda sem incómodo e receio. Estamos em Vila Nova e às portas do nojento caravançarai[39], único asilo do viajante nesta, hoje, a mais frequentada das estradas do reino.

Parece-me estar mais deserto e sujo, mais abandonado e em ruínas este asqueroso lugarejo, desde que ali ao pé tem a estação dos vapores, que são a comodidade, a vida, a alma do Ribatejo. Imagino que uma aldeia de Alarves[40] das faldas do Atlas deve ser mais limpa e cómoda.

---

34 **Neste parágrafo o enunciador dirige retoricamente a palavra aos "antigos desembargadores" (juízes superiores), ironizando, por meio de referências jurídicas, sua própria situação ao ter de viajar em veículos precários. (N.E.)

35 **galardão**: prêmio, glória. (N.E.)

36 **Bentham**: Jeremy Bentham (1748-1832), jurista e filósofo inglês, foi um dos teóricos do *utilitarismo*, cujo axioma é "a máxima felicidade para o maior número de pessoas é a medida do certo e do errado". (N.E.)

37 **sofisma**: argumento que produz ilusão de verdade e lógica, mas que é deliberadamente enganoso ou falso. (N.E.)

38 **marachão**: aterro. (N.E.)

39 **caravançarai**: estalagem pública, no Oriente Médio, para abrigar caravanas que cruzam o deserto. (N.E.)

40 **alarve**: beduíno; pessoa rústica. (N.E.)

Oh! Sancho, Sancho, nem sequer tu reinarás entre nós! Caiu o carunchoso trono de teu predecessor, antagonista e às vezes amo; açoitaram-te essas nádegas para desencantar a formosa del Toboso[41], proclamaram-te depois rei em Barataria, e nesta tua província lusitana nem o paternal governo de teu estúpido materialismo pode estabelecer-se para cómodo e salvação do corpo, já que a alma... oh! a alma...

Falemos noutra coisa.

Fujamos depressa deste monturo[42]. — É monótona, árida e sem frescura de árvores a estrada: apenas alguma rara oliveira mal medrada, a longos e desiguais espaços, mostra o seu tronco raquítico e braços contorcidos, ornados de ramúsculos doentes, em que o natural verde-alvo das folhas é mais alvacento e desbotado que o costume[43]. O solo porém, com raras exceções, é ótimo, e a troco do pouco trabalho e insignificante despesa, daria uma estrada tão boa como as melhores da Europa.

Dizia um secretário de Estado meu amigo que para se repartir com igualdade o melhoramento das ruas por toda a Lisboa, deviam ser obrigados os ministros a mudar de rua e bairro todos os três meses. Quando se fizer a lei de responsabilidade ministerial, para as calendas gregas[44], eu hei de propor que cada ministro seja obrigado a viajar por este seu reino de Portugal ao menos uma vez cada ano, como a desobriga.

Aí está a Azambuja, pequena mas não triste povoação, com visíveis sinais de vida, asseadas e com ar de conforto as suas casas. É a primeira povoação que dá indício de estarmos nas férteis margens do Nilo português.

Corremos a apear-nos no elegante estabelecimento que ao mesmo tempo cumula as três distintas funções, de hotel, de restaurant e de café da terra.

Santo Deus! que bruxa que está à porta! que antro lá dentro!.. Cai-me a pena da mão.

---

[41] Na publicação da Portugália Editora: "famosa del Toboso". (N.E.)
[42] **monturo**: monte de lixo. (N.E.)
[43] Na publicação da Portugália Editora: "mais alvacento e desbotado do que o costume". (N.E.)
[44] **calendas gregas**: dia que jamais chegará. (N.E.)

III

Acha-se desapontado o leitor com a prosaica sinceridade do A. destas viagens. O que devia ser uma estalagem nas nossas eras de literatura romântica? — Suspende-se o exame desta grave questão para tratar, em prosa e verso, um mui difícil ponto de economia política e de moral social. — Quantas almas é preciso dar ao diabo, e quantos corpos se têm de entregar no cemitério para fazer um rico neste mundo. — Como se veio a descobrir que a ciência deste século era uma grandessíssima tola. — Rei de fato, e rei de direito. — Beleza e mentira não cabem num saco. — Põe-se o A. a caminho para o pinhal da Azambuja.

VOU *desapontar* decerto o leitor benévolo; vou perder, pela minha fatal sinceridade, quanto em seu conceito tinha adquirido nos dous primeiros capítulos desta interessante viagem.

Pois que esperava ele de mim agora, de mim que ousei declarar-me escritor nestas eras de romantismo, século das fortes sensações, das descrições a traços largos e *incisivos* que se entalham na alma e entram com sangue no coração?

No fim do capítulo precedente parámos à porta de uma estalagem: que estalagem deve ser esta, hoje, no ano de 1843, às barbas de Victor Hugo, com o Doutor Fausto a trotar na cabeça da gente, com os *Mistérios de Paris* nas mãos de todo o mundo?[45]

Há paladar que suporte hoje a clássica *posada* do Cervantes com seu *mesonero* gordo e grave, as pulhas dos seus arrieiros, e o mantear de algum pobre lorpa de algum Sancho! Sancho, o invisível rei do século, aquele *por quem hoje os reis reinam e os fazedores de leis decretam e aferem o justo!* Sancho manteado por vis muleteiros! Não é da época.

Eu coroarei de trevo a minha espada[*46],
De cenoiras, luzerna e beterrava,

---

45 O narrador faz referência a nomes consagrados do romantismo. **Victor Hugo** (1802-1885): autor de *Notre-Dame de Paris*; **Fausto**: personagem medieval, protagonista da obra de mesmo nome escrita por Goethe; **Os mistérios de Paris**: romance de folhetim publicado em 1842 pelo autor francês Eugène Sue (1804-1857). (N.E.)

* Estes versos são uma espécie de paródia dos famosos fragmentos de Alceu, de que só existe memória nos escólios que nos conservou Eustátio. Nas *Flores sem fruto*, pág. 56 a tradução daquele belo fragmento. (N.A.)

46 Na publicação da Portugália Editora: "pág. 56, vem a tradução daquele belo fragmento". (N.E.)

Para cantar Harmódios e Aristógitons,
Que do tirano jugo vos livraram
Da ciência velha, inútil, carunchosa,
Que elevava da terra, erguia, alçava
O que no homem há de Ser divino,
E para os grandes feitos e virtudes
Lhe despegava o espírito da carne...

Não: plantai batatas, ó geração de vapor e de pó de pedra, macadamizai estradas, fazei caminhos de ferro, construí passarolas de Ícaro, para andar a qual mais depressa, estas horas contadas de uma vida toda material, maçuda e grossa como tendes feito esta que Deus nos deu tão diferente do que a hoje vivemos. Andai, ganha-pães, andai; reduzi tudo a cifras, todas as considerações deste mundo a equações de interesse corporal, comprai, vendei, agiotai. — No fundo de tudo isto, o que lucrou a espécie humana? Que há mais umas poucas de dúzias de homens ricos. E eu pergunto aos economistas políticos, aos moralistas, se já calcularam o número de indivíduos que é forçoso condenar à miséria, ao trabalho desproporcionado, à desmoralização, à infâmia, à ignorância crapulosa, à desgraça invencível, à penúria absoluta, para produzir um rico? — Que lho digam no Parlamento inglês, onde, depois de tantas comissões de inquérito, já deve de andar orçado o número de almas* que é preciso vender ao diabo, o número de corpos que se têm de entregar antes do tempo ao cemitério para fazer um tecelão rico e fidalgo como Sir Roberto Peel, um mineiro, um banqueiro, um granjeeiro — seja o que for: cada homem rico, abastado, custa centos de infelizes, de miseráveis.

Logo a nação mais feliz não é a mais rica. Logo o princípio utilitário é a *mamona* da injustiça e da reprovação. Logo...

There are more things in heaven and earth, Horatio,
Than are dreamt of in your philosophy*.

A ciência deste século é uma grandessíssima tola.
E como tal, presunçosa e cheia do orgulho dos néscios.

---

* Os protocolos das comissões de inquérito de há oito para dez anos a esta parte, sobre o estado das classes trabalhadoras e indigentes em Inglaterra, é prova real dos grandes cálculos da economia política, ciência que eu espero em Deus que se há de desacreditar muito cedo. (N.A.)

* A tradução chegada destes memoráveis versos de Shakespeare é: "Há mais coisas no céu, há mais na terra / Do que sonha a tua vã filosofia". (N.A.)

Vamos à descrição da estalagem. Não pode ser clássica; assoviam-me todos esses rapazes de pera[47], bigode e charuto, que fazem literatura cava e funda desde a porta do Marrare até ao café de Moscou...
Mas aqui é que me aparece uma incoerência inexplicável. A sociedade é materialista; e a literatura, que é a expressão da sociedade, é toda excessivamente e absurdamente e despropositadamente espiritualista! Sancho rei de fato, Quixote rei de direito!
Pois é assim; e explica-se. — É a literatura que é uma hipócrita: tem religião nos versos, caridade nos romances, fé nos artigos de jornal — como os que dão esmolas para pôr no *Diário*, que amparam órfãs na *Gazeta*, e sustentam viúvas nos cartazes dos teatros.
E falam no Evangelho! Deve ser por escárnio. Se o leem, hão de ver lá que nem a esquerda deve saber o que faz a direita...
Vamos à descrição da estalagem; e acabemos com tanta digressão.
Não pode ser clássica, está visto, a tal descrição. — Seja romântica. —Também não pode ser. Por que não? É pôr-lhe lá um *Chourineur* a amolar um facão de palmo e meio para espatifar rês e homem, quanto encontrar, — uma *Fleur de Marie**[48] para dizer e fazer pieguices com uma roseirinha pequenina, bonitinha, que morreu, coitadinha! — e um príncipe alemão encoberto, forte no soco britânico, imenso em libras esterlinas, profundo em gíria de cegos e ladrões[49]... e aí fica a Azambuja com uma estalagem que não tem que invejar à mais pintada e da moda neste século elegante, delicado, verdadeiro, natural!
É como eu devia fazer a descrição: bem o sei. Mas há um impedimento fatal, invencível — igual ao daquela famosa salva que se não deu... é que nada disso lá havia.
E eu não quero caluniar a boa gente da Azambuja. Que me não leiam os tais, porque eu hei de viver e morrer na fé de Boileau[50]:

Rien n'est beau que le vrai[51].

---

47 **pera**: pequena porção de barba que se deixa crescer no queixo. (N.E.)
*   Personagens, bem conhecidos geralmente, do romance tão popular de Eug. Sue, *Os Mistérios de Paris*. (N.A.)
48 Na publicação da Portugália Editora: "Personagens bem conhecidos do romance tão popular de Eug. Sue, *Os Mistérios de Paris*". (N.E.)
49 Na publicação da Portugália Editora: "profundo em cegos e ladrões". (N.E.)
50 **Boileau**: Nicolas Boileau (1636-1711), poeta neoclássico francês. (N.E.)
51 Tradução do francês: "Nada é mais belo que a verdade". (N.E.)

Já se diz há muito ano que honra e proveito não cabem num saco; eu digo que beleza e mentira também lá não cabem: e é a mais portuguesa tradução que creio que se possa fazer daquele imortal e evangélico hemistíquio[52]. A maior parte das belezas da literatura atual fazem-me lembrar aquelas formosuras que tentavam os santos eremitas na Tebaida[53]. O pobre de Santo Antão ou de S. Pacómio (Pacómio é melhor aqui) ficavam embasbacados ao princípio; mas dava-lhe o coração uma pancada, olhavam-lhe para os pés...[54] — Cruzes, maldito! Os pés não podia ele encobrir. E ao primeiro *abrenuntio*[55] do santo dissipava-se a beleza em muito fumo de enxofre, e ficava o diabo negro, feio e cabrum como quem é, e sempre foi o pai da mentira.

Nada, nada, verdade e mais verdade. Na estalagem da Azambuja o que havia era uma pobre velha a quem eu chamei bruxa, porque enfim que havia de eu[56] chamar à velha suja e maltrapida que estava à porta daquela asquerosa casa?

Havia lá esta velha, com a sua moça mais moça mas não menos nojenta de ver que ela, e um velho meio paralítico meio demente que ali estava para um canto com todo o jeito e traça de quem vem folgar agora na taberna porque já bebeu o que havia de beber nela.

Matava-nos a sede; mas a água ali é beber quartãs[57]. O vinho era atroz. Limonada? Não há limões nem açúcar. — Mandou-se um próprio à tenda no fim da vila. Vieram três limões que me pareceram de uns que pendiam, quando eu vinha a férias, à porta do famoso botequim de Leiria.

O açúcar podia servir na última cena de M. de Pourceaugnac[58] muito melhor que numa limonada. Mas misturou-se tudo com a água das sezões, bebemos, pusemo-nos em marcha, e até agora não nos fez mal, com o ser a mais abominável, antipática e suja beberagem que se pode imaginar.

Caminhámos da mesma ordem até chegar ao famoso pinhal da Azambuja.

---

52 Na publicação da Portugália Editora: "imortal e evangélico hemistíquio de Boileau"; **hemistíquio**: cada uma das metades de um verso. No caso, o narrador faz referência ao citado verso de Boileau. (N.E.)
53 **Tebaida**: região do antigo Egito. É também nome de uma série de poemas épicos. (N.E.)
54 Na publicação da Portugália Editora: "mas dava-lhes o coração uma pancada, olhavam para os pés das tentadoras". (N.E.)
55 *abrenuntio*: repúdio, negação veemente. (N.E.)
56 Na publicação da Portugália Editora: "havia eu de chamar". (N.E.)
57 **quartãs**: redução de *febre quartãs*, tipo de febre malárica. (N.E.)
58 **M. de Pourceaugnac**: peça do dramaturgo francês Molière encenada pela primeira vez em 1669. (N.E.)

IV

De como o A. foi passando e divagando, e em que pensava e divagava ele, no caminho da vila da Azambuja até o famoso pinhal do mesmo nome. — Do poeta grego e filósofo Démades, e do poeta e filósofo inglês Addison, da casaca de peneiros e do pálio ateniense, e de outros importantes assuntos em que o A. quis mostrar a sua profunda erudição. — Discute-se a matéria gravíssima se é necessário que um ministro de Estado seja ignorante e leigarraz. — Admiráveis reflexões de zigue-zague em que se trata de *re política* e de *re amatoria*. — Descobre-se por fim que o A. estivera a sonhar em todo este capítulo, e pede-se ao leitor benévolo que volte a folha e passe ao seguinte.

EU darei sempre o primeiro lugar à modéstia entre todas as belas qualidades. — Ainda sobre a inocência? — Ainda sim. A inocência basta uma falta para a perder, da modéstia só culpas graves, só crimes verdadeiros podem privar. Um acidente, um acaso podem destruir aquela, a esta só uma ação própria, determinada e voluntária.

Bem me lembram ainda os dous versos do poeta Démades[59] que são forte argumento de autoridade contra a minha teoria; cuidei que tinha mais infeliz memória. Hei de pô-los aqui para que não falte a esta grande obra das minhas viagens o mérito da erudição, e lhe não chamem livrinho da moda: estou resolvido a fazer a minha reputação com este livro[60].

Αίδ ὼς τε καλλε κυ αρετης πόλις,
Πρῷτοη ὀγαθὸς αυμαρτια δευτερου δε αἴσ χυνη.

Da beleza e virtude é a cidadela
A inocência primeiro — e depois ela.

Mas a autoridade responde-se com autoridade, e a texto com texto. E eu trago aqui na algibeira o meu Addison[61] — um dos poucos livros que

---

59 **Démades:** diplomata e orador ateniense (380 a.C.-319 a.C.). (N.E.)
60 Na publicação da Portugália Editora, os caracteres em grego foram suprimidos. (N.E.)
61 **Addison:** Joseph Addison (1672-1719), político, ensaísta e poeta inglês, autor de um livro de preceitos morais chamado *Spectator*. (N.E.)

não largo nunca — e atiro com o filósofo inglês ao filósofo grego e fico triunfante: porque Addison não põe nada acima da modéstia; e Addison, apesar da sua casaca de peneiros, é muito maior filósofo do que foi Démades com a sua túnica e o seu pálio ateniense.

O erudito e amável leitor escapará desta vez a mais citações: compre um *Spectator*, que é livro sem que se não pode estar, e veja *passim*[62].

Eu gosto, bem se vê, de ir ao encontro das objeções que me podem fazer; lembro-as eu mesmo para que depois me não digam: — 'Ah, ah! vinha a ver se pegava!' — Não senhor, não é o meu género esse.

Francamente pois... eis aí o que poderão dizer: — 'Addison foi secretário de Estado, e então...' — Então o quê? Não concebem um secretário de Estado filósofo, um ministro poeta, escritor elegante, cheio de graça e de talento? Não, bem vejo que não: têm a ideia fixa de que um ministro de Estado há de ser por força algum sensaborão, malcriado e petulante. Mas isto é nos países adiantados em que já é indiferente para a coisa pública, em que povo nem príncipe lhes não importa já, em que mãos se entregam, a que cabeças se confiam. Em Inglaterra não é assim, nem era assim no tempo de Addison[63]. Fossem lá à rainha Ana[*] que deixasse entrar no seu gabinete quatro calças de coiro sem criação nem instrução, e não mais senão só porque este sabia jogar nos fundos, aquele tinha boas tretas para o *canvassing*[64] de umas eleições, o outro era figura importante no *Freemason's hall*[65]!

Já se vê que em nada disto há a mínima alusão ao feliz sistema que nos rege: estou falando de modéstia, e nós vivemos em Portugal.

A modéstia contudo quando é excessiva e se aproxima do acanhamento, do que no mundo se chama *falta de uso* — pode ser num homem quase defeito inteiro. Na mulher é sempre virtude, realce de beleza às formosas, disfarce de fealdade às que o não são.

Por mim, não conheço objeto mais lindo em toda a natureza, mais feiticeiro, mais capaz de arrebatar o espírito e inflamar o coração do que é

---

62 *passim*: advérbio em latim que indica a presença numa obra de numerosas passagens sobre determinado assunto. (N.E.)

63 Na publicação da Portugália Editora: "[...] por força algum sensaborão, malcriado e petulante, ou um pedante impostor e papelão, ou um hipócrita, um gebo, um intrigante. Mas isto é nos países adiantados como o nosso, em que já é indiferente para a coisa pública [...]. Em Inglaterra não é assim, que não chegou ainda à nossa perfeição nem era assim no tempo de Addison. Fossem [...]". (N.E.)

[*] Addison, o poeta, foi ministro da rainha Ana de Inglaterra, e membro do célebre gabinete chamado *Alls isits*. (N.A.)

64 *canvassing*: escrutínio; apuração de votos. (N.E.)

65 *Freemanson's hall*: local que ainda hoje sedia a mais importante loja maçônica da Inglaterra, em Londres. (N.E.)

uma jovem donzela quando a modéstia lhe faz subir o rubor às faces, e o pejo lhe carrega brandamente nas pálpebras... Pouco lume que tenha nos olhos, pouco regular que seja o semblante, menos airosa que seja a figura, parecer-vos-á nesse momento um anjo. E anjo é a virgem modesta, que traz no rosto debuxado sempre um céu de virtudes... — De alguma beleza sei eu cujos olhos *cor da noite* ou de *safira* (*dialec. poet. vet.*) cujas faces de *leite e rosas*, dentes de *pérolas*, colo de *marfim*, tranças de *ébano* (a alusão é sortida, há onde escolher) davam larga matéria a boas grosas de sonetos — no antigo regímen dos sonetos[66], e hoje inspirariam miríades de canções descabeladas e vaporosas, choradas na harpa ou gemidas no alaúde. Contanto que não seja lira, que é clássico, todo o instrumento, inclusivamente a bandurra, é igual diante da lei romântica.

Ora pois, mas a tal beleza, por certo ar a la moda, certo não sei quê de atrevido nos olhos, de deslavado na cara, e de descomposto nos ademanes, perde toda a graça e quase a própria formosura de que a dotara a natureza...

Vede-me aqueles lábios de carmim. Há maio florido que tão lindo botão de rosa apresente ao alvorecer da madrugada?.. Mas olhai agora como o riso da malícia lho desfolha tão feiamente numa desconcertada risada...

Desvaneceu-se o prestígio.

Não havia moço nem velho, homem do mundo ou sábio de gabinete que não desse metade dos seus prazeres, dos seus livros, da sua vida por um só beijo daquela boca. Agora talvez nem repetidos *avances* lhe façam obter um namorante de profissão e ofício... E há de pagá-lo adiantado, e por que preço!..

....
....
....

Mas o que terá tudo isto com a jornada da Azambuja ao Cartaxo? A mais íntima e verdadeira relação que é possível. É que a pensar ou a sonhar nestas coisas fui eu todo o caminho, até me achar no meio do pinhal da Azambuja.

Aí parámos, e acordei eu.

Sou sujeito a estas distrações, a este sonhar acordado. Que lhe hei de eu fazer? Andando, escrevendo, sonho e ando, sonho e falo, sonho e escrevo. Francamente me confesso de sonâmbulo, de sonílocuo, de... Não, fica

---
66 Na publicação da Portugália Editora: "regímen de sonetos". (N.E.)

melhor com seu ar de grego (tenho hoje⁶⁷ a bossa helénica num estado de tumescência pasmosa!); digamos sonílogo, sonígrafo...
   A minha opinião sincera e *conscienciosa* é que o leitor deve saltar estas folhas, e passar ao capítulo seguinte, que é outra casta de capítulo.

---
67 Na publicação da Portugália Editora: "hoje tenho". (N.E.)

V

Chega o A. ao pinhal da Azambuja, e não o acha. Trabalha-se por explicar este fenómeno pasmoso. Belo rasgo de estilo romântico. — Receita para fazer literatura original com pouco trabalho. — Transição clássica: Orfeu e o bosque de Ménalo. — Desce o A. destas grandes e sublimes considerações para as realidades materiais da vida: é desamparado pela hospitaleira traquitana e tem de cavalgar na triste mula de arrieiro. — Admirável choito do animal. Memórias do marquês do F. que adorava o choito.

ESTE é que é o pinhal da Azambuja?
Não pode ser.
Esta, aquela antiga selva, temida quase religiosamente como um bosque druídico! E eu que, em pequeno, nunca ouvia contar história de Pedro de Malasartes[68], que logo, em imaginação, lhe não pusesse a cena aqui perto!.. Eu que esperava topar a cada passo com a cova do capitão Roldão e da dama Leonarda!.. Oh! que ainda me faltava perder mais esta ilusão...

Por quantas maldições e infernos adornam o estilo dum verdadeiro escritor romântico, digam-me, digam-me: onde estão os arvoredos fechados, os sítios medonhos desta espessura[69]. Pois isto é possível, pois o pinhal da Azambuja é isto?.. Eu que os trazia prontos e *recortados* para os colocar aqui todos os amáveis salteadores de Schiller[70], e os elegantes facinorosos do *Auberge-des-Adrets*, eu hei de perder os meus chefes de obra! Que é perdê-los isto — não ter onde os pôr!..

Sim, leitor benévolo, e por esta ocasião te vou explicar como nós hoje em dia fazemos a nossa literatura. Já me não importa guardar segredo, depois desta desgraça não me importa já nada. Saberás pois, ó leitor, como nós outros fazemos o que te fazemos ler.

Trata-se de um romance, de um drama — cuidas que vamos estudar a história, a natureza, os monumentos, as pinturas, os sepulcros, os edifícios, as memórias da época? Não seja pateta, senhor leitor, nem cuide que

---

68 **Pedro de Malasartes:** personagem do folclore lusitano e brasileiro. (N.E.)
69 O autor se refere a florestas ou bosques densos. (N.E.)
70 **Schiller:** Friedrich Schiller (1759-1805), dramaturgo alemão, encenou *Os salteadores* pela primeira vez em 1781. (N.E.)

nós o somos. Desenhar caracteres e situações do vivo da natureza, colori-los das cores verdadeiras da história... isso é trabalho difícil, longo, delicado, exige um estudo, um talento, e sobretudo um tato[71]!.. Não senhor: a coisa faz-se muito mais facilmente. Eu lhe explico.

Todo o drama e todo o romance precisa de:
Uma ou duas damas,
Um pai,
Dois ou três filhos, de dezanove a trinta anos,
Um criado velho,
Um monstro, encarregado de fazer as maldades,
Vários tratantes, e algumas pessoas capazes para intermédios[72].

Ora bem; vai-se aos figurinos franceses de Dumas, de Eug. Sue, de Victor Hugo[73], e *recorta* a gente, de cada um deles, as figuras que precisa, gruda-as sobre uma folha de papel da cor da moda, verde, pardo, azul — como fazem as raparigas inglesas aos seus álbuns e scrapbooks; forma com elas os grupos e situações que lhe parece; não importa que sejam mais ou menos disparatados. Depois vai-se às crónicas, tiram-se uns poucos de nomes e de palavrões velhos; com os nomes crismam-se os figurões, com os palavrões *iluminam-se*... (estilo de pintor pinta-monos[74]). — E aqui está como nós fazemos a nossa literatura original.

E aqui está o precioso trabalho que eu agora perdi!

Isto não pode ser! Uns poucos de pinheiros raros e enfezados através dos quais se estão quase vendo as vinhas e olivedos circunstantes!.. É o desapontamento mais chapado e solene que nunca tive na minha vida — uma verdadeira logração em boa e antiga frase portuguesa.

E contudo aqui é que devia ser, aqui é que é, geográfica e topograficamente falando, o bem conhecido e confrontado sítio do pinhal da Azambuja...

Passaria por aqui algum Orfeu[75] que, pelos mágicos poderes da sua lira, levasse atrás de si as árvores deste antigo e clássico Ménalo[76] dos salteadores lusitanos?

---

71 Na publicação da Portugália Editora: "sobretudo tato". (N.E.)
72 Na publicação da Portugália Editora: "Uma ou duas damas, mais ou menos ingénuas. Um pai – nobre ou ignóbil. Dous ou três filhos, de dezanove a trinta anos. Um criado velho. Um monstro, encarregado de fazer as maldades. Vários tratantes, e algumas pessoas capazes para intermédios e centros". (N.E.)
73 **Dumas:** Alexandre Dumas (1802-1870), romancista francês. **Eug. Sue** e **Victor Hugo:** ver nota 45. (N.E.)
74 **pinta-monos:** mau pintor. (N.E.)
75 **Orfeu:** personagem mitológico capaz de encantar toda a natureza com os sons de sua lira. (N.E.)
76 **Ménalo:** monte da Arcádia, região habitada por poetas e pastores. (N.E.)

Eu não sou muito difícil em admitir prodígios quando não sei explicar os fenómenos por outro modo. O pinhal da Azambuja mudou-se. Qual, de entre tantos Orfeus que a gente por aí vê e ouve, foi o que obrou a maravilha, isso é mais difícil de dizer. Eles são tantos, e cantam todos tão bem[77]! Quem sabe? Juntar-se-iam, fariam uma companhia por ações, e negociariam um empréstimo harmónico com que facilmente se obraria então o milagre. É como hoje se faz tudo; é como se passou o tesoiro para o banco, o banco para as companhias de confiança... porque se não faria o mesmo com o pinhal da Azambuja?

Mas aonde está ele então? faz favor de me dizer...

Sim senhor, digo: *está consolidado*. E se não sabe o que isto quer dizer, leia os orçamentos, veja a lista dos tributos, passe pelos olhos os votos de confiança; e se depois disto, não souber aonde e como se *consolidou* o pinhal da Azambuja, abandone a geografia que visivelmente não é a sua especialidade, e deite-se à finança, que tem *bossa*; — fazemo-lo eleger aí por Arcozelo ou pela cidade eterna — é o mesmo — vai para a comissão da fazenda — depois lord do tesoiro, ministro: é *escala*, não ofendia nem a rabugenta constituição de 38, quanto mais a carta[78]...

....

....

O pior é que no meio destes campos onde Troia fora, no meio destas areias onde se acoitavam dantes os pálidos medos do pinhal da Azambuja, a minha querida e benfazeja traquitana abandonou-me; fiquei como o bom *Xavier de Maistre* quando, a meia jornada do seu quarto, lhe perdeu a cadeira o equilíbrio, e ele caiu — ou ia caindo, já me não lembro bem — estatelado no chão.

Ao chão estive eu para me atirar, como criança amuada, quando vi voltar para a Azambuja o nosso cómodo veículo, e diante de mim a enfezada mulinha asneira que — ai triste! — tinha de ser o meu transporte de ali até Santarém.

Enfim o que há de ser, há de ser, e tem muita força. Consolado com este tão verdadeiro quanto *elegante* provérbio, levantei o ânimo à altura da situação e resolvi fazer prova de homem forte e suportador de trabalhos. Bifurquei-me[79] resignadamente sobre o cilício[80] do esfarrapado

---

77 Na publicação da Portugália Editora: "Eles são tantos, tocam e cantam todos tão bem!". (N.E.)
78 Referência à Carta Constitucional Portuguesa, promulgada por dom Pedro IV (dom Pedro I do Brasil) em 1826. (N.E.)
79 **bifurcar-se**: ato de montar no cavalo. (N.E.)
80 **cilício**: veste de pano grosseiro usada como penitência. (N.E.)

albardão[81], tomei na esquerda as impermeáveis rédeas de couro cru, e lancei o animalejo ao seu mais largo trote, que era um confortável e ameníssimo choito[82], digno de fazer as delícias do meu respeitável e excêntrico amigo, o marquês do F.

Tinha a bossa, a paixão, a mania, a fúria de choitar aquele notável fidalgo — o último fidalgo homem de letras que deu esta terra. Mas adorava o choito o nobre marquês. Conheci-o em Paris nos últimos tempos da sua vida, já octogenário ou perto disso: deixava a sua carruagem inglesa toda molas e confortos para ir passear num certo cabriolet[83] de praça que ele tinha marcado pelo seco e duro movimento vertical com que sacudia a gente. Obrigou-me um dia a experimentá-lo: era admirável. Comunicava-se da velha horsa normanda aos varais, e dos varais à concha do carro[84], tão inteiro e tão sem diminuição, o choito do execrável Babieca[85]! Nunca vi coisa assim. O marquês achava-lhe propriedades tonipurgativas, eu classifiquei-o de violentíssimo drástico.

Foi um dos homens mais extraordinários e o português mais notável que tenho conhecido, aquele fidalgo.

Era feio como o pecado, elegante como um bugio, e as mulheres adoravam-no. Filho segundo, vivia de seus ordenados nas missões por que sempre andou, tratava-se grandiosamente, e legou valores consideráveis por sua morte. Imprimia uma obra sua, mandava tirar um único exemplar, guardava-o e desmanchava as formas:.. — Não acabo se começo a contar histórias do marquês do F.

Piquemos para o Cartaxo, que são horas.

---

81 **albardão:** sela grande. (N.E.)
82 **choito:** trote curto de cavalo, geralmente incômodo para o cavaleiro. (N.E.)
83 **cabriolet:** carruagem pequena e rápida, movida por um cavalo apenas. (N.E.)
84 Referência aos mecanismos da carruagem. (N.E.)
85 **Babieca:** cavalo de El Cid, personagem de novelas de cavalaria medievais. (N.E.)

VI

> Prova-se como o velho Camões não teve outro remédio senão misturar o maravilhoso da mitologia com o do cristianismo. — Dá-se razão, e tira-se depois, ao padre José Agostinho. — No meio destas disceptações académico-literárias vem o A. a descobrir que para tudo é preciso ter fé neste mundo. Diz-se *neste mundo*, porque, quanto ao outro já era sabido. — Os Lusíadas, Fausto e a Divina Comédia. — Desgraça do Camões em ter nascido antes do romantismo. — Mostra-se como a Estige e o Cocito sempre são melhores sítios que o Inferno e o Purgatório. — Vai o A. em procura do marquês de Pombal, e dá com ele nas ilhas Beatas do poeta Alceu. — Partida de Whist entre os ilustres finados. — Compaixão do marquês pelos pobres homens de Ricardo Smith e J. B. Say. — Resposta dele e da sua luneta às perguntas peralvilhas do A. — Chegada a este mundo e ao Cartaxo.

O mais notável, e não sei se diga, se continuarei ao menos a dizer, o mais indesculpável defeito que até aqui esgravataram críticos e zoilos[86] na Ilíada dos povos modernos, os imortais *Lusíadas*, é sem dúvida a heterogénea e heterodoxa mistura da teologia com a mitologia, do maravilhoso alegórico do paganismo, com os graves símbolos do cristianismo. A falar a verdade, e por mais figas que a gente queira fazer ao padre José Agostinho — ainda assim! ver o padre Baco revestido *in pontificalibus* diante de um retábulo, não me lembra de que santo, dizendo o seu *dominus vobiscum* provavelmente a algum acólito bacante ou coribante, que lhe responde o *et cum spiritu tuo!*.. não se pode; é uma que realmente[87]... E então aquele famoso conceito com que ele acaba, digno da Fénix Renascida:

> O falso Deus adora o verdadeiro!

Desde que me entendo, que leio, que admiro os Lusíadas; enterneço-me, choro, ensoberbeço-me com a maior obra de engenho que ainda apareceu no mundo, desde a *Divina Comédia* até ao *Fausto*...

---

86 **zoilo**: crítico impiedoso e incompetente. (N.E.)
87 Referência ao episódio de *Os lusíadas* em que, para tentar afugentar os navegadores lusitanos, o deus Baco disfarça-se de sacerdote cristão. (N.E.)

O italiano tinha fé em Deus, o alemão no ceticismo, o português na sua pátria. É preciso crer em alguma coisa para ser grande — não só poeta — grande seja no que for. Uma Brízida velha que eu tive, quando era pequeno, era famosa cronista de histórias da carochinha, porque sinceramente cria em bruxas. Napoleão cria na sua estrela, Lafayette creu na república-rei de Luís Filipe; e, para que ousemos também *celebrare domestica facta*, todos os nossos grandes homens ainda hoje creem, um na junta do crédito, outro nas classes inativas, outro no mestre Adonirão, outro finalmente na beleza e realidade do sistema constitucional que felizmente nos rege[88].

Mas essas crenças são para os que se fizeram grandes com elas. A um pobre homem, o que lhe fica para crer? Eu, apesar dos críticos, ainda creio no nosso Camões: sempre cri.

E contudo, desde a idade da inocência em que tanto me divertiam aquelas batalhas, aquelas aventuras, aquelas histórias de amores, aquelas cenas todas, tão naturais, tão bem pintadas — até esta fatal idade da experiência, idade prosaica em que as mais belas criações do espírito parecem macaquices diante das realidades do mundo, e os nobres movimentos do coração quimeras de entusiastas — até esta idade de saudades do passado e esperanças no futuro, mas sem gozos no presente — em que o amor da pátria (também isto será fantasmagoria?), e o sentimento íntimo do *belo* me dão na leitura dos Lusíadas outro deleite diverso, mas não inferior ao que noutro tempo me deram — eu senti sempre aquele grande defeito do nosso grande poema: e nunca pude, por mais que buscasse, achar-lhe, justificação não digo — nem sequer desculpa.

Mas até morrer aprender, diz o adágio: e assim é. E também é aforismo de moral, aplicável outrossim a coisas literárias: que para a gente achar a desculpa aos defeitos alheios, é considerar — é pôr-se uma pessoa nas mesmas circunstâncias, ver-se envolvido nas mesmas dificuldades.

Aqui estou eu agora dando toda a desculpa ao pobre Camões, com vontade de o justificar, e pronto (assim são as caridades deste mundo) a sair a campo de lança em riste e a quebrá-la com todo o antagonista que por aquele fraco o atacar. — E por que será isto? Porque chegou a minha hora; e — *si parva licet componere magnis*[89] (a bossa proeminente hoje é a latina), aqui me acho eu com este meu capítulo nas mesmas dificuldades em que o nosso bardo se viu com o seu poema.

---

88 O autor ironiza as crenças dos grandes homens de seu tempo. (N.E.)
89 Tradução do latim: "Se for lícito comparar coisas pequenas com grandes". (N.E.)

Já preveni as observações com o texto acima: bem sei quem era Camões, e quem sou eu; mas trata-se da entalação, que é a mesma apesar da diferença dos entalados. O autor dos Lusíadas viu-se entalado entre a crença do seu país e as brilhantes tradições da poesia clássica que tinha por mestra e modelo.

Não havia ainda então românticos nem romantismo, o século estava muito atrasado. As odes de Victor Hugo não tinham ainda desbancado as de Horácio; achavam-se mais líricos e mais poéticos os esconjuros de Canídia[90], do que os pesadelos de um enforcado no oratório; chorava-se com as *Tristes* de Ovídio[91], porque se não lagrimejava com as meditações de Lamartine[92]. Andrómaca despedindo-se de Heitor às portas de Troia, Príamo suplicante aos pés do matador do seu filho, Helena lutando entre o remorso do seu crime e o amor de Páris, não tinham ainda sido eclipsados pelas declamações da mãe Eva às grades do paraíso terreal. O combate de Aquiles e Heitor[93], das hostes argivas com as troianas, não tinha sido metido num chinelo pelas batalhas campais dos anjos bons e dos anjos maus à metralhada por essas nuvens. Dido chorando por Eneias[94] não tinha sido reduzida a donzela choramingas de Alfama[95] carpindo pelo seu *Manel* que vai para a Índia...

Realmente o século estava muito atrasado: Milton[96] não se tinha ainda sentado no lugar de Homero[97], Shakespeare no de Eurípides[98], e lord Byron acima de todos: enfim não estava ainda anglizado o mundo, portanto *a marcha do intelecto* no mesmo terreno, é tudo uma miséria.

Ora pois, o nosso Camões, criador da epopeia, e — depois do Dante[99] — da poesia moderna, viu-se atrapalhado; misturou a sua crença religiosa com o seu credo poético e fez, *tranchons le mot*[100], uma sensaboria.

E aqui direi eu com o vate Elmano:

Camões, grande Camões, quão semelhante
Acho teu fado ao meu quando os cotejo!

---

90 **Canídia**: feiticeira citada em poemas de Horácio (65 a.C.-7 d.C.), poeta do império romano. (N.E.)
91 **Ovídio**: Públio Ovídio Naso (43 a.C.-17 ou 18 d.C.), poeta do império romano. (N.E.)
92 **Lamartine**: Alphonse Marie Louis de Prat de Lamartine (1790-1869), poeta e político francês. (N.E.)
93 **Andrómaca, Heitor, Príamo, Helena, Páris e Aquiles**: personagens da *Ilíada*, poema épico escrito por Homero. (N.E.)
94 **Dido e Eneias**: personagens da *Eneida*, epopeia de Virgílio. (N.E.)
95 **Alfama**: bairro de Lisboa. (N.E.)
96 **Milton**: John Milton (1608-1674), poeta inglês, autor de *Paraíso perdido*. (N.E.)
97 **Homero**: poeta grego da Antiguidade. (N.E.)
98 **Eurípides**: poeta trágico grego (480 a.C.-406 a.C.). (N.E.)
99 **Dante**: Dante Alighieri (1265-1321), poeta italiano autor da *Divina comédia*. (N.E.)
100 *tranchons le mot*: expressão que equivale a "sejamos claros". (N.E.)

Vou fazer outra sensaboria eu, neste belo capítulo da minha obra-prima. Que remédio! Preciso falar com um ilustre finado, preciso de evocar a sombra de um grande génio que hoje habita com os mortos. E onde irei eu? Ao inferno? Espero que a divina justiça se apiedasse dele na hora dos últimos arrependimentos. Ao purgatório, ao empíreo? Apesar do exemplo da *Divina Comédia*, não me atrevo a fazer comédias com tais lugares de cena, — e não sei, não gosto de brincar com essas coisas.

Não lhe vejo remédio senão recorrer ao bem parado dos Elísios, da Estige, do Cocito[101] e seu termo: são terrenos neutros em que se pode parlamentar com os mortos sem comprometimento sério, e...

Eis-me aí no erro de Camões — e nas unhas dos críticos; e as zagunchadas[102] a ferver em cima de mim, que fiz, que aconteci...

Mas, senhores, ponderem, venham cá: o que há de um homem fazer? O Dante não sei que gíria teve que batizou Públio Virgílio Marão[103] para lhe servir de cicerone nas regiões do inferno, do paraíso e do purgatório cristão, e teve tão boa fortuna que nem o queimou a Inquisição nem o descompôs a Crusca[104], nem sequer o mutilaram os censores, nem o perseguiram delegados por abuso de liberdade de imprensa, nem o mandaram para os dignos pares... Não se tinham ainda descoberto as mangações liberais que se usam hoje: e as cartas que o povo tinha era a liberdade ganha e sustentada à ponta da espada, com muito coração e poucas palavras, muito patriotismo, poucas leis... e menos relatórios. Não havia em Florença nem gazeta para louvar as tolices dos ministros, nem ministros para pagar as tolices da gazeta.

O Dante foi proscrito e exilado, mas não se ficou a escrever, deu catanada[105] que se regalou nos inimigos da liberdade da sua pátria.

Quem dera cá um batalhão de poetas como aquele!

Que fosse porém um triste vate de hoje escrever no século das luzes o que escrevia o Dante no século das trevas! Os próprios filósofos gritavam: Que escândalo! Ateus professos clamavam contra a irreverência; gentes que não têm religião, nem a de Mafoma[106], bradavam pela religião: entravam a pôr carapuças nas cabeças uns dos outros, caíam depois todos sobre

---

101 Referências ao mundo dos mortos para os gregos. **Campos Elísios:** espaço onde ficavam as almas dos afortunados; **Estige** e **Cocito:** rios que cruzavam aquele espaço. (N.E.)
102 **zagunchada:** golpe de zaguncho, tipo de arma com uma haste pontiaguda. (N.E.)
103 **Públio Virgílio Marão:** poeta romano clássico, mais conhecido como Virgílio (70 a.C.-19 a.C.). (N.E.)
104 **Crusca:** academia linguística italiana fundada em 1583. (N.E.)
105 **dar catanada:** ferir com catana, um tipo de espada. (N.E.)
106 **Mafoma:** Maomé (570-632), líder religioso muçulmano. (N.E.)

o poeta, e — se o não pudessem enforcar, pelo menos declaravam-no republicano, que dizem eles que é uma injúria muito grande.

Nada! viva o nosso Camões e o seu maravilhoso mistifório[107]; é a mais cómoda invenção deste mundo: vou-me com ela, e ralhe a crítica quanto quiser.

Quero procurar no reino das sombras não menor pessoa que o marquês de Pombal[108]: tenho que lhe fazer uma pergunta séria antes de chegar ao Cartaxo. E nós já vamos por entre as ricas vinhas[109] que o circundam com uma zona de verdura e alegria. Depressa o ramo de oiro que me abra ao pensamento as portas fatais — depressa a untuosa sopetarra[110] com que hei de atirar às três gargantas do canzarrão[111]. Vamos...

Mas em que distrito daquelas regiões acharei eu o primeiro-ministro de el-rei D. José? Por onde está Ixion e Tântalo, por onde demora Sísifo e outros maganões que tais[112]? Não; esse é um bairro muito triste, e arrisca-se a ter por administrador algum escandecido que me atice as orelhas.

Nos Elísios com o pai Anquises[113] e outros barbaças clássicos do mesmo jaez? Eu sei? também isso não. Há de ser naquelas ilhas bem-aventuradas de que fala o poeta Alceu[114] e onde ele pôs a passear, por eternas verduras, as almas tiranicidas de Harmódio e Aristógiton[115]...

Oh! esta agora!.. Sebastião José de Carvalho e Melo, conde de Oeiras, marquês de Pombal, de companhia com os seus inimigos políticos!.. Aí é que se enganam; não há amigos nem inimigos políticos em se largando o mando e as pretensões a ele. Ora, passados os umbrais da eternidade, é de fé que se não pensa mais nisso. C. J. X., que morreu a assinar uma portaria, já tinha largado a pena quando chegou ali pelos Prazeres*[116]; quanto mais!..

O homem há de estar nas ilhas beatas. Vamos lá...

---

107 **mistifório:** mistura de coisas. (N.E.)

108 **marquês de Pombal:** Sebastião José de Carvalho e Melo (1699-1782), político português do reinado de dom José I, responsável por medidas desenvolvimentistas no século XVIII. (N.E.)

109 Na publicação da Portugália Editora: "nos ricos vinhedos". (N.E.)

110 **sopetarra:** naco de pão. (N.E.)

111 **canzarrão:** cão muito grande. Referência a Cérbero, cão mitológico de três cabeças que guardava o mundo dos mortos. (N.E.)

112 Referências mitológicas a mortais duramente castigados pelos deuses por seus erros na Terra. (N.E.)

113 **Anquises:** personagem da *Eneida*, de Virgílio; pai de Eneias. (N.E.)

114 **Alceu:** poeta grego do século VIII a.C. (N.E.)

115 **Harmódio** e **Aristógiton:** assassinos do tirano ateniense Hiparco (século VI a.C.). (N.E.)

* Um dos dous cemitérios de Lisboa — seja dito para inteligência do leitor provinciano — chama-se *Dos Prazeres*, por uma ermida de N. Sª que ali existia com esta invocação desde antes de o terreno ter o presente destino. É notável a coincidência do nome. (N.A.)

116 Na publicação da Portugália Editora: "por uma ermida que ali". (N.E.)

E ei-lo ali: lá está o bom do marquês a jogar o whist[117] com o barão de Bidefeld, com o imperador Leopoldo[118] e com o poeta Dinis[119]. A partida deve de ser interessante, talvez aposta essa gente toda — esses manes todos que estão à roda. Que cara que fez o marquês a um finadinho que lhe foi meter o nariz nas cartas! Quem havia de ser! O intrometido de M. de Talleyrand[120]. Estava-lhe caindo. Mas não viu nada: o nobre marquês sempre soube esconder o seu jogo.

A mim é que ele já me viu. 'Que diz? Ah!.. Sim senhor, sou português; e venho fazer uma pergunta a V. Ex.ª, esclarecer-me sobre um ponto importante.'

Deitou-me a tremenda luneta.

— 'Para que mandou V. Ex.ª arrancar as vinhas do Ribatejo?'

Apertou a luneta no sobrolho e sorriu-se.

— 'Elas aí estão centuplicadas, que até já invadiram o pinhal de Azambuja. Fez V. Ex.ª um despotismo inútil, e agora...'

'Agora quem bebe por lá todo esse vinho?'

Não sabia o que lhe havia de responder. Ele sacudiu a cabeleira de anéis, virou-me as costas, deu o braço a Colbert[121], passou por pé de Ricardo Smith de J. Baptista Say[122], que estavam a disputar, encolheu os ombros em ar de compaixão, e foi-se por uma alameda muito viçosa que ia por aqueles deliciosos jardins dentro, e sumiu-se da nossa vista.

Eu surdi cá neste mundo, e achei-me em cima da azémola[123], ao pé do grande café do Cartaxo.

---

117 **whist:** jogo de cartas. (N.E.)
118 **Leopoldo:** Leopoldo II (1747-1792), imperador do Sacro Império Romano-Germânico. (N.E.)
119 **Dinis:** António Dinis da Cruz e Silva (1731-1799), poeta árcade lusitano. (N.E.)
120 **M. de Talleyrand:** Charles Maurice de Talleyrand-Périgord (1754-1838), diplomata francês. (N.E.)
121 **Colbert:** Jean-Baptiste Colbert (1619-1683), ministro francês do Estado e da economia durante o reinado de Luís XIV. (N.E.)
122 **J. Baptista Say:** Jean-Baptiste Say (1767-1832), economista liberal francês. (N.E.)
123 **azémola:** cavalo velho e cansado. (N.E.)

VII

Reflexões importantes sobre o Bois de Boulogne, as carruagens de molas, Tortoni, e o café do Cartaxo. — Dos cafés em geral, e de como são o característico da civilização de um país. — O Alfageme. — Hecatombe involuntária imolada pelo A. — História do Cartaxo. — Demonstra-se como a Grã-Bretanha deveu sempre toda a sua força e toda a sua glória a Portugal. — Shakespeare e Laffite, Milton e Château Margaux, Nelson e o príncipe de Joinville. — Prova-se evidentemente que M. Guizot é a ruína de Albion e do Cartaxo.

VOLTAR à meia-noite do Bois de Boulogne — o bosque por excelência, descer, entre nuvens de poeira, o longo estádio dos Campos Elísios, entrever, na rápida carreira, o obelisco de Luxor, as árvores das Tulherias, a coluna da praça Vandoma, a magnificência heteróclita da 'Madalena', e enfim sentir parar, de uma sofreada magistral, os dous possantes ingleses que nos trouxeram quase de um fôlego até ao 'boulevard de Gand'; aí entreabrir molemente os olhos, levantando meio corpo dos regalados coxins de seda, e dizer: 'Ah! estamos em Tortoni... que delícia um sorvete com este calor!' — é seguramente, é dos prazeres maiores deste mundo, sente-se a gente viver; é meia hora de existência que vale dez anos de ser rei em qualquer outra parte do mundo.

Pois acredite-me o leitor amigo, que sei alguma coisa dos sabores e dissabores deste mundo, fie-se na minha palavra, que é de homem experimentado: o prazer de chegar por aquele modo a Tortoni, o apear da elegante caleche balançada nas mais suaves molas que fabricasse arte inglesa do puro aço da Suécia, não alcança, não se compara ao prazer e consolação de alma e corpo que eu senti ao apear-me de minha choiteira mula à porta do grande café do Cartaxo.

Fazem ideia do que é o café do Cartaxo? Não fazem. Se não viajam, se não saem, se não veem mundo esta gente de Lisboa! E passam a sua vida entre o Chiado, a rua do Oiro e o teatro de São Carlos, como hão de alargar a esfera de seus conhecimentos, desenvolver o espírito, chegar à altura do século?

Coroai-vos de alface[124], e ide jogar o bilhar, ou fazer sonetos à dama nova, ide, que não prestais para mais nada, meus queridos Lisboetas; ou

---

124 **alface**: os lisboetas são apelidados "alfacinhas". (N.E.)

discuti os deslavados horrores de algum melodrama velho que fugiu assoviado da 'Porte Saint-Martin' e veio esconder-se na Rua dos Condes. Também podeis ir aos toiros — estão embolados, não há perigo...

Viajar?.. qual viajar! até à Cova da Piedade, quando muito, em dia que lá haja cavalinhos. Pois ficareis alfacinhas para sempre, cuidando que todas as praças deste mundo são como a do Terreiro do Paço, todas as ruas como a rua Augusta, todos os cafés como o do Marrare.

Pois não são, não: e o do Cartaxo menos que nenhum.

O café é uma das feições mais características de uma terra. O viajante experimentado e fino chega a qualquer parte, entra no café, observa-o, examina-o, estuda-o, e tem conhecido o país em que está, o seu governo, as suas leis, os seus costumes, a sua religião.

Levem-me de olhos tapados onde quiserem, não me desvendem senão no café; e protesto-lhes que em menos de dez minutos lhes digo a terra em que estou se for país sublunar.

Nós entrámos no café do Cartaxo, o grande café do Cartaxo; e nunca se encruzou turco em divã de seda do mais esplêndido harém de Constantinopla com tanto gozo de alma e satisfação de corpo, como nós nos sentámos nas duras e ásperas tábuas das esguias banquetas mal sarapintadas que ornam o magnífico estabelecimento bordalengo[125].

Em poucas linhas se descreve a sua simplicidade clássica: será um paralelogramo pouco maior que a minha alcova; à esquerda duas mesas de pinho, à direita o mostrador envidraçado onde campeiam as garrafas obrigadas de licor de amêndoa, de canela, de cravo. Pendem do teto, laboriosamente arrendados por não vulgar tesoira, os pingentes de papel, convidando a lascivo repouso a inquieta raça das moscas. Reina uma frescura admirável naquele recinto.

Sentámo-nos, respirámos largo, e entrámos em conversa com o dono da casa, homem de trinta a quarenta anos, de fisionomia esperta e simpática, e sem nada do repugnante vilão ruim que é tão usual de encontrar por semelhantes lugares da nossa terra.

— 'Então que novidades há por cá pelo Cartaxo, patrão?'

— 'Novidades! Por aqui não temos senão o que vem de Lisboa. — Aí está a 'Revolução' de ontem...'

— 'Jornais, meu caro amigo! Vimos fartos disso. Diga-nos alguma coisa da terra. Que faz por cá o...'

---

125 **bordalengo**: grosseiro, rústico. (N.E.)

— 'O mestre J. P., o 'Alfageme'[126]?'

— 'Como assim o Alfageme?'

— 'Chamam-lhe o Alfageme ao mestre J. P.: pois então! Uns senhores de Lisboa que aí estiveram em casa do Sr. D. puseram-lhe esse nome, que a gente bem sabe o que é; e ficou-lhe, que agora já ninguém lhe chama senão o Alfageme. Mas quanto a mim, ou ele não é Alfageme, ou não o há de ser muito tempo[127]. Não é aquele, não. Eu bem me entendo.'

A conversação tornava-se interessante, especialmente para mim: quisemos profundar o caso.

— 'Muito me conta, Sr. patrão! Com que isto de ser Alfageme, parece--lhe que é coisa de?..'

— 'Parece-me o que é, o que há de parecer a todo o mundo. E alguma coisa sabemos, cá no Cartaxo, do que vai por ele. O verdadeiro Alfageme diz que era um espadeiro ou armeiro, cutileiro ou coisa que o valha, na Ribeira de Santarém; e que foi homem capaz, e que tinha pelo povo, e que não queria saber de partidos[*128], e que dizia ele: — 'Rei que nos enforque, e papa que nos excomungue, nunca há de faltar. Assim, deixar os outros brigar, trabalhemos nós e ganhemos a nossa vida'. Mas que estrangeiros que não queria, que esta terra que era nossa e com a nossa gente se devia de governar. E mais coisas assim: e que por fim o deram por traidor e lhe tiraram quanto tinha. — Mas que lhe valeu o Condestável e o não deixou arrasar, porque era homem de bem e fidalgo às direitas. Pois não é assim que foi?'

— 'É, sim, meu amigo. Mas então daí?'

— 'Então daí o que se tira é que quando havia fidalgos como o santo Condestável também havia Alfagemes como o de Santarém. E mais nada.'

— 'Perfeitamente. Mas por que chamaram ao mestre P. o Alfageme do Cartaxo?'

— 'Eu lhe digo aos senhores: o homem nem era assim nem era assado. Falava bem, tinha sua lábia com o povo. Daí fez-se juiz, pôs por aí suas coisas a direito — Deus sabe as que ele entortou também!.. ganhou nome no povo, e agora faz dele o que quer. Se lhe der sempre para bem, bom será. — Os senhores não tomam nada?'

---

126 **alfageme**: fabricante, afiador ou vendedor de armas brancas. (N.E.)
127 Na publicação da Portugália Editora: "há de ser muito". (N.E.)
* É fácil de ver que o interlocutor deste diálogo conhecia esse curioso personagem da história do Condestável, não pelas crónicas mas pelo drama que tem o seu nome. (N.A.)
128 Na publicação da Portugália Editora: "É fácil ver". (N.E.)

O bom do homem visivelmente não queria falar mais: e não devíamos importuná-lo. Fizemos o sacrifício de bom número de limões que esprememos em profundas taças — vulgo, copos de canada — e com água e açúcar, oferecemos as devidas libações ao génio do lugar.

Infelizmente o sacrifício não foi de todo incruento. Muitas hecatombes de mirmidões caíram no holocausto, e lhe deram um cheiro e sabor que não sei se agradou à divindade, mas que enjoou terrivelmente aos sacerdotes.

Saímos a visitar o nosso bom amigo, o velho D., a honra e a alegria do Ribatejo. Já ele sabia da nossa chegada, e vinha no caminho para nos abraçar.

Fomos dar, juntos, uma volta pela terra.

É das povoações mais bonitas de Portugal, o Cartaxo, asseada, alegre; parece o bairro suburbano de uma cidade.

Não há aqui monumentos, não há história antiga: a terra é nova, e a sua prosperidade e crescimento datam de trinta ou quarenta anos, desde que o seu vinho começou a ter fama. Já descaída do que foi, pela estagnação daquele comércio, ainda é contudo a melhor coisa da Borda-d'água.

Não tem história antiga, disse; mas tem-na moderna e importantíssima. Que memórias aqui não ficaram da guerra peninsular! Que espantosas borracheiras aqui não tomaram os mais famosos generais, os mais distintos militares da nossa *antiga e fiel* aliada[129], que ainda então, ao menos, nos bebia o vinho!

Hoje nem isso!.. hoje bebe a jacobina zurrapa[130] de Bordéus, e as acerbas limonadas de Borgonha. Quem tal diria da conservativa Albion[131]! Como pode uma leal goela britânica, rascada pelos ácidos anárquicos daquelas vinagretas francesas, entoar devidamente o God-save-the-King em um *toast* nacional! Como, sem Porto ou Madeira, sem Lisboa, sem Cartaxo, ousa um súbdito britânico erguer a voz, naquela harmoniosa desafinação insular que lhe é própria e que faz parte de seu respeitável caráter nacional — faz; não se riam: o inglês não canta senão quando bebe... aliás quando está bebido. Nisi potus ad arma ruisse. Inverta: Nisi potus in cantum prorumpisse... E pois, como há de

---

129 Referência à Inglaterra, que, desde a assinatura do Tratado de Methuen, em 1703, comprometera-se a comprar o vinho de Portugal, enquanto este se comprometera a comprar a produção têxtil dos ingleses. (N.E.)
130 **zurrapa:** vinho de má qualidade. (N.E.)
131 **Albion:** nome ancestral da Grã-Bretanha. (N.E.)

ele assim *bebido* erguer a voz naquele sublime e tremendo hino popular Rule, Britannia!

Bebei, bebei bem zurrapa francesa, meus amigos ingleses; bebei, bebei a peso de oiro, essas limonadas dos burgraves e margraves[132] de Alemanha; chamai-lhe, para vos iludir, chamai-lhe *hoc*, chamai-lhe *hic*, chamai-lhe o *hic haec hoc* todo[133], se vos dá gosto... que em poucos anos veremos o estado de *acetato* a que há de ficar reduzido o vosso caráter nacional.

Oh gente cega a quem Deus quer perder! pois não vedes que não sois nada sem nós, que sem o nosso álcool, donde vos vinha espírito, ciência, valor, ides cair infalivelmente na antiga e preguiçosa rudeza saxónia!

Dessas traidoras praias da França donde vos vai hoje o veneno corrosivo da vossa índole e da vossa força, não tardará que também vos chegue outro Guilherme bastardo que vos conquiste e vos castigue, que vos faça arrepender, mas tarde, do criminoso erro que hoje cometeis, ó insulares sem fé, em abandonar a nossa aliança. A nossa aliança sim, a nossa poderosa aliança, sem a qual não sois nada.

O que é um inglês sem Porto ou Madeira... sem Carcavelos ou Cartaxo?

Que se inspirasse Shakespeare com Laffite, Milton com Château Margaux — o chanceler Bacon que se diluísse no melhor Borgonha... e veríamos os acídulos versinhos, os destemperados raciocininhos que faziam.

Com todas as suas dietas, Newton nunca se lembrou de beber Johannisberg; Byron antes beberia *gin*, antes água do Tâmisa, ou do Pamiso, do que essas escorreduras das areias de Bordéus[134].

Tirai-lhe o Porto aos vossos almirantes, e ninguém mais teme que torneis a ter outro Nelson[135]. Entra nos planos do príncipe de Joinville[136] fazer-vos beber da sua zurrapa: são tantos pontos de partido que lhe dais no seu jogo.

É M. Guizot[137] quem perde a Inglaterra com a sua aliança; e também perde o Cartaxo. Por isso eu já não quero nada com os doutrinários.

....
....

---

132 **burgraves e margraves**: títulos nobiliárquicos do antigo império germânico. (N.E.)
133 Na publicação da Portugália Editora: "*hic haec hoc* todo inteiro". (N.E.)
134 O autor ironiza o fato de os ingleses não tomarem mais o vinho português. Segundo ele, a obra de grandes ingleses não teria o mesmo valor se tomassem vinhos de outras nacionalidades. (N.E.)
135 **Nelson**: Horatio Nelson (1758-1805), oficial da Marinha britânica famoso por suas ações vitoriosas durante as guerras napoleônicas. (N.E.)
136 **príncipe de Joinville**: Francisco Fernando de Orleans (1818-1900), filho do rei Luís Filipe I, da França. (N.E.)
137 **M. Guizot**: François Guizot (1787-1874), eminente político francês na segunda metade do século XIX. (N.E.)

Há doze anos tornou o Cartaxo a figurar conspicuamente na história de Portugal. Aqui, nas longas e terríveis lutas da última guerra de *sucessão*, esteve muito tempo o quartel-general do marquês de Saldanha[138].

Alguns ditirambos se fizeram; alguns ecos das antigas canções báquicas do tempo da guerra peninsular ainda acordaram ao som dos hinos constitucionais.

Mas o sistema liberal, tirada a época das eleições, não é grande coisa para a indústria vinhateira, dizem. Eu não o creio porém; e tenho minhas boas razões, que ficam para outra vez.

---

138 **marquês de Saldanha:** João de Oliveira e Daun (1790-1876), oficial do Exército português que lutou do lado dos liberais. (N.E.)

VIII

Saída do Cartaxo. — A charneca. Perigo iminente em que o A. se acha de dar em poeta e fazer versos. — Última revista do imperador D. Pedro ao exército liberal. — Batalha de Almoster. — Waterloo. — Declara o A. solenemente que não é filósofo e chega à ponte da Asseca.

ERAM dadas cinco da tarde, a calma declinava; montámos a cavalo, e cortámos por entre os viçosos pâmpanos que são a glória e a beleza do Cartaxo; as mulinhas tinham refrescado e tomado ânimo; breve, nos achámos em plena charneca.

Bela e vasta planície! Desafogada dos raios do sol, como ela se desenha aí no horizonte tão suavemente! que delicioso aroma selvagem que exalam estas plantas, acres e tenazes de vida, que a cobrem, e que resistem verdes e viçosas a um sol português de julho!

A doçura que mete na alma a vista refrigerante de uma jovem seara do Ribatejo nos primeiros dias de abril, ondulando lascivamente com a brisa temperada da primavera, — a amenidade bucólica de um campo minhoto de milho, à hora da rega, por meados de agosto, a ver-se-lhe pular os caules com a água que lhe anda por pé, e à roda as carvalheiras classicamente desposadas com a vide coberta de racimos pretos — são ambos esses quadros de uma poesia tão graciosa e cheia de mimo, que nunca a dei por bem traduzida nos melhores versos de Teócrito ou de Virgílio, nas melhores prosas de Gessner ou de Rodrigues Lobo.

A majestade sombria e solene de um bosque antigo e copado, o silêncio e escuridão de suas moitas mais fechadas, o abrigo solitário de suas clareiras, tudo é grandioso, sublime, inspirador de elevados pensamentos. Medita-se ali por força; isola-se a alma dos sentidos pelo suave adormecimento em que eles caem... e Deus, a eternidade — as primitivas e inatas ideias do homem — ficam únicas no seu pensamento...

É assim. Mas um rochedo em que me eu sente ao pôr do sol na gandra erma e selvagem, vestida apenas de pastio bravo, baixo e tosquiado rente pela boca do gado — diz-me coisas da terra e do céu que nenhum outro espetáculo me diz na natureza. Há um vago, um indeciso, um vaporoso naquele quadro que não tem nenhum outro.

Não é o sublime da montanha, nem o augusto do bosque, nem o ameno do vale. Não há aí nada que se determine bem, que se possa definir positivamente. Há a solidão que é uma ideia negativa...

Eu amo a charneca.

E não sou romanesco. Romântico, Deus me livre de o ser — ao menos, o que na algaravia de hoje se entende por essa palavra.

Ora a charneca dentre Cartaxo e Santarém, àquela hora que a passámos, começava a ter esse tom, e a achar-lhe eu esse encanto indefinível.

Sentia-me disposto a fazer versos... a quê? Não sei.

Felizmente que não estava só; e escapei de mais essa caturrice.

Mas foi como se os fizesse, os versos, como se os estivesse fazendo, porque me deixei cair num verdadeiro estado poético de distração, de mudez — cessou-me a vida toda de *relação*, e não sentia existir senão por dentro.

De repente acordou-me do letargo uma voz que bradou: — 'Foi aqui!.. aqui é que foi, não há dúvida.'

— 'Foi aqui o quê?'

— 'A última revista do imperador.'

— 'A última revista! Como assim a última revista! Quando? Pois?..'

Então caí completamente em mim, e recordei-me, com amargura e desconsolação, dos tremendos sacrifícios a que foi condenada esta geração, Deus sabe para quê — Deus sabe se para expiar as faltas de nossos passados, se para comprar a felicidade de nossos vindouros...

O certo é que ali com efeito passara o imperador D. Pedro a sua última revista ao exército liberal. Foi depois da batalha de Almoster[139], uma das mais lidadas e das mais ensanguentadas daquela triste guerra.

Toda a guerra civil é triste.

E é difícil dizer para quem mais triste, se para o vencedor ou para o vencido.

Ponham de parte questões individuais, e examinem de boa-fé: verão que, na totalidade de cada facção em que a nação se dividiu, os ganhos, se os houve para quem venceu, não balançam os padecimentos, os sacrifícios do passado, e menos que tudo, a responsabilidade pelo futuro...

Eu não sou filósofo. Aos olhos do filósofo, a guerra civil e a guerra estrangeira, tudo são guerras que ele condena — e não mais uma do que a outra... a não ser Hobbes[140] o dito filósofo, o que é coisa muito diferente.

---

139 **Almoster:** batalha da guerra civil portuguesa, ocorrida em 16 de fevereiro de 1834 e vencida pelos liberais. (N.E.)

140 **Hobbes:** o inglês Thomas Hobbes (1588-1679) se destacou na filosofia política, tendo escrito *Leviatã* (1651), obra em que defende o conceito de "contrato social". (N.E.)

Mas não sou filósofo, eu: estive no campo de Waterloo[141], sentei-me ao pé do Leão de bronze sobre aquele monte de terra amassado com o sangue de tantos mil, vi — e eram passados vinte anos — vi luzir ainda pela campina os ossos brancos das vítimas que ali se imolaram a não sei quê... Os povos disseram que à liberdade, os reis que à realeza... Nenhuma delas ganhou muito, nem para muito tempo com a tal vitória...

Mas deixemos isso. Estive ali, e senti bater-me o coração com essas recordações, com essas memórias dos grandes feitos e gentilezas que ali se obraram.

Por que será que aqui não sinto senão tristeza?

Porque lutas fratricidas não podem inspirar outro sentimento e porque...

Eu moía comigo só estas amargas reflexões, e toda a beleza da charneca desapareceu diante de mim.

Nesta desagradável disposição de ânimo chegámos à ponte da Asseca.

---

141 **Waterloo:** local onde se deu a batalha de mesmo nome, em 18 de junho de 1815, na qual as tropas aliadas venceram o exército de Napoleão Bonaparte. (N.E.)

IX

Prolegómenos dramático-literários, que muito naturalmente levam, apesar de alguns rodeios, ao retrospecto e reconsideração do capítulo antecedente. — Livros que não deviam ter título, e títulos que não deviam ter livro. — Dos poetas deste século. Bonaparte, Rothschild e Sílvio Pélico. — Chega-se ao fim destas reflexões e à ponte da Asseca. — Tradução portuguesa de um grande poeta. — Origem de um ditado. — Junot na ponte da Asseca. — De como o A. deste livro foi jacobino desde pequeno. — Enguiço que lhe deram. — A duquesa de Abrantes. — Chega-se enfim ao vale de Santarém.

VIVIA aqui há coisa de cinquenta para sessenta anos, nesta boa terra de Portugal, um figurão esquisitíssimo que tinha inquestionavelmente o instinto de descobrir assuntos dramáticos nacionais — ainda, às vezes, a arte de desenhar bem o seu quadro, de lhe grupar, não sem mérito, as figuras: mas, ao pô-las em ação, ao colori-las, ao fazê-las falar... boas noites! era sensaboria irremediável.

Deixou uma coleção imensa de peças de teatro que ninguém conhece, ou quase ninguém, e que nenhuma sofreria, talvez, representação; mas rara é a que não poderia ser arranjada e apropriada à cena.

Que mina tão rica e fértil para qualquer mediano talento dramático! Que belas e portuguesas coisas se não podem extrair dos treze volumes — são treze volumes e grandes! — do teatro de Énio Manuel de Figueiredo[142]! Algumas dessas peças, com bem pouco trabalho, com um diálogo mais vivo, um estilo mais animado, fariam comédias excelentes.

Estão-me a lembrar estas:

'O Casamento da Cadeia' — ou talvez se chame outra coisa, mas o assunto é este; comédia cujos caracteres são habilmente esboçados, funda-se naquela nossa antiga lei que fazia casar da prisão os que assim se supunha poderem reparar certos danos de reputação feminina.

'O fidalgo de sua casa', sátira mui graciosa de um tão comum ridículo nosso.

'As duas educações', belo quadro de costumes: são dous rapazes, ambos estrangeiramente educados, um francês, outro inglês, nenhum

---

142 **Énio Manuel de Figueiredo:** dramaturgo neoclássico português (1725-1801). (N.E.)

português. É eminentemente cómico, frisante, ou, segundo agora se diz à moda, 'palpitante de atualidade'.

'O cioso', comédia já remoçada da antiga comédia de Ferreira e que em si tem os germes todos da mais rica e original composição.

'O avaro dissipador', cujo só título mostra o engenho e invenção de quem tal assunto concebeu: assunto ainda não tratado por nenhum de tantos escritores dramáticos de nação alguma, e que é todavia um vulgar ridículo, todos os dias encontrado no mundo.

São muitas mais, não fica nestas, as composições do fertilíssimo escritor que, passadas pelo crivo de melhor gosto, e animadas sobretudo no estilo, fariam um razoável repertório para acudir à míngua dos nossos teatros.

Uma das mais sensabores porém, a que vulgarmente se haverá talvez pela mais sensabor, mas que a mim mais me diverte pela ingenuidade familiar e simpática de seu tom magoado e melancolicamente chocho, é a que tem por título 'Poeta em anos de prosa'.

E foi por esta, foi por amor desta que me eu deixei descair na digressão dramático-literária do princípio deste capítulo; pegou-se-me à pena porque se me tinha pregado na cabeça; e ou o capítulo não saía, ou ela havia de sair primeiro.

Poeta em anos de prosa! Oh Figueiredo, Figueiredo, que grande homem não foste tu, pois imaginaste este título que só ele em si é um volume! Há livros, e conheço muitos, que não deviam ter título, nem o título é nada neles.

Faz favor de me dizer o de que serve[143], o que significa o 'Judeu errante' posto no frontispício desse interminável e mercatório romance que aí anda pelo mundo, mais errante, mais sem fim, mais imorredoiro que o seu protótipo?

E há títulos também que não deviam ter livro, porque nenhum livro é possível escrever que os desempenhe como eles merecem.

'Poeta em anos de prosa' é um desses.

Eu não leio nenhuma das raras coisas que hoje se escrevem verdadeiramente belas, isto é, simples, verdadeiras, e por consequência sublimes, que não exclame com sincero pesadume cá de dentro: 'Poeta em anos de prosa'!

Pois este é século para poetas? ou temos nós poetas para este século?..

Temos sim, eu conheço três: Bonaparte, Sílvio Pélico[144] e o barão de Rothschild[145].

---

143 Na publicação da Portugália Editora: "Faz favor de me dizer de qua serve". (N.E.)
144 **Sílvio Pélico**: dramaturgo italiano (1789-1854). (N.E.)
145 **barão de Rothschild**: Mayer Amschel Rothschild (1744-1812), banqueiro alemão. (N.E.)

O primeiro fez a sua Ilíada com a espada, o segundo com a paciência, o último com o dinheiro.
São os três agentes, as três entidades, as três divindades da época.
Ou cortar com Bonaparte, ou comprar com Rothschild, ou sofrer e ter paciência com Sílvio Pélico.
Todo o que fizer doutra poesia — e doutra prosa também — é tolo...
Vieram-me estas mui judiciosas reflexões a propósito do capítulo antecedente desta minha obra-prima; e lancei-as aqui para instrução e edificação do leitor benévolo.
Acabei com elas quando chegámos à ponte da Asseca.
Esquecia-me dizer que daqueles três grandes poetas só um está traduzido em português — o Rothschild: não é literal a tradução, agalegou-se e ficou muito suja de erros de imprensa mas como não há outra...
Ora donde veio este nome da Asseca? Algures aqui perto deve de haver sítio, lugar ou coisa que o valha, com o nome de Meca; e daí talvez o admirável rifão[146] português que ainda não foi bem examinado como devia ser, e que decerto encerra algum grande ditame de moral primitiva: 'andou por Seca (Asseca?) e Meca e olivais de Santarém.' — Os tais olivais ficam logo adiante. É uma etimologia como qualquer outra.
A ponte da Asseca corta uma várzea imensa que há de ser um vasto paul de inverno: ainda agora está a dessangrar-se em água por toda a parte.
É notável na história moderna este sítio. Aqui num recontro com os nossos, foi Junot[147] gravemente ferido, ferido na cara. *'Il ne sera plus beau garçon'*[148], disse o parlamentário francês que veio, depois da ação, tratar, creio eu, de troca de prisioneiros ou de coisa semelhante. Mas enganou-se o parlamentário; Junot ainda ficou muito guapo e gentil-homem depois disso.
Tenho pena de nunca ter visto o Junot nem o Maneta*, as duas primeiras notabilidades que ouvi aclamar como tais e cujos nomes conheci... Engano-me: conheci primeiro o nome de Bonaparte. E lembra-me muito bem que nunca me persuadi que ele fosse o monstro disforme e horroroso que nos pintavam frades e velhas naquele tempo. Imaginei sempre que, para excitar tantos ódios e malquerenças, era necessário que fosse um bem grande homem.

---

146 **rifão**: ditado popular. (N.E.)
147 **Junot**: Jean-Andoche Junot (1771-1813), militar francês que comandou a invasão francesa em Portugal. (N.E.)
148 Tradução do francês: "Ele não será mais um belo jovem". (N.E.)
* Chamavam assim por escárnio, em Portugal, ao general Loison a quem faltava um braço. (N.A.)

Desde pequeno que fui jacobino; já se vê: e de pequeno me custou caro. Levei bons puxões de orelhas de meu pai por comprar na feira de São Lázaro, no Porto, em vez das gaitinhas ou dos registos de santos, ou das outras bugigangas que os mais rapazes compravam... não imaginam o quê... um retrato de Bonaparte.

Foi 'enguiço'[149] — diria uma senhora do meu conhecimento que acredita neles: foi enguiço que ainda se não desfez e que toda a vida me tem perseguido.

Quem me diria quando, por esse primeiro pecado político da minha infância, por esse primeiro tratamento duro, e — perdoe-me a respeitada memória de meu santo pai! — injustíssimo, que me trouxe o mero instinto das ideias liberais, quem me diria que eu havia de ser perseguido por elas toda a vida! que apenas saído da puberdade havia de ir a essa mesma França, à pátria desses homens e dessas ideias com que a minha natureza simpatizava sem saber por quê, buscar asilo e guarida?

Não vi já quase nenhum daqueles que tanto desejara conhecer: as ruínas do grande império estavam dispersas; os seus generais mortos, desterrados, ou trajavam interesseiros e covardes as librés do vencedor...

De todas as grandes figuras dessa época, a que melhor conheci e tratei foi uma senhora, tipo de graça, de amabilidade e de talento. Pouco foi o nosso trato, mas quanto bastou para me encantar, para me formar no espírito um modelo de valor e merecimento feminino que me veio a fazer muito mal.

Custa depois a encher aquela altura que se marcou...

Eis aqui como eu fiz esse conhecimento.

Inda o estou vendo, coitado! o pobre C. do S., nobre, espirituoso, cavalheiro, fazendo-se perdoar todos os seus prejuízos de casta, que tinha como ninguém, por aquela polidez superior e afabilidade elegante que distingue o verdadeiro fidalgo (estilo antigo); ainda o estou vendo, já sexagenário, já mais que 'ci-devant jeune homme'[150], o pescoço entalado na inflexível gravata, os pés pegando-se-lhe, como os de Ovídio, ao limiar da porta — não que lhos prendessem saudades, senão que lhos paralisava a caquexia incipiente — mas o espírito jovem a reagir e a teimar.

— 'Vamos!', disse ele, 'hoje estou bom, sinto-me outro: quero apresentá-lo a madame de Abrantes. Está tão velha! Isto de mulheres não são como nós, passam muito depressa.'

---

149 **enguiço:** feitiço. (N.E.)
150 **ci-devant jeune homme:** "ci-devant" era usado durante o período da Revolução Francesa para designar os antigos nobres que perderam sua condição aristocrática. No caso, a expressão poderia ser entendida como "ex-jovem". (N.E.)

E o desgraçado tremiam-lhe as pernas, e sufocava-o a tosse.

Tomámos uma 'citadine'¹⁵¹, e fomos com efeito à nova e elegante rua chamada não impropriamente a rua de Londres, onde achámos rodeada de todo o esplendor do seu ocaso aquela formosa estrela do império.

Não quero dizer que era uma beleza; longe disso. Nem bela nem moça, nem airosa de fazer impressão era a duquesa de Abrantes. Mas em meia hora de conversação, de trato, descobriam-se-lhe tantas graças, tanto natural, tanta amabilidade, um complexo tão verdadeiro e perfeito da mulher francesa, a mulher mais sedutora do mundo, que involuntariamente se dizia a gente no seu coração: 'Como se está bem aqui!'

Falámos de Portugal, de Lisboa, do império — da restauração, da revolução de julho (isto era em 1831), de M. de Lafayette, de Luís Filipe, de Chateaubriand — o seu grande amigo dela — do *Sacré Coeur* e das suas elegantes devotas* — falámos artes, poesia, política... e eu não tinha ânimo para acabar de conversar...

Benévolo e paciente leitor, o que eu tenho decerto ainda é consciência, um resto de consciência: acabemos com estas digressões e perenais divagações minhas. Bem vejo que te deixei parado à minha espera no meio da ponte da Asseca. Perdoa-me por quem és, demos de espora às mulinhas, e vamos que são horas.

Cá estamos num dos mais lindos e deliciosos sítios da terra: o vale de Santarém, pátria dos rouxinóis e das madressilvas, cinta de faias belas e de loureiros viçosos. Disto é que não tem Paris, nem França nem terra alguma do ocidente senão a nossa terra, e vale bem por tantas, tantas coisas que nos faltam.

---

151 **citadine**: carro puxado por cavalos usado para locomoção nas cidades. (N.E.)

* O convento que tem este nome em Paris, é casa de educação de meninos nobres, e recolhimento de senhoras também. (N.A.)

X

Vale de Santarém. — Namora-se o A. de uma janela que vê por entre umas árvores. — Conjecturas várias a respeito da dita janela. — Semelhança do poeta com a mulher namorada, e inquestionável inferioridade do homem que não é poeta. — Os rouxinóis. Reminiscência de Bernardim Ribeiro e das suas saudades. — De como o A. tinha quase completo o seu romance, menos um vestido branco e uns olhos pretos. — Saem verdes os olhos com grande admiração e pasmo seu. — Verificam-se as conjecturas sobre a misteriosa janela. — A menina dos rouxinóis. — Censura das damas muito para temer, crítica dos elegantes muito para rir. — Começa o primeiro episódio desta Odisseia.

O vale de Santarém é um destes lugares privilegiados pela natureza, sítios amenos e deleitosos em que as plantas, o ar, a situação, tudo está numa harmonia suavíssima e perfeita: não há ali nada grandioso nem sublime, mas há uma como simetria de cores, de sons, de disposição em tudo quanto se vê e se sente, que não parece senão que a paz, a saúde, o sossego do espírito e o repouso do coração devem viver ali, reinar ali um reinado de amor e benevolência. As paixões más, os pensamentos mesquinhos, os pesares e as vilezas da vida não podem senão fugir para longe. Imagina-se por aqui o Éden que o primeiro homem habitou com a sua inocência e com a virgindade do seu coração.

À esquerda do vale, e abrigado do norte pela montanha que ali se corta quase a pique, está um maciço de verdura do mais belo viço e variedade. A faia, o freixo, o álamo entrelaçam os ramos amigos; a madressilva, a mosqueta penduram de um a outro suas grinaldas e festões; a congossa, os fetos, a malva-rosa do valado vestem e alcatifam o chão.

Para mais realçar a beleza do quadro, vê-se por entre um claro das árvores a janela meio aberta de uma habitação antiga mas não dilapidada — com certo ar de conforto grosseiro, e carregada na cor pelo tempo e pelos vendavais do sul a que está exposta. A janela é larga e baixa; parece mais ornada e também mais antiga que o resto do edifício que todavia mal se vê...

Interessou-me aquela janela.

Quem terá o bom gosto e a fortuna de morar ali?

Parei e pus-me a namorar a janela.
Encantava-me, tinha-me ali como num feitiço.
Pareceu-me entrever uma cortina branca... e um vulto por detrás... Imaginação decerto! Se o vulto fosse feminino!.. era completo o romance.
Como há de ser belo ver pôr o sol daquela janela!..
E ouvir cantar os rouxinóis!..
E ver raiar uma alvorada de maio!..
Se haverá ali quem a aproveite, a deliciosa janela?... quem aprecie e saiba gozar todo o prazer tranquilo, todos os santos gozos de alma que parece que lhe andam esvoaçando em torno?
Se for homem, é poeta; se é mulher está namorada.
São os dous entes mais parecidos da natureza, o poeta e a mulher namorada: veem, sentem, pensam, falam como a outra gente não vê, não sente, não pensa nem fala.
Na maior paixão, no mais acrisolado afeto do homem que não é poeta, entra sempre o seu tanto da vil prosa humana: é liga sem que se não lavra o mais fino de seu oiro. A mulher não; a mulher apaixonada deveras sublima-se, idealiza-se logo, toda ela é poesia; e não há dor física, interesse material, nem deleites sensuais que a façam descer ao positivo da existência prosaica.
Estava eu nestas meditações, começou um rouxinol a mais linda e desgarrada cantiga que há muito tempo me lembra de ouvir.
Era ao pé da dita janela!
E respondeu-lhe logo outro do lado oposto; e travou-se entre ambos um desafio tão regular, em estrofes alternadas tão bem medidas, tão acentuadas e perfeitas, que eu fiquei todo dentro do meu romance, esqueci-me de tudo mais.
Lembrou-me o rouxinol de Bernardim Ribeiro[152], o que se deixou cair na água de cansado.
O arvoredo, a janela, os rouxinóis... àquela hora, o fim da tarde... que faltava para completar o romance?
Um vulto feminino que viesse sentar-se àquele balcão — vestido de branco — oh! branco por força... a frente descaída sobre a mão esquerda, o braço direito pendente, os olhos alçados ao céu... De que cor os olhos? Não sei, que importa! é amiudar muito demais a pintura, que deve ser a grandes e largos traços para ser romântica, vaporosa, desenhar-se no vago da idealidade poética...

---

152 **Bernadim Ribeiro**: escritor (1482-1552) que introduziu o bucolismo em Portugal. (N.E.)

— 'Os olhos, os olhos...' disse eu pensando já alto, e todo no meu êxtase, 'os olhos... pretos.'
— 'Pois eram verdes!'
— 'Verdes os olhos... dela, do vulto da janela?'
— 'Verdes como duas esmeraldas orientais, transparentes, brilhantes, sem preço.'
— 'Quê! pois realmente?.. É gracejo isso, ou realmente há ali uma mulher, bonita, e?..'
— 'Ali não há ninguém — ninguém que se nomeie hoje, mas houve... oh! houve um anjo, um anjo, que deve estar no céu.'
— 'Bem dizia eu que aquela janela...'
— 'É a janela dos rouxinóis.'
— 'Que lá estão a cantar.'
— 'Estão, esses lá estão ainda como há dez anos — os mesmos ou outros, mas a *menina dos rouxinóis* foi-se e não voltou.'
— 'A menina dos rouxinóis! que história é essa? Pois deveras tem uma história aquela janela?'
— 'É um romance todo inteiro, todo feito como dizem os franceses, e conta-se em duas palavras.'
— 'Vamos a ele. A menina dos rouxinóis, menina com olhos verdes! Deve ser interessantíssimo. Vamos à história já.'
— 'Pois vamos. Apeemo-nos e descansemos um bocado.'

Já se vê que este diálogo passava entre mim e outro dos nossos companheiros de viagem.

Apeámo-nos com efeito; sentámo-nos; e eis aqui a história da *menina dos rouxinóis* como ela se contou.

É o primeiro episódio da minha Odisseia: estou com medo de entrar nele porque dizem as damas e os elegantes da nossa terra que o português não é bom para isto, que em francês que há outro não sei quê...

Eu creio que as damas que estão mal informadas, e sei que os elegantes que são uns tolos; mas sempre tenho meu receio, porque enfim, enfim, deles me rio eu, mas poesia ou romance, música ou drama de que as mulheres não gostem, é porque não presta.

Ainda assim, belas e amáveis leitoras, entendamo-nos: o que eu vou contar não é um romance, não tem aventuras enredadas, peripécias, situações e incidentes raros; é uma história simples e singela, sinceramente contada e sem pretensão.

Acabemos aqui o capítulo em forma de prólogo, e a matéria do meu conto para o seguinte.

XI

Trata-se do único privilégio dos poetas que também os filósofos quiseram tirar, mas não lhes foi concedido; aos romancistas sim. — Exemplo de Aristóteles e Anacreonte. — O A., tendo declarado no capítulo nono desta obra que não era filósofo, agora confessa, quase solenemente, que é poeta, e pretende manter-se, como tal, em seu direito. — De como S. M. el-Rei de Dinamarca tinha menos juízo do que Yorick, seu bobo. — Doutrina deste. Funda nela o A. o seu admirável sistema de fisiologia e patologia transcendente do coração. Por uma dedução apertada e cerrada da mais constrangente lógica vem a dar-se no motivo por que foi concedido aos poetas o direito indefinido de andarem sempre namorados. — Aplicam-se todas estas grandes teorias à posição atual do A. no momento de entrar no episódio prometido[153] no capítulo antecedente. — Modéstia e reserva delicada o obrigam a duvidar da sua qualificação para o desempenho: pede votos às amáveis leitoras. Decide-se que a votação não seja nominal, e porquê. — Dido e a mana Anica. — Entra-se enfim na prometida história. — De como a velha estava à porta a dobar, e embaraçando-se-lhe a meada, chamou por Joaninha, sua neta.

ESTE é o único privilégio dos poetas: que até morrer podem estar namorados. Também não lhes conheço outro. A mais gente tem as suas épocas na vida, fora das quais lhes não é permitido apaixonarem-se. Pretenderam acolher-se ao mesmo benefício os filósofos, mas não lhes foi consentido pela rainha Opinião, que é soberana absoluta e juiz supremo de que se não apela nem agrava ninguém.

Anacreonte[154] cantou, de cabelos brancos, os seus amores, e não se estranhou. Aristóteles[155] mal teria a barba ruça quando foi daquele seu último namoro por que ainda hoje lhe apouquentam a fama.

Ora eu filósofo, seguramente não sou, já o disse; de poeta tenho o meu pouco, padeci, a falar a verdade, meus ataques assaz agudos dessa

---

153 Na publicação da Portugália Editora: "episódio proometido". (N.E.)
154 **Anacreonte**: poeta lírico grego (563 a.C.-478 a.C.). (N.E.)
155 **Aristóteles**: cientista e filósofo grego (384 a.C.-322 a.C.), aluno de Platão (428/427 a.C.-348/347 a.C.) e preceptor de Alexandre, o Grande (356 a.C.-323 a.C.). (N.E.)

moléstia, e bem pudera desculpar-me com eles de certas fragilidades de coração... Mas não senhor, não quero desculpar-me como quem tem culpa senão defender-me como quem tem razão e justiça por si.

Estou, com o meu amigo Yorick[156], o ajuizadíssimo bobo de el-rei de Dinamarca, o que alguns anos depois ressuscitou em Sterne com tão elegante pena, estou sim. 'Toda a minha vida' diz ele 'tenho andado apaixonado já por esta já por aquela princesa, e assim hei de ir, espero, até morrer, firmemente persuadido que se algum dia fizer uma ação baixa, mesquinha, nunca há de ser senão no intervalo de uma paixão à outra: nesses interregnos sinto fechar-se-me o coração, esfria-me o sentimento, não acho dez réis que dar a um pobre... por isso fujo às carreiras de semelhante estado; e mal me sinto aceso de novo, sou todo generosidade e benevolência outra vez'.

Yorick tem razão, tinha muito mais razão e juízo que seu augusto amo, el-rei de Dinamarca. Por pouco mais que se generalize o princípio, fica indisputável, inexcepcionável para sempre e para tudo. O coração humano é como o estômago humano, não pode estar vazio, precisa de alimento sempre: são e generoso só as afeições lho podem dar; o ódio, a inveja e toda a outra paixão má é estímulo que só irrita mas não sustenta. Se a razão e a moral nos mandam abster destas paixões, se as quimeras filosóficas, ou outras, nos vedarem aquelas, que alimento dareis ao coração, que há de ele fazer? Gastar-se sobre si mesmo, consumir-se... Altera-se a vida, apressa-se a dissolução moral da existência, a saúde da alma é impossível.

O que pode viver assim, vive para fazer mal ou para não fazer nada.

Ora o que não ama, que não ama apaixonadamente, seu filho se o tem, sua mãe se a conserva, ou a mulher que prefere a todas, esse homem é o tal, e Deus me livre dele.

Sobretudo que não escreva: há de ser um maçador terrível. Talvez seja este o motivo da indefinida permissão que é dada aos poetas de andarem namorados sempre.

O romancista goza do mesmo foro e tem as mesmas obrigações. É como o privilégio de desembargador que tiravam dantes os fidalgos, quando ser desembargador valia alguma coisa... e tanta coisa!

Como hei de eu então, eu que nesta grave Odisseia das minhas viagens tenho de inserir o mais interessante e misterioso episódio de amor que ainda foi contado ou cantado, como hei de eu fazê-lo, eu que já não te-

---

156 **Yorick:** personagem da peça *Hamlet*, de Shakespeare. (N.E.)

nho que amar neste mundo senão uma saudade e uma esperança — um filho no berço e uma mulher na cova?..
Será isto bastante? Dizei-o vós, ó benévolas leitoras, pode com isto só alimentar-se a vida do coração?
— Pode sim.
— Não pode, não.
— Estão divididos os sufrágios: peço votação.
— Nominal?
— Não, não.
— Por quê?
— Porque há muita coisa que a gente pensa, e crê e diz assim a conversar, mas que não ousa confessar publicamente, professar aberta e nomeadamente no mundo...
Ah! sim... ele é isso? Bem as entendo, minhas senhoras: reservemos sempre uma saída para os casos difíceis, para as circunstâncias extraordinárias. Não é assim?
Pois o mesmo farei eu.
E posto que hoje, faz hoje um mês, em tal dia como hoje, dia para sempre assinalado na minha vida, me aparecesse uma visão, uma visão, celeste que me surpreendeu a alma por um modo novo e estranho, e do qual não podia dizer decerto como a rainha Dido[157] à mana Anica[158]:

> Reconheço o queimar da chama antiga
> Agnosco veteris vestigia flammae;

posto que a visão passou e desapareceu... mas deixou gravada na alma a certeza de que... Posto que seja assim tudo isto, a confidência não passará daqui, minhas senhoras: tanto basta para se saber que estou suficientemente habilitado para cronista da minha história, e a minha história é esta.
Era no ano de 1832, uma tarde de verão como hoje calmosa, seca, mas o céu puro e desabafado. À porta dessa casa entre o arvoredo, estava sentada uma velhinha bem passante dos setenta, mas que o não mostrava. Vestia uma espécie de túnica roxa que apertava na cintura com um largo cinto de couro preto, e que fazia ressair a alvura da cara e das mãos longas, descarnadas, mas não ossudas como usam de ser mãos de velhas;

---

157 **Dido:** rainha de Cartago; aparece como personagem da *Eneida*, poema épico escrito pelo poeta romano Virgílio (70 a.C.-19 a.C.). (N.E.)
158 **Anica:** irmã de Dido. Ambas são símbolo dos modelos literários da Antiguidade. (N.E.)

toucava-se com um lenço da mais escrupulosa brancura, e posto de um jeito particular a modo de toalha de freira; um mandil[159] da mesma brancura, que tinha no peito e que afetava, não menos, a forma de um escapulário de monja, completava o estranho vestuário da velha. Estava sentada numa cadeira baixa do mais clássico feitio: textualmente parecia a que serviu de modelo a Rafael[160] para o seu belo quadro da *Madonna della Sedia*.

Como nota histórica e ilustração artística, seja-me permitido juntar aqui em parêntesis que, não há muito, vi em casa de um sapateiro remendão, em Lisboa, no Bairro Alto, uma cadeira tal e qual; torneados piramidais, simples, sem nobreza, mas elegantes.

Tornemos à velhinha.

Estava ela ali sentada na dita cadeira, e diante de si tinha uma dobadoira[161], que se movia regularmente com o tirar do fio que lhe vinha ter às mãos a enrolar-se no já crescido novelo.

Era o único sinal de vida que havia em todo esse quadro. Sem isso, velha, cadeira, dobadoira, tudo pareceria uma graciosa escultura de António Ferreira[*162] ou um daqueles quadros tão verdadeiros do morgado de Setúbal.

O movimento bem visível da dobadoira era regular, e respondia ao movimento quase imperceptível das mãos da velha. Era regular o movimento, mas durava um minuto e parava, depois ia seguido outros dois, três minutos, tornava a parar: e nesta regularidade de intermitências se ia alternando como o pulso de um que treme sezões.

Mas a velha não tremia, antes se tinha muito direita e aprumada: o parar do seu lavor era porque o trabalho interior do espírito dobrava, de vez em quando, de intensidade, e lhe suspendia todo o movimento externo. Mas a suspensão era curta e mesurada; reagia a vontade, e a dobadoira tornava a andar.

Os olhos da velha é que tinham uma expressão singular: voltada para o poente, não os tirou dessa direção nem os inclinava de modo algum para a dobadoira que lhe ficava um pouco mais à esquerda. Não pestanejavam, e o azul de suas pupilas, que devia ter sido brilhante como o das safiras, parecia desbotado e sem lume.

---

159 **mandil:** pequena capa de três peças. (N.E.)
160 **Rafael:** Raffaello Sanzio (1483-1520), pintor e arquiteto italiano da Renascença. (N.E.)
161 **dobadoira:** mecanismo que enrola fios de lã formando novelos. (N.E.)
* António Ferreira, que viveu no fim do século passado, princípio deste, modelava em barro com a mesma graça e naturalidade flamenga, com que pintava o morgado de Setúbal: as suas pequenas figurinhas são tão estimadas pelos entendedores como os melhores biscoitos de Sèvres e de Saxónia antiga. (N.A.)
162 Na publicação da Portugália Editora: "barro cru" e "biscuits de Sèvres e de Saxónia antiga". (N.E.)

O movimento da dobadoira estacou agora de repente, a velha poisou tranquilamente as mãos e o novelo no regaço, e chamou para dentro da casa:

— 'Joaninha?'

Uma voz doce, pura, mas vibrante, destas vozes que se ouvem rara vez, que retinem dentro da alma e que não esquecem nunca mais, respondeu de dentro:

— 'Senhora? Eu vou, minha avó, eu vou.'

— 'Querida filha!.. Como ela me ouviu logo! Deixa, deixa: vem quando puderes. É a meada que se me embaraçou.'

A velha era cega, cega de gota-serena, e paciente, resignada como a providência misericordiosa de Deus permite quase sempre que sejam os que neste mundo destinou à dura provança de tão desconsolado martírio.

XII

De como Joaninha desembaraçou a meada da avó, e do mais que aconteceu. — Que casta de rapariga era Joaninha. — Dá o A. insigne prova de ingenuidade e boa-fé confessando um grave senão do seu Ideal. Insiste porém que é um adorável defeito. — Em que se parece uma mulher desanelada com um Sansão tosquiado. — Pasmosas monstruosidades da natureza que desmentem o credo velho dos peralvilhos. — Os olhos verdes de Joaninha. — Religião dos olhos pretos estrenuamente professada pelo A. Perigo em que ela se acha à vista de uns olhos verdes. — De como estando a avó e a neta a conversar muito de mano a mano, chega Frei Dinis e se interrompe a conversação. — Quem era Frei Dinis.

— 'AQUI estou, minha avó: é a sua meada?.. eu lha endireito:' — disse Joaninha saindo de dentro, e com os braços abertos para a velha. Apertou-a neles com inefável ternura, beijou-a muitas vezes, e tomando-lhe o novelo das mãos num instante desembaraçou o fio e lho tornou a entregar.

A velha sorria com aquele sorriso satisfeito que exprime os tranquilos gozos de alma, e que parecia dizer: — 'Como eu sou feliz ainda, apesar de velha e de cega! Bendito sejais, meu Deus.'

Esta última frase, esta bênção de um coração agradecido, que espira suavemente para o céu como sobe do altar o fumo do incenso consagrado, esta última frase transbordou-lhe e saiu articulada dos lábios:

— 'Bendito seja Deus, minha filha, minha Joaninha, minha querida neta! E Ele te abençoe também, filha!'

— 'Sabe que mais, minha avó? Basta de trabalhar hoje, são horas de merendar.'

— 'Pois merendemos.'

Joaninha foi dentro da casa, trouxe uma banquinha redonda, cobriu-a com uma toalha alvíssima, pôs em cima fruta, pão, queijo, vinho, chegou-a para ao pé da velha, tirou-lhe o novelo da mão, e arredou a dobadoira. A velha comeu alguns bagos de um cacho doirado que a neta lhe escolheu e pôs nas mãos, bebeu um trago de vinho, e ficou calada e quieta, mas já sem a mesma expressão de felicidade e contentamento sossegado que ainda agora lhe luzia no rosto.

As animadas feições de Joaninha refletiam simpaticamente a mesma alteração.

Joaninha não era bela, talvez nem galante sequer no sentido popular e expressivo que a palavra tem em português, mas era o tipo da gentileza, o ideal da espiritualidade. Naquele rosto, naquele corpo de dezesseis anos, havia por dom natural e por uma admirável simetria de proporções toda a elegância nobre, todo o desembaraço modesto, toda a flexibilidade graciosa que a arte, o uso e a conversação da corte e da mais escolhida companhia vêm a dar a algumas raras e privilegiadas criaturas no mundo.

Mas nesta foi a natureza que fez tudo, ou quase tudo, e a educação nada ou quase nada.

Poucas mulheres são muito mais baixas, e ela parecia alta: tão delicada, tão *élancée* era a forma airosa de seu corpo.

E não era o garbo teso e aprumado da perpendicular miss inglesa que parece fundida de uma só peça; não, mas flexível e ondulante como a hástia jovem da árvore que é direita mas dobradiça, forte da vida de toda a seiva com que nasceu, e tenra que a estala qualquer vento forte.

Era branca, mas não desse branco importuno das loiras, nem do branco terso, duro, marmóreo das ruivas — sim daquela modesta alvura da cera que se ilumina de um pálido reflexo de rosa de Bengala.

E doutras rosas, destas rosas-rosas que denunciam toda a franqueza de um sangue que passa livre pelo coração e corre à sua vontade por artérias[163] em que os nervos não dominam, dessas não as havia naquele rosto: rosto sereno como é sereno o mar em dia de calma, porque dorme o vento... Ali dormiam as paixões.

Que se levante a mais ligeira brisa, basta o seu macio bafejo para encrespar a superfície espelhada do mar.

Sussurre o mais ingénuo e suave movimento de alma no primeiro acordar das paixões, e verão como se sobressaltam os músculos agora tão quietos daquela face tranquila.

O nariz ligeiramente aquilino: a boca pequena e delgada não cortejava nem desdenhava o sorriso, mas a sua expressão natural e habitual era uma gravidade singela que não tinha a menor aspereza nem doutorice.

Há umas certas boquinhas gravezinhas e espremidinhas pela doutorice que são a mais aborrecidinha coisa e a mais pequinha que Deus permite fazer às suas criaturas fêmeas.

Em perfeita harmonia de cor, de forma e de tom com a fina gentileza destas feições, os cabelos de um castanho tão escuro que tocava em preto, caíam de um lado e outro da face, em três longos, desiguais e mal

---

163 Na publicação da Portugália Editora: "sangue que passa livre pelo coração à sua vontade por artérias". (N.E.)

enrolados canudos, cuja ondada espiral se ia relaxando e diminuindo para a extremidade, até lhe tocarem no colo quase lisos.

Em estilo de arte — no estilo da primeira e da mais bela das belas-artes, a *toilette* — este é um defeito; bem sei.

Que votos, que novenas se não fazem a São Barómetro nas vésperas de um baile para lhe pedir uma atmosfera seca e benigna que deixe conservar, até à quarta contradança ao menos, a preciosa obra de carrapito e ferro quente, de macáçar e mandolina que tanto trabalho e tanto tempo, tantos sustos e cuidados custou!

Bem sei pois que é defeito, é, será... mas que adorável defeito! Que deliciosas imagens que excita[164] de abandono — passe o galicismo — de confiança, de absoluta e generosa renúncia a todo o capricho, de perfeita e completa abdicação de toda a vontade própria!

Em geral, as mulheres parecem ter no cabelo a mesma fé que tinha Sansão: o que nele se ia em lhos cortando, cuidam elas que se lhes vai em lhos desanelando? Talvez; e eu não estou longe de o crer: canudo inflexível, mulher inflexível.

Os peralvilhos negam a existência do tal canudo in *rerum natura*, dizem que é como a ave fénix que nasceu de nossos avós não saberem grego[*165]. Eu não digo tal, porque tenho visto descuidar-se a natureza em pasmosas monstruosidades.

Enfim suspendamos, sem o terminar, o exame desta profunda e interessante questão. Fica adiada para um capítulo *ad hoc*, e voltemos à minha Joaninha.

Caíam dum lado e de outro da sua face gentil graciosos anéis; e o resto do cabelo, que era muito, ia entrançar-se, e enrolar-se com singela elegância abaixo da coroa de uma cabeça pequena, estreita e do mais perfeito modelo.

As sobrancelhas, quase pretas também, desenhavam-se numa curva de extrema pureza; e as pestanas longas e assedadas faziam sombra na alvura da face.

Os olhos porém — singular capricho da natureza, que no meio de toda esta harmonia quis lançar uma nota de admirável discordância! Como poderoso e ousado *maestro* que, no meio das frases mais clássicas e deduzidas

---

[164] Na publicação da Portugália Editora: "imagens excita de abandono". (N.E.)
[*] A fábula daquela ave imortal teve origem nas idades obscuras da Europa quando o grego era ignorado. O que os antigos diziam da *fénix*, palmeira em grego, tomaram nossos bárbaros avós por dito de uma passarola com que os outros nunca sonharam. (N.A.)
[165] Na publicação da Portugália Editora: "os Antigos dizem da fênix". (N.E.)

VIAGENS NA MINHA TERRA 71

da sua composição, atira de repente com um som agudo e estrídulo que ninguém espera e que parece lançar a anarquia no meio do ritmo musical... os diletantes arrepiam-se, os professores benzem-se; mas aqueles cujos ouvidos lhes levam ao coração a música, e não à cabeça, esses estremecem de admiração e entusiasmo... Os olhos de Joaninha eram verdes... não daquele verde descorado e traidor da raça felina, não daquele verde mau e destingido que não é senão azul imperfeito, não; eram verdes-verdes, puros e brilhantes como esmeraldas do mais subido quilate.

São os mais raros e os mais fascinantes olhos que há.

Eu, que professo a religião dos olhos pretos, que nela nasci e nela espero morrer... que alguma rara vez que me deixei inclinar para a herética pravidade do olho azul, sofri o que é muito bem feito que sofra todo o renegado... eu firme e inabalável, hoje mais que nunca, nos meus princípios, sinceramente persuadido que fora deles não há salvação, eu confesso todavia que uma vez, uma única vez que vi dos tais olhos verdes, fiquei alucinado, senti abalar-se pelos fundamentos o meu catolicismo, fugi escandalizado de mim mesmo, e fui retemperar a minha fé vacilante na contemplação das eternas verdades, que só e unicamente se encontram aonde está toda a fé e toda a crença... nuns olhos sincera e lealmente pretos.

Joaninha porém tinha os olhos verdes; e o efeito desta rara feição naquela fisionomia à primeira vista tão discordante — era em verdade pasmosa. Primeiro fascinava, alucinava, depois fazia uma sensação inexplicável e indecisa que doía e dava prazer ao mesmo tempo: por fim pouco a pouco, estabelecia-se a corrente magnética tão poderosa, tão carregada, tão incapaz de solução de continuidade, que toda a lembrança de outra coisa desaparecia, e toda a inteligência e toda a vontade eram absorvidas.

Resta só acrescentar — e fica o retrato completo, um simples vestido azul-escuro, cinto e avental preto, e uns sapatinhos com as fitas traçadas em coturno. O pé breve e estreito, o que se adivinha da perna, admirável.

Tal era a ideal e espiritualíssima figura que em pé, encostada à banca onde acabava de comer a boa da velha, contemplava, naquele rosto macerado e apagado, a indizível expressão de tristeza que ele pouco a pouco ia tomando e que toda se refletia, como disse, no semblante da contempladora.

A velha suspirou profundamente, e fazendo como um esforço para se distrair de pensamentos que a afligiam, buscou incertamente com as mãos o novelo da sua meada:

— 'O meu novelo, filha: não posso estar sem fazer nada, faz-me mal.'

— 'Conversemos, avó.'

— 'Pois conversemos; mas dá-me o meu novelo. Não sei o que é, mas quando não trabalho eu, trabalha não sei o que em mim que me cansa ainda mais. Bem dizem que a ociosidade é o pior lavor.'

Joaninha deu-lhe o novelo e pôs-lhe a dobadoira a jeito.

A velha sentiu o que quer que fosse na mão, levou-a à boca e pareceu beijá-la, depois disse:

— 'Bem vi, Joaninha!'

— 'O quê, minha avó? que viu?'

— 'Vi, filha, vi... sem ser com os olhos que Deus me cerrou para sempre — louvado seja Ele por tudo! — vi, sentindo, esta lágrima tua que me caiu na mão, e que já cá está[166] no peito porque a bebi, Joana. Oh filha, já! é muito cedo para começar, deixa isso para mim que estou costumada: mas tu, tu com dezesseis anos e nenhum desgosto!'

— 'Nenhum, avó! E estamos sozinhas nós duas neste mundo, minha avó nesse estado, eu nesta idade, e...'

— 'E Deus no céu para tomar conta em nós... Mas que é? olha, Joana: eu sinto passos na estrada vê o que é.'

— 'Não vejo ninguém.'

— 'Mas oiço eu... Espera... é Fr. Dinis; conheço-lhe os passos.'

Mal a velha acabava de pronunciar este nome, surdiu, detrás de umas oliveiras que ficam na volta da estrada, da banda de Santarém, a figura seca, alta e um tanto curvada de um religioso franciscano que abordoado em seu pau tosco, arrastando as suas sandálias amarelas e tremendo-lhe na cabeça o seu chapéu alvadio, vinha em direção para elas.

Era Fr. Dinis com efeito, o austero guardião de São Francisco de Santarém.

---

166 Na publicação da Portugália Editora: "já está no peito". (N.E.)

XIII

Dos frades em geral. — O frade moralmente considerado, socialmente e artisticamente. — Prova-se que é muito mais poético o frade do que o barão. — Outra vez D. Quixote e Sancho Pança. — Do que seja o barão, sua classificação e descrição lineana. — História do castelo do Chucherumelo. — Erro palmar de Eugénio Sue: mostra-se que os jesuítas não são a cólera-morbo, e que é preciso refazer o 'Judeu errante' — De como o frade não entendeu o nosso século nem o nosso século ao frade. — De como o barão ficou em lugar do frade, e do muito que nisso perdemos. — Única voz que se ouve no atual deserto da sociedade: os barões a gritar contos de réis. — Como se contam e como se pagam os tais contos. — Predileção artística do A. pelo frade: confessa-se e explica-se esta predileção.

FRADES... frades... Eu não gosto de frades. Como nós os vimos ainda os deste século, como nós os entendemos hoje, não gosto deles, não os quero para nada, moral e socialmente falando.

No ponto de vista artístico porém o frade faz muita falta.

Nas cidades, aquelas figuras graves e sérias com os seus hábitos talares, quase todos pitorescos e alguns elegantes, atravessando as multidões de macacos e bonecas de casaquinha esguia e chapelinho de alcatruz que distinguem a peralvilha raça europeia — cortavam a monotonia do ridículo e davam fisionomia à população.

Nos campos o efeito era ainda muito maior: eles caracterizavam a paisagem, poetizavam a situação mais prosaica de monte ou de vale; e tão necessárias tão obrigadas figuras eram em muitos desses quadros, que sem elas o painel não é já o mesmo.

Além disso, o convento no povoado e o mosteiro no ermo animavam, amenizavam, davam alma e grandeza a tudo: eles protegiam as árvores, santificavam as fontes, enchiam a terra de poesia e de solenidade.

O que não sabem nem podem fazer os agiotas barões que os substituíram.
É muito mais poético o frade que o barão.
O frade era, até certo ponto, o Dom Quixote da sociedade velha.
O barão é, em quase todos os pontos, o Sancho Pança da sociedade nova.
Menos na graça...

Porque o barão é o mais desgracioso e estúpido animal da criação. Sem excetuar a família asinina que se ilustra com individualidades tão distintas como o Ruço do nosso amigo Sancho, o asno da Pucela de Orléans e outros.

O barão (*Onagrus baronius*, de Linn., *l'ânne baron* de Buf.) é uma variedade monstruosa engendrada na burra de Balaão, pela parte essencialmente judaica e usurária de sua natureza[167], em coito danado com o urso Martinho do Jardim das Plantas*, pela parte franchinótica e sordidamente revolucionária de seu caráter.

O barão é pois usurariamente revolucionário, e revolucionariamente usurário.

Por isso é *zebrado* de riscas monárquico-democráticas por todo o pelo.

Este é o barão verdadeiro e puro-sangue: o que não tem estes caracteres é espécie diferente, de que aqui se não trata.

Ora, sem sair dos barões e tornando aos frades, eu digo: que nem eles compreenderam o nosso século nem nós os compreendemos a eles...

Por isso brigámos muito tempo, afinal vencemos nós, e mandámos os barões a expulsá-los da terra. No que fizemos uma sandice como nunca se fez outra. O barão mordeu no frade, devorou-o... e escoiceou-nos a nós depois.

Com que havemos nós agora de matar o barão?

Porque este mundo e a sua história é a história do 'castelo do Chucherumelo'. Aqui está o cão que mordeu no gato, que matou o rato, que roeu a corda etc. etc.: vai sempre assim seguindo.

Mas o frade não nos compreendeu a nós, por isso morreu, e nós não compreendemos o frade, por isso fizemos os barões de que havemos de morrer.

São a moléstia deste século; são eles, não os jesuítas, a cólera-morbo da sociedade atual, os barões. O nosso amigo Eugénio Sue errou de meio a meio no 'Judeu errante' que precisa refeito.

Ora o frade foi quem errou primeiro em nos não compreender, a nós, ao nosso século, às nossas inspirações e aspirações: com o que falsificou a sua posição, isolou-se da vida social, fez da sua morte uma necessidade, uma coisa infalível e sem remédio. Assustou-se com a liberdade que era sua amiga, mas que o havia de reformar, e uniu-se ao despotismo que o não amava senão relaxado e vicioso, porque de outro modo lhe não servia nem o servia.

---

167 Visão caricatural do judeu como praticante da usura. A atividade de empréstimo a juros era relegada a segundo plano na Idade Média europeia. O modo de produção feudal e a religião católica não comportavam essa prática e ela, portanto, foi associada aos sujeitos marginais naquela sociedade, os judeus. (N.E.)

* Célebre urso do Jardim das Plantas em Paris. (N.A.)

Nós também errámos em não entender o desculpável erro do frade, em lhe não dar outra direção social, e evitar assim os barões, que é muito mais daninho bicho e mais roedor.

Porque, desenganem-se, o mundo sempre assim foi e há de ser. Por mais belas teorias que se façam, por mais perfeitas constituições com que se comece, o *status in statu* forma-se logo: ou com frades ou com barões ou com pedreiros livres se vai pouco a pouco organizando uma influência distinta, quando não contrária, às influências manifestas e aparentes do grande corpo social. Esta é a oposição natural do Progresso, o qual tem a sua oposição como todas as coisas sublunares e superlunares; esta corrige saudavelmente, às vezes, e modera sua velocidade, outras a empece com demasia e abuso: mas enfim é uma necessidade.

Ora eu, que sou ministerial do Progresso, antes queria a oposição dos frades que a dos barões. O caso estava em a saber conter e aproveitar.

O Progresso e a liberdade perdeu, não ganhou.

Quando me lembra tudo isto, quando vejo os conventos em ruínas, os egressos a pedir esmola e os barões de berlinda, tenho saudades dos frades — não dos frades que foram, mas dos frades que podiam ser.

E sei que me não enganam poesias; que eu reajo fortemente com uma lógica inflexível contra as ilusões poéticas em se tratando de coisas graves.

E sei que me não namoro de paradoxos, nem sou destes espíritos de contradição desinquieta que suspiram sempre pelo que foi, e nunca estão contentes com o que é.

Não, senhor: o frade, que é patriota e liberal na Irlanda, na Polónia, no Brasil, podia e devia sê-lo entre nós; e nós ficávamos muito melhor do que estamos com meia dúzia de clérigos de requiem para nos dizer missa; e com duas grosas de barões, não para a tal oposição salutar, mas para exercer toda a influência moral e intelectual da sociedade — porque não há de outra cá.

E senão digam-me: onde estão as universidades, e o que faz essa que há senão dar o seu grauzito de bacharel em leis e em medicina? O que escreve ela, o que discute, que princípios tem, que doutrinas professa, quem sabe ou ouve dela senão algum eco tímido e acanhado do que noutra parte se faz ou diz?

Onde estão as academias?

Que palavra poderosa retine nos púlpitos?

Onde está a força da tribuna.

Que poeta canta tão alto que o oiçam as pedras brutas e os robles duros desta selva materialista a que os utilitários nos reduziram?

Se excetuarmos o débil clamor da imprensa liberal já meio esganada da polícia, não se ouve no vasto silêncio deste ermo senão a voz dos barões gritando contos de réis.
Dez contos de réis por um eleitor!
Mais duzentos contos pelo tabaco!
Três mil contos para a conversão de um anfiguri[168]!
Cinco mil contos para as estradas dos aeronautas!
Seis mil contos para isto, dez mil contos para aquilo!
Não tardam a contar por centenas de milhares.
Contar a eles não lhes custa nada.
A quem custa é a quem paga para todos esses balões de papel — a terra e a indústria. ....

....

....

....

Este capítulo deve ser considerado como introdução ao capítulo seguinte, em que entra em cena Fr. Dinis, o guardião de São Francisco de Santarém.
Já me disseram que eu tinha o génio frade, que não podia fazer conto, drama, romance sem lhe meter o meu fradinho.
O 'Camões' tem um frade, Frei José Índio;
A 'Dona Branca' três, Frei Soeiro, Frei Lopo e São Frei Gil[169] — faz quatro;
A 'Adosinda' tem um ermitão, espécie de frade — cinco;
'Gil Vicente' tem outro — isto é, verdadeiramente não tem senão meio frade, que é André de Resende, demais a mais, pessoa muda — cinco e meio;
O 'Alfageme' três quartos de frade, Froilão Dias, chibato da ordem de Malta — seis frades e um quarto;
Em 'Frei Luís de Sousa' tudo são frades: vale bem nesta computação, os seus três, quatro, meia dúzia de frades — são já doze e quarto;
Alguns, não eu, querem meter nesta conta o 'Arco de Santana', em que há bem dous frades e um leigo:
E aqui tenho eu às costas nada menos de quinze frades e quarto.
Com este Frei Dinis[170] é um convento inteiro.
Pois, senhores, não sei que lhes faça: a culpa não é minha. Desde mil cento e tantos que começou Portugal, até mil oitocentos trinta[171] e tantos

---
168 **anfiguri**: discurso desordenado e sem nexo. (N.E.)
169 **frei Gil**: um dos santos mais populares de Portugal. (N.E.)
170 Na publicação da Portugália Editora: "Com este Dinis". (N.E.)
171 Na publicação da Portugália Editora: "até mil oitocentos e trinta". (N.E.)

VIAGENS NA MINHA TERRA 77

que uns dizem que ele se restaurou, outros que o levou a breca, não sei que se passasse ou pudesse passar nesta terra coisa alguma pública ou particular, em que frade não entrasse.

Para evitar isto não há senão usar da receita que vem formulada no capítulo V[172] desta obra[173].

Faça-o quem gostar; eu não, que não quero nem sei.

---

172 Páginas 37 a 40. (N.E.)
173 Na publicação da Portugália Editora: "capítulo quinto". (N.E.)

XIV

Emendado enfim de suas distrações e divagações, prossegue o A. diretamente com a história prometida. — De como Fr. Dinis deu a manga a beijar à avó e à neta, e do mais que entre eles se passou. — Ralha o frade com a velha, e começa a descobrir-se onde a história vai ter.

ESTE capítulo não tem divagações, nem reflexões, nem considerações de nenhuma espécie, vai direito e sem se distrair, pela sua história adiante.
Fr. Dinis chegava ao pé das duas mulheres e disse:
— 'Louvado seja Nosso Senhor Jesus Cristo!'
Joana adiantou-se alguns passos a beijar-lhe a manga. Ele acrescentou:
— 'A bênção de Deus te cubra, filha, e a de nosso padre São Francisco!'
— 'Benedicite, padre guardião': disse a velha inclinando-se meia levantada da cadeira.
— 'Em nome do Senhor! ámen'. — respondeu o frade aproximando-se, e chegando o braço a alcance de lho ela beijar:
— 'Ora aqui estou, minha irmã; que me quer? E como vai isto por cá? Vamo-nos confortando, tendo paciência, e sofrendo com os olhos no Senhor?'
— 'Já os não tenho senão para ele, padre.'
— 'Ah! ah! irmã Francisca, sempre esse pensamento, sempre essa queixa! Tenho-a repreendido tanta vez e não se emenda.'
— 'Eu não me queixei, meu padre. Deus sabe que me não queixo... ao menos por mim.'
— 'Pois por quem?'
— 'Oh padre!'
— 'Irmã Francisca, tenho medo de a entender. Eu não conheço as afeições da carne nem lido com os fracos pensamentos do mundo. Sou frade, minha irmã, sou um que já não é do número dos vivos, que vesti esta mortalha para não ser deles, que a vestiu num tempo em que a mofa e o desprezo são o único património do frade, em que o escárnio, a derisão, o insulto — o pior e o mais cruel de todos os martírios — são a nossa única esperança. Eu quis ser frade, fiz-me frade, sabendo e vendo tudo isto, fiz-me frade no meio de tudo isto: já velho e experimentado no

mundo, farto de o conhecer, e certo do que me espera — a mim e à profissão que abracei. Que quer de um homem que assim se resolveu a cortar por quanto prende a humanidade a esta miserável vida da terra, para não viver senão das esperanças da outra? Eu vesti este hábito para isso. O seu, irmã, o seu para que o vestiu? É um divertimento, é um capricho, é uma comédia com Deus? Rasgue-o depressa, vista-se das galas do mundo, não aperte com a paciência divina, trajando por fora saco da penitência e trazendo o coração por dentro desapertado de todo o cilício e mortificação.'

A velha com as mãos postas, a face alevantada e os apagados olhos para o céu, oferecia a Deus todo o amargor daquela austeridade que não cuidava merecer nem lhe parecia entender. Joaninha, que insensivelmente se fora aproximando da avó, e a tinha como amparada por trás com um de seus braços, firmava a outra mão nas costas da cadeira e cravava fita no frade a vista penetrante e cheia de luz. A expressão do seu rosto era indefinível: irisava-lho, distinta mas promiscuamente, um misto inextricável de entusiasmo e desanimação, de fé e de incredulidade, de simpatia e de aversão.

Disseras que naqueles olhos verdes e naquele rosto mal corado estava o tipo e o símbolo das vacilações do século.

— 'Padre!' tornou a velha com sincera humildade na voz e no gesto: — 'se o mereci, castigai-me. Deus, que me vê e me ouve, bem sabe que o digo em toda a verdade do meu coração, e há de perdoar-me porque eu sou fraca e mulher.'

— 'Pois aos fracos não é que Ele disse: *Toma a tua cruz e segue-me*. Quem a obrigou a fazer os votos que fez?'

— 'É verdade, padre, é verdade: bem sei o que prometi, que me votei a Deus de alma e corpo, que me não pertenço, que nem das minhas afeições posso dispor, mas...'

— 'Mas o quê? Irmã Francisca, a Deus não se engana. Os seus votos não foram feitos num mosteiro, nem proferidos num altar no meio das solenidades da igreja. Mas já lhe tenho dito, no foro da consciência, na presença de Deus, ligam-na tanto ou mais do que se o fossem. Abjure-os se quiser; nenhuma lei, nenhuma força humana a constrange. Diga-mo por uma vez, desengane-me, e eu não torno aqui.'

— 'Oh, por compaixão, padre! pelas chagas de Cristo! Mas uma pergunta só, uma só, e eu prometo não pensar, não falar mais em... Onde está ele?'

— 'Joana, retire-se.'

Joaninha apertou a avó com ambos os braços; e sem dizer uma palavra, sem fazer um só gesto, lentamente e silenciosamente se retirou para dentro de casa.

— 'E esta padre?' disse a velha sem esperar a resposta à primeira pergunta que com tanta ânsia fizera 'e esta, também dela me hei de separar, também hei de renunciar a ela?'
— 'Esta é uma inocente, e enquanto o for...'
— 'Enquanto o for! A minha Joana é um anjo.'
— 'Blasfémia, blasfémia! E o Senhor a não castigue por ela. Joana é boa e temente a Deus: esperemos que Ele a conserve da sua mão. O outro...'
— 'Que é feito dele padre? Oh! diga-mo, e eu prometo...'
— 'Não prometa senão o que pode cumprir. Seu neto está com esses desgraçados que vieram das ilhas, é dos que desembarcaram no Porto...'
— 'Oh filho da minha alma! que não torno a abraçar-te...'
— 'Não decerto; vencedores ou vencidos, toda a comunhão, toda a possibilidade de união acabou entre nós e estes homens. Nós temos obrigação de os destruir, eles o seu único desejo é exterminar-nos.'
— 'Meu Deus meu Deus! pois a isto somos chegados! Pois já não há misericórdia no céu nem na terra!'
— 'A misericórdia de Deus cansou-se; da terra não sei onde está nem onde esteve nunca. Os fracos dão sacrilegamente esse nome à sua relaxação.'
— 'Pois é relaxação desejar a paz, querer a união, suplicar a indulgência? Não nos manda Deus perdoar as nossas dívidas, amar os nossos inimigos?'
— 'Os nossos sim, os d'Ele não.'
— 'Tende compaixão de mim, Senhor!'
— 'Se as suas aflições são as da carne e do sangue, se são pensamentos da terra como desgraçadamente vejo que são, mulher fraca e de pouco ânimo, console-se, que para mim é claro e seguro que estes homens hão de vencer.'
— 'Quais homens?'
— 'Esses inimigos do altar e da verdade, esses homens desvairados pelas especiosas doutrinas do século. Esperam muito, prometem muito, estão em todo o vigor das suas ilusões. E nós, nós carregamos com o desengano de muitos séculos, com os pecados de trinta gerações que passaram, e com a inaudita corrupção da presente... nós havemos de sucumbir. Os templos hão de ser destruídos, os seus ministros proscritos, o nome de Deus blasfemado à vontade nesta terra maldita!'
— 'Pois tão perdidos, tão abandonados da mão de Deus são eles todos... todos?'
— 'Todos. E que cuida, irmã? que são melhores os nossos, esses que se dizem nossos? que há mais fé na sua crença, mais verdade em sua religião? Oh santo Deus!
— 'Faz-me tremer, padre!'

— 'E para tremer é. A impiedade e a cobiça entraram em todos os corações. Duvidar é o único princípio, enriquecer o único objetivo de toda essa gente. Liberais e realistas, nenhum tem fé: os liberais ainda têm esperança; não lhe há de durar muito. Deixem-nos vencer e verão.'
— 'E hão de vencer eles?'
— 'Decerto.'
— 'Ninguém mais diz isso.'
— 'Digo-o eu.'
— 'Tantos mil soldados que o governo tem por si!'
— 'E tantos milhões de pecados contra. Não pode ser, não pode ser: a misericórdia divina está exausta, e o dia desejado dos ímpios vem a chegar. A sua missão é fácil e pronta; não sabem, não podem senão destruir. Edificar não é para eles, não têm com quê, não creem em nada. O símbolo cristão não é só uma verdade religiosa é um princípio eterno e universal. Fé, esperança e caridade. Sem crer, sem esperar...'
— 'E sem amar!'
— 'Mulher, mulher! o amor é a última virtude...'
— 'Mas por ela, por ela se chega às outras.'
— 'Não, mulher fraca, não. E de uma vez para sempre, irmã Francisca, desenganemo-nos. Entre mim, entre o Deus que eu sirvo, não há transação com os seus inimigos. Indulgência nesse ponto não sei o que é. Vejo a sorte que me espera neste mundo, e não tremo diante dela. Quem teme, siga outro caminho; eu nunca.'
— 'Padre, eu não temo nem receio por mim. Sou fraca e mulher, e em toda a tribulação e desgraça hei de glorificar o meu Deus e dar testemunho da minha fé. Mas... mas o meu neto é o meu sangue, a minha vida, é filho querido da minha única e tão amada filha, ele não conheceu outra mãe senão a mim, quero-lhe por ele e por ela. Abandoná-lo não posso, tirar dele o pensamento não sei. A vontade de Deus...'
— 'A vontade de Deus é que o justo se aparte do ímpio, é que os cordeiros da bênção vão para um lado, e os cabritos da maldição para outro. Esse rapaz... oh! minha irmã, eu não sou de pedra, não, não sou, e também o coração se me parte de o dizer... mas esse rapaz é maldito, e entre nós e ele está o abismo todo do Inferno.'
— 'Misericórdia, meu Deus!'
Pálido, enfiado, mais descorado e mais amarelo do que era sempre aquele rosto, Fr. Dinis pronunciou, tremendo mas com força, as suas últimas e terríveis palavras. Os olhos, habitualmente sumidos e cavos, recuaram-lhe ainda mais para dentro das órbitas descarnadas; o bordão

tremia-lhe na esquerda; e a direita suspensa no ar parecia intimar ao culpado a terrível imprecação que lhe saía dos lábios.
— 'Maldito! maldito sejas tu!' prosseguiu o frade, 'filho ingrato, coração derrancado e perverso!'
— 'Meu Deus, não o escuteis!' bradou a velha caindo de joelhos no chão e prostrando-se na terra dura. 'Meu Deus, não confirmeis aquelas palavras tremendas. Não o ouçais, Senhor, e valha o sangue precioso de vosso filho, as dores benditas de sua mãe, oh meu Deus! para arredar da cabeça do meu pobre filho as cruéis palavras deste homem sem piedade, sem amor!..'

A velha queria dizer mais; as angústias que se tinham estado juntando naquela alma, que por fim não podia mais e transbordava, queriam sair todas, queriam derramar-se ali em lágrimas e soluços na presença do seu Deus que ela via sempre no trono das misericórdias, que não podia acabar consigo que o visse o inflexível, o terrível Deus das vinganças que lhe anunciava o frade. Mas a carne não pôde com o espírito, as forças do corpo cederam: tomou-a um mortal delíquio, emudeceu, e... suspendeu-se-lhe a vida.

Fr. Dinis contemplou-a alguns momentos nesse estado e pareceu comover-se; mas aqueles nervos eram fios de ferro temperado[174] que não vibravam a nenhuma suave percussão: deu dous passos para a porta da casa, bateu com o bordão e disse com voz firme e segura:
— 'Joana, acuda a sua avó que não está boa.'

Daí tomou por onde viera, e, sem voltar uma vez a cabeça, caminhou apressado; breve se escondeu para lá das oliveiras da estrada.

---

174 Na publicação da Portugália Editora: "torçais de fios de ferro temperado". (N.E.)

XV

Retrato de um franciscano que não foi para o depósito da Terra Santa, nem consta que esteja na Academia das Belas-artes. — Vê-se que a lógica de Fr. Dinis se não parecia nada com a de Condillac. — Suas opiniões sobre o liberalismo e os liberais. — Que o poder vem de Deus, mas como e para quê. — Que os liberais não entendem o que é liberdade e igualdade; e o para que eram os frades, se fossem. — Prova-se, pelo texto, que o homem não vive só de pão, e pergunta-se o de que vivia então Fr. Dinis.

QUEM era Frei Dinis?

Disse-o ele: — um homem que se fizera frade, já velho e cansado do mundo, que vestira o hábito num tempo em que a mofa, o escárnio e o desprezo seguiam aquela profissão; que o sabia, que o conhecia e que por isso mesmo o afrontara.

Destes raros e fortes caracteres aparecem sempre na agonia das grandes instituições para que nenhuma pereça sem protesto, para que de nenhum pensamento durável e consagrado pelo tempo se possa dizer que lhe faltou quem o honrasse na hora derradeira por uma devoção nobre, gloriosa e digna do alto espírito do homem: — que o homem é uma grande e sublime criatura por mais que digam filósofos.

Tal era Fr. Dinis, homem de princípios austeros, de crenças rígidas, e de uma lógica inflexível e teimosa: lógica porém que rejeitava toda a análise, e que forte nas grandes verdades intelectuais e morais em que fixara o seu espírito, descia delas com o tremendo peso de uma síntese aspérrima e opressora que esmagava todo o argumento, destruía todo o raciocínio que se lhe punha de diante.

Condillac[175] chamou à síntese método de trevas: Fr. Dinis ria-se de Condillac... e eu parece-me que tenho vontade de fazer o mesmo.

O despotismo, detestava-o como nenhum liberal é capaz de o aborrecer; mas as teorias filosóficas dos liberais, escarnecia-as como absurdas, rejeitava-as como perversoras de toda a ideia sã, de todo o sentimento justo, de toda a bondade praticável. Para o homem em qualquer estado, para a sociedade em qualquer forma não havia mais leis que as do decá-

---
175 **Condillac:** Étienne Bonnot de Condillac (1715-1780), filósofo iluminista francês. (N.E.)

logo, nem se precisavam mais constituições que o Evangelho: dizia ele. Reforçá-las é supérfluo, melhorá-las impossível, desviar delas monstruoso. Desde o mais alto da perfeição evangélica, que é o estado monástico, há regras para todos ali; e não falta senão observá-las.

Não sei se esta doutrina não tem o quer que seja de um certo sabor independente e livre, se não cheira o seu tanto à confiança herética dos reformistas evangélicos. O que sei é que Fr. Dinis a professava de boa-fé, que era católico sincero, e frade no coração.

Segundo os seus princípios, poder de homem sobre homem, era usurpação sempre e de qualquer modo que fosse constituído. Todo o poder estava em Deus — que o delegava ao pai sobre o filho, daí ao chefe da família sobre a família, daí a um desses sobre todo o Estado; mas para o reger segundo o Evangelho e em toda a austeridade republicana dos primitivos princípios cristãos.

Assim fora ungido Saul[176], e nele todos os reis da terra — sem o quê, não eram reis.

Tudo o mais, anarquia, usurpação, tirania, pecado — absurdo insustentável e impossível.

E sobre isto também não disputava, que não concebia como: era dogma.

Nas aplicações sim questionava, ou antes, arguia, com sua lógica de ferro. As antigas leis, os antigos usos, os antigos homens, não os poupava mais do que aos novos. A tirania dos reis, a cobiça e a soberba dos grandes, a corrupção e a ignorância dos sacerdotes, nunca houve tribuno popular que as açoitasse mais sem dó nem caridade.

O princípio porém da monarquia antiga, defendia-o, já se vê, por verdadeiro, embora fossem mentirosos e hipócritas os que o invocavam.

Quanto às doutrinas constitucionais, não as entendia, e protestava que os seus mais zelosos apóstolos as não entendiam tampouco: não tinham senso comum, eram abstrações de escola.

Agora, do frade é que me eu queria rir... mas não sei como.

O chamado liberalismo, esse entendia ele. 'Reduz-se' dizia 'a duas coisas, *duvidar e destruir* por princípio, *adquirir e enriquecer* por fim: é uma seita toda material em que a carne domina e o espírito serve; tem muita força para o mal; bem verdadeiro, real e perdurável, não o pode fazer. Curar com uma revolução liberal um país estragado, como são todos os da Europa, é sangrar um tísico: a falta de sangue diminui as ânsias do pulmão por algum tempo, mas as forças vão-se, e a morte é mais certa.'

---

176 Saul: primeiro rei de Israel, no século XI. (N.E.)

Dos grandes e eternos princípios da Igualdade e da Liberdade dizia: 'Em eles os praticando deveras, os liberais, faço-me eu liberal também. Mas não há perigo: se os não entendem! Para entender a liberdade é preciso crer em Deus, para acreditar na igualdade é preciso ter o Evangelho no coração'.

As instituições monásticas eram, no seu entender e no seu sistema, condição essencial de existência para a sociedade civil — para uma sociedade normal. Não paliava os abusos dos conventos, não cobria os defeitos dos monges, acusava mais severamente que ninguém a sua relaxação; mas sustentava que, removido aquele tipo da perfeição evangélica, toda a vida cristã ficava sem norma, toda a harmonia se destruía, e a sociedade ia, mais depressa e mais sem remédio, precipitar-se no golfão do materialismo estúpido e brutal em que todos os vínculos sociais apodreciam e caíam, e em que mais e mais se isolava e estreitava o individualismo egoísta — última fase da civilização exagerada que vai tocar no outro extremo da vida selvagem.

Tais eram os princípios deste homem extraordinário que juntava a uma erudição imensa o profundo conhecimento dos homens e do mundo em que tinha vivido até a idade de cinquenta anos.

Como e por que deixava ele o mundo? Como e por que, um espírito tão ativo e superior se ocupava apenas do obscuro encargo de guardião do seu convento — cargo que aceitara por obediência — e quase que limitava as suas relações fora do claustro àquela casa do vale onde não havia senão aquela velha e aquela criança?

Apesar de sua rigidez ascética, prendia esse espírito por alguma coisa a este mundo? Aquele coração macerado do cilício dos pensamentos austeros e terríveis do eterno futuro, consumido na abstinência de todo o gozo, de todo o desejo no presente, teria acaso viva ainda bastante alguma fibra que vibrasse com recordações, com saudades, com remorsos do passado?

No seu convento ele não tinha senão uma cela nua com um crucifixo por todo adorno, um breviário por único livro. Naquela só família que conversava, havia, já o disse, a velha cega e decrépita, Joaninha com quem apenas falava, e um ausente, um rapaz de quem há dous anos quase que se não sabia. Em intrigas políticas, em negócios eclesiásticos, em coisa mais nenhuma deste mundo não tinha parte. De que vivia pois este homem — homem que certo não era daqueles que vivem só de pão?

E este era dos poucos textos latinos que ele repetia, este o tema predileto dos raros sermões que pregava: *Non in solo pane vivit homo*, Nem só de pão vive o homem.

Vivia então de alguma outra coisa este homem; e a meditação e a oração não lhe bastavam, porque ele saía do seu convento e não ia pregar nem rezar... todas as sextas-feiras era certo na casa do vale à mesma hora, do mesmo modo...

Ali estava pois alguma parte da vida do frade que de todo se não desprendera da terra, e que, por mais que ele diga, lhe faltava *castrar* ainda por amor do céu.

É que meio século de viver no mundo deixa muita raiz que não morre assim. E talvez é uma só a raiz, mas funda, e rija de fevra e de seiva, que as folhas morrem, os ramos secam, o tronco apodrece, e ela teima a viver.

Saibamos alguma coisa dessa vida.

XVI

Saibamos da vida do frade. — Era franciscano por quê? — Dos antigos e dos novos mártires. — Alguns particulares de Fr. Dinis antes e depois de ser frade. — Emigração. — Explicação incompleta. — De como a velha tinha perdido a vista e Joaninha o riso. — Sexta-feira dia aziago.

SAIBAMOS alguma coisa da vida do frade, da sua vida no século[177], porque a do claustro era nua e nula, monótona e singela como a temos visto.

Chamava-se ele no século Dinis de Ataíde, e seguira a carreira das armas primeiro, depois a das letras. Com distinção, e quase com paixão, tomara parte na campanha da Península e a fizera quase toda; mas desgostoso do serviço ou despreocupado da glória militar, entrou na magistratura para que estava habilitado, e em 1825, do lugar de corregedor do Ribatejo, em que já fora reconduzido, devia passar à casa do Porto.

Foi a Lisboa receber o seu despacho, beijou a mão a el-rei, e daí tomou um dia o caminho de Santarém, chegou àquela vila, deixou criados e cavalos na estalagem, e foi tocar à campa da portaria de São Francisco.

Os criados esperaram em vão muitos dias: ele não voltou.

Desapareceu do mundo Dinis de Ataíde, e dali a dous anos apareceu Fr. Dinis da Cruz, o frade mais austero e o pregador mais eloquente daquele tempo. Raro pregava, e só de doutrina; mas era uma torrente de veemência, uma unção, uma força!...

Dos institutos monásticos, já então bem decaídos todos de esplendor e reputação, a ordem de São Francisco era talvez a que mais descera no conceito público. Quanto mais austera é a regra, tanto mais se nota qualquer relaxação nos que a professam: a dos franciscanos[178] tinha-se feito proverbial e popular. Eles eram tantos por toda a parte, e tão conversantes com todas as classes; familiarizara-se por tal modo o povo com o aspecto daquelas mortalhas negras — aspecto já não severo, e apenas deixou de o ser... ridículo — e elas apareciam em tais lugares, a horas, por tal modo... que todo o respeito, toda a estima, toda a consideração se lhe perdera. Escritores, já os não tinham, pregadores poucos e sem reputação, era em todo o sentido a religião mais humilhada na geral decadência das ordens.

---

177 **vida no século:** vida civil e terrena, em oposição à vida religiosa. (N.E.)
178 Na publicação da Portugália Editora: "a devassidão dos franciscanos". (N.E.)

Fr. Dinis procurou-a por isso mesmo. Queria ser frade, o frade desprezado e apupado do século dezanove.

Em certos ânimos é preciso muito mais valor e entusiasmo para afrontar este martírio, do que fora nos antigos tempos para ir ao encontro das nobres perseguições do sangue e do fogo.

Lutava-se com honra então, caía-se com glória, vencia-se muitas vezes morrendo...

Agora é sofrer só.

O mundo aplaudia aqueles grandes sacrifícios, e assistia com interesse, com admiração, com espanto àqueles combates gigantescos. E o tirano tremia diante da sua vítima... quando lhe não caía aos pés vencido, convertido e penitente...

Hoje o povo passa e ri, os reis cuidam de outra coisa, e a mesma Igreja não sabe que tem mártires.

'Pois tem-nos' dizia Fr. Dinis 'e precisa mais deles para se regenerar, do que já precisou para fundar-se'.

Eis aqui porque Dinis de Ataíde não quis ser bento, nem jerónimo, nem cartuxo, e se foi meter padre franciscano.

De todos os seus bens, que eram consideráveis, tirou apenas a módica soma de dinheiro que era necessária para pagar[179] o dote e piso de sua entrada no convento. Do resto fez doação inteira a D. Francisca Joana — a velha hoje cega e decrépita que no princípio desta história encontrámos dobando à sua porta na casa do vale.

A velha não tinha mais família que um neto e uma neta.

A neta era Joaninha, filha única de seu único filho varão, e já órfã de pai e de mãe[180].

O neto, órfão também, nascera póstumo, e custara a vida a sua mãe, filha querida e predileta da velha.

Antes da esplêndida doação de Fr. Dinis, a família, que era de boa e honrada descendência, podia dizer-se pobre; depois viviam remediadamente. Mas a velha não quis nunca sair do modesto estado em que até ali vivera. Tinham fartura de pão, azeite e vinho de suas lavras; corria-lhe com elas um criado velho de confiança; trajavam e tratavam-se como gente meã, mas independente.

Em tempos mais antigos e em vida dos dous filhos de D. Francisca, Fr. Dinis, então Dinis de Ataíde e corregedor da comarca, frequentara

---
179 Na publicação da Portugália Editora: "tirou apenas para pagar". (N.E.)
180 Na publicação da Portugália Editora: "de pai e mãe". (N.E.)

bastante aquela casa. Desde a morte do filho e do genro, que ambos pereceram desastradamente num dia cruzando o Tejo num saveiro em ocasião de grande cheia, ele nunca mais lá tornara.

Até que se meteu frade, e que passaram anos e que o fizeram guardião do seu convento.

Já a nora e a filha da velha tinham morrido também.

E foi notável que na mesma hora em que Fr. Dinis professava em São Francisco de Santarém, vestia D. Francisca aquela túnica roxa que nunca mais largou.

Mas um dia, chegou Fr. Dinis à porta da casa do vale e disse:

— 'Deus seja nesta casa!'

A velha estremeceu, mas tornou logo a si, fez sair as crianças que brincavam ao pé dela, fechou-se com o frade, e falaram baixo um dia inteiro[181]. Rezaram e choraram, que tudo se ouviu; mas o que disseram e conversaram nunca se soube.

O frade foi-se ao anoitecer, a velha ficou rezando e chorando, e rezou e chorou toda a noite.

Isto fora numa sexta-feira; daí por diante em todas as sextas-feiras de cada semana, Fr. Dinis vinha passar algumas horas com a velha.

Não era seu confessor, mas dirigia-a como se o fosse, em tudo e por tudo, menos no que respeitava Joaninha.

Havia no frade uma afetação visível, um sistema premeditado e inalterável de se abster completamente de tudo o que pudesse intervir, por mais remotamente que fosse, com aquela interessante criança.

Joaninha não lhe tinha medo, mas o respeito que lhe ele inspirava era misturado de uma aversão instintiva, que, por contradição inaudita e inexplicável, a deixava simpatizar com tudo quanto ele dizia e professava: doutrinas, opiniões, sentimentos, tudo lhe agradava no frade, menos a pessoa.

Não assim Carlos, o primo, o companheiro, o único amigo da nossa Joaninha, o outro neto da velha por sua filha. Andava ele já no último ano de Coimbra e ia formar-se em leis, quando Fr. Dinis da Cruz começou de novo a frequentar a casa que Dinis de Ataíde tinha abandonado.

Sobre esse a inspeção do frade era minuciosa, vigilante, inquieta. Os livros que ele lia, os amigos com quem vivia, as ideias que abraçava, as inclinações para que pendia — de tudo se ocupava Fr. Dinis, tudo lhe dava cuidado. A ele diretamente pouco lhe dizia, mas com a avó tinha longas conferências a esse respeito.

---

181 Na publicação da Portugália Editora: "falaram baixo o dia inteiro". (N.E.)

Ultimamente parecia satisfazer-se com o jeito que o mancebo indicava tomar.

— 'É temente a Deus, não tem o ânimo cobiçoso nem servil, não é hipócrita, a mania do liberalismo não o mordeu ainda... há de ser um homem de préstimo': dizia o frade a D. Francisca com verdadeira satisfação e interesse.

Passara porém do seu meio o memorável ano de 1830, e Carlos, que se formara no princípio daquele verão, tinha ficado por Coimbra e por Lisboa, e só por fins de agosto voltara para a sua família. E veio triste, melancólico, pensativo, inteiramente outro do que sempre fora, porque era de génio alegre e naturalmente amigo de folgar, o mancebo.

O dia em que ele chegou era uma sexta-feira, dia de Fr. Dinis vir ao vale. Passaram as primeiras saudações e abraços, ficaram sós os dous, e:

— 'Não gosto de te ver': disse o frade.

— 'Pois quê? que tenho eu?'

— 'Tens que vens outro do que foste, Carlos.'

— 'Outro venho, é verdade; mas não se enfadem de me ver, que o enfado há de durar pouco.'

— 'Que queres tu dizer?'

— 'Que estou resolvido a emigrar.'

— 'A emigrar, tu!.. Por quê, para quê? Que loucura é essa?'

— 'Nunca estive tanto em meu juízo.'

— 'Carlos, Carlos! nem mais uma palavra a semelhante respeito. Em que más companhias andaste tu, que maus livros leste, tu que eras um rapaz?.. Carlos, proíbo-te de pensar nesses desvarios.'

— 'Proíbe-me... a mim... de pensar!.. Ora, senhor...'

— 'Proíbo de pensar, sim. Lê no teu Horácio se estás cansado das pandectas[182]. Vai para a eira com o teu Virgílio... ou passeia, caça, monta a cavalo, faze o que quiseres, mas não penses. Cá estou eu para pensar por ti.'

— 'Por quê? eu hei de ser sempre criança? a minha vida há de ser esta? Horácio! tenho bom ânimo para ler Horácio agora... e a bela ocupação para um homem de vinte e um anos, escandir jambos e troqueus[183].'

— 'Pois lê na tua bíblia, que é poesia medida na alma e que repasce o espírito e o coração.'

— 'Eu não quero ser frade: sabe?'

— 'Nem te eu quero para frade.'

---

182 **pandecta:** compilação de regras jurídicas. (N.E.)
183 **jambo** e **troqueu:** unidades de medida do sistema de versificação greco-latino. (N.E.)

— Graças a Deus! Cuidei que... Mas enfim no século em que estamos...'
— 'O século em que estamos é o da presunção e o da imoralidade: e eu quero-te livrar de uma e de outra, Carlos. Tua avó sabe as minhas tenções a teu respeito, aprova-as...'
— 'Minha avó... aprova muita coisa que eu reprovo.'
— 'Como assim, Carlos! que queres tu dizer?'
— Isto mesmo, senhor; — e que amanhã que vou para Lisboa, embarcar para Inglaterra.'
— 'Carlos!'
— É uma resolução meditada e inalterável. Não quero nada com esta terra nem com esta...'
— 'Com esta o quê, Carlos?..'
— 'Pois quer ouvi-lo, digo-lhe: com esta casa.'
O frade sufocava, e balbuciou entre colérico e aterrado:
— 'Dir-me-ás por quê?'
— 'Porque me aborrece e me humilha este mando de um estranho aqui... porque sempre desconfiei, porque sei enfim...'
— 'Sabes o quê?'
— 'Sei, padre Fr. Dinis, mas não me pergunte o que eu sei.'
Amarelo, roxo, pálido, negro, o frade tremia; sumiram-se-lhe mais os olhos e faiscavam lá de dentro como duas brasas; fez um esforço sobre si mesmo para falar, e disse com uma voz cava e cavernosa como de sepulcro:
— 'Pois pergunto, sim; e permita Deus!..'
— 'Padre, não jure nem pragueje' interrompeu Carlos com firmeza e serenidade 'as suas intenções serão boas talvez... creio que são boas, filhas de um remorso salutar...'
— 'Que dizes tu, Carlos... que disseste?.. Oh, meu Deus!'
As cenas tinham mudado: Fr. Dinis parecia o pupilo, a sua voz tinha o som da súplica, já não tremia de ira mas de ansiedade; Carlos, pelo contrário, falava no tom austero e grave de um homem que está forte na sua razão e que é generoso com a sua ofensa. As palavras do mancebo eram agras, via-se que ele o sentia e que procurava adoçá-las na inflexão, que lhes dava.
— 'O que eu digo, padre Fr. Dinis, o que eu sou obrigado a dizer-lhe é isto. Minha avó consentiu, por fraqueza de mulher, no que eu não posso nem devo consentir. O que há nesta casa não é... não é meu; o pão que aqui se come... é comprado por um preço... Padre! já vê que não podemos falar mais neste assunto. Eu parto amanhã para Lisboa. — Minha

avó!' — acrescentou Carlos, mudando de voz e chamando para dentro 'minha avó!'

A velha acudiu, ele disse-lhe a sua tenção, motivou-a em opiniões políticas, declamou contra D. Miguel, mostrou-se entusiasta da causa liberal, e protestou que naquele ano, de tal modo se tinha pronunciado em Coimbra e ainda em Lisboa, que só uma pronta fuga o podia salvar...

A velha chorou, pediu, rogou... inutilmente, em vão.

Fr. Dinis assistiu a tudo isto sem dizer palavra.

E aquela tarde voltou mais cedo para o convento.

No outro dia de manhã muito cedo, abraçado com a avó e com a priminha que se desfaziam em lágrimas, Carlos dizia o último adeus àquela querida casa, àquele amado vale em que fora criado... Nessa noite estava em Lisboa, daí a poucos dias em Inglaterra, e daí a alguns meses na ilha Terceira[184].

Na sexta-feira depois da partida de Carlos, Fr. Dinis veio ao vale e teve larga conferência com a avó.

Os três dias seguintes a velha levou fechada no seu quarto a chorar... no fim do terceiro dia estava cega.

Joaninha era uma criança a esse tempo, parecia não entender nada do que se passava. Mas quem a observasse com atenção, veria que ela dobrou de carinho e de amor para com a avó, e que se não tornou a rir para o frade...

Ele, o frade, envelheceu de dez anos naquele dia. Os olhos sumidos, que era a feição dominante naquele rosto ascético, sumiram-se mais e mais; a estatura alta e ereta curvou-se-lhe; o tremor nervoso, que o tomava por acessos, tornou-se-lhe habitual; os tendões enrijaram-lhe, os músculos da cara descarnaram-se, e a pele já sulcada de fundos cuidados arrugou-se e franziu-se toda em rugas cruzadas e confusas como que se lha torrassem numa grelha.

Nunca mais houve um dia de alegria no vale. A sexta-feira porém era o dia fatal e aziago. Fr. Dinis já não vinha senão no fim da tarde e demorava-se pouco; mas tanto bastava. Suspirava-se por aquela hora e tremia-se dela. As notícias que consolavam, e os terrores que matavam, o frade é que os trazia. O resto da semana levava-se a chorar e a esperar.

E assim se tinham passado dous anos até à sexta-feira em que primeiro vimos juntas à porta da casa aquelas três criaturas; assim se passou até daí a oito dias que a nossa história volta a encontrá-los.

---
184 **Ilha Terceira**: ilha nos Açores de onde os liberais partiram para conquistar Portugal. (N.E.)

XVII

De como, chegando outra sexta-feira e estando a avó e a neta à espera do frade, este lhe apareceu, contra o seu costume, da banda de Lisboa. — Por que razão muitas vezes a mais animada conversação é a que mais facilmente para e quebra de repente. — Nova demonstração de dous grandes axiomas dos nossos velhos, a saber: Que o hábito não faz o monge; e que ralhando as comadres, se descobrem as verdades. — No ralhar da velha com o frade, levanta-se uma ponta do véu que cobre os mistérios da nossa história.

PASSARAM-SE aqueles oito dias no vale, não já como se tinham passado tantas outras semanas em vagas tristezas, em desconsolação e desconforto, mas em positiva ansiedade e aguda aflição pela certeza que trouxera o frade de se achar Carlos no Porto fazendo parte do pequeno exército de D. Pedro.

Incertos rumores, daqueles que percorrem um país em tempos semelhantes e que aumentam e exageram, confundem todos os sucessos, tinham chegado até às pacíficas solidões do vale com as notícias de combates sanguinários, de comoções violentas, de desacatos sacrílegos, de vinganças e represálias atrozes tomadas pelos agressores, retribuídas pelos que se defendiam.

Chegou a sexta-feira; e as horas desse dia, sempre desejado e sempre temido, foram contadas minuto a minuto — a qual mais longo, a qual mais pesado e lento de volver, quanto mais se aproximava o derradeiro.

O sol declinava já... e Fr. Dinis sem aparecer!

No seu poiso ordinário ao pé da porta da casa Joaninha com os olhos estendidos, a velha com os ouvidos alerta, devoravam o espaço na direção de nascente, esperando a cada momento, temendo a cada instante ver aparecer o conhecido vulto, ouvir o som familiar dos passos do frade.

E tão intentas, tão absortas estavam ainda neste cuidado, que não deram fé de um religioso que pelo lado oposto, isto é, da banda de Lisboa, para ali se encaminhava a passos arrastados mas pressurosos.

Chegou rente delas sem o sentirem; e uma voz conhecida, porém mais cava e funda do que nunca a ouviram, pronunciou a fórmula de saudação costumada:

— 'Deus seja nesta casa!'

— 'Ámen!' responderam ambas maquinalmente, com um estremeção involuntário, e voltando de repente a cara para o lado donde vinha a voz.

— 'Jesus!' disse depois a velha tornando a si, 'padre Fr. Dinis, de donde vem tão tarde?'
— 'Chego de Lisboa.'
— 'De Lisboa? Deus lho pague!.. Foi saber?..
— 'Fui, fui saber novas desta horrível guerra, desta tremenda visitação[185] do Senhor à condenada terra de Portugal...'
— 'E então, diga...'
— 'Boas-novas, boas-novas trago!'
— 'Sente-se, padre, sente-se. Joaninha, chega uma cadeira: descanse.'
— 'Não é tempo de descansar este, mas de vigiar e de orar.'
— 'Pois que sucedeu, padre? Não me tenha nesta horrível suspensão. Diga: onde está ele? Alguma desgraça grande lhe aconteceu, oh meu Deus!..'
— 'E que me importa a mim o que aconteceu ou podia acontecer a mais um de tantos perdidos? Encherá a sua medida, irá após dos outros... caminha nas trevas com eles, e como eles, só há de parar no abismo.'

A estas derradeiras palavras do frade asperamente pronunciadas e em tom de indiferença e desprezo, seguiu-se aquele silêncio comprimido, aquela pausa de toda a conversação grave e íntima em que os pensamentos são tantos que se atropelam e não acham saída na voz.

Fr. Dinis mentia... na dureza daquelas expressões mentia ao seu coração — não mentia ao seu espírito. Como o cáustico se aplica à epiderme para deslocar a inflamação interior, ele roçava o peito com as asperidões de sua doutrina e de seus princípios rígidos para amortecer dentro a viva dor de alma que o consumia.

O frade estava por fora, o homem por dentro.

O observador vulgar não via senão o burel[186] e a corda que amortalhavam o cadáver. O que atentasse bem naqueles olhos, o que reparasse bem nas inflexões daquela voz, diria: — 'Frade, tu mentes; mentes sem saberes que mentes: és sincero na tua fé, na tua austeridade, na tua abnegação; mas o teu sacrifício é como o de Abraão na montanha, e Deus sabe que tu não tens força para o cumprir'.

Não o percebeu assim a pobre velha a quem os rigores de Fr. Dinis faziam tremer, e que para toda a afeição, para todo o sentimento humano julgava morto o coração do cenobita[187].

---

185 Na publicação da Portugália Editora: "visitação tremenda". (N.E.)
186 **burel**: tecido grosseiro usado na vestimenta de certos religiosos. (N.E.)
187 **cenobita**: pessoa que vive afastada do convívio social. (N.E.)

Ela que no silêncio de suas noites sempre veladas, na perpétua escuridão de seus dias sempre tristes lutava há tanto tempo, lutava debalde para desprender das afeições do mundo, aquele seu pobre coração que queria imolar ao Senhor, ela via com santa inveja e admiração as sobre-humanas forças que imaginava no frade; e desanimada de o poder seguir nessas alturas da perfeição evangélica, recaía, mais desalentada e mais miserável que nunca, em toda a sua fraqueza de mulher e de mãe.

Oh! não sabe o que é tormento, o que é inferno neste mundo, o que[188] não sofreu destas angústias!

Mas permite Deus que as padeça quem não tem grandes culpas, grandes e irreparáveis erros que expiar neste mundo?

Eu creio firmemente que não.

....
....
....

Cansada e exausta já de tão porfiada luta, a velha perdeu de todo a razão com as derradeiras palavras do frade, e num paroxismo de choro exclamou:

— 'Dinis!.. Fr. Dinis, por aquele penhor sagrado que eu tenho em meu poder, por aquela preciosa cruz sobre a qual se derramaram as últimas lágrimas da minha desgraçada filha, Dinis!..'

— 'Silêncio!' bradou o frade, arrancando um brado de dentro do peito que fez gemer os ecos todos do vale: 'Silêncio, mulher! não conjure o demónio que eu trago encarcerado neste seio, que à força de penitências mal pude domar ainda... que só a morte poderá talvez expelir. Mulher, mulher! este cadáver que já morreu, que já apodreceu em tudo o mais, que já o comem, sem o ele sentir, os bichos todos da destruição... este cadáver tem um único ponto vivo no coração... e o dedo do teu egoísmo aí foi tocar, oh mulher!.. Pecado que estás sempre contra mim! Justiça eterna de Deus quando serás satisfeita?'

Rompera na maior violência a voz do frade, mas descaiu num tom baixo e medonho ao fazer esta última imprecação misteriosa. As derradeiras sílabas quase que lhe morreram nos beiços convulsos, e ao balbuciá-las deixou-se cair, exausto e como quem mais não podia, na cadeira que Joaninha lhe chegara.

A velha aterrada e confusa tremia do que fizera, como diante do espírito imundo que seus malefícios evocaram, treme a maga assustada do seu próprio poder.

---

188 Na publicação da Portugália Editora: "quem". (N.E.)

Passaram alguns segundos que nenhumas palavras podem descrever.

O frade levantou o rosto, olhou para ela, olhou para Joaninha... e, como quem emerge, por grande esforço, de um peso enorme de águas que o submergiam, sacudiu a cabeça, sorveu um longo trago de ar, e disse na sua voz ordinária, só mais débil:

— 'Carlos, senhora... minha irmã, Carlos está vivo; e eis aqui, vinda pelo cônsul de França, uma carta dele.'

Tirou uma carta da manga e a entregou a Joaninha.

XVIII

Descobre-se que há grandes e espantosos segredos entre o frade e a velha. — Piedosa fraude de Joaninha. — Luta entre o hábito e o monge.

O frade entregou a carta a Joaninha, que, lançando os olhos ao sobrescrito, ficou indecisa e inquieta como quem receia e deseja e teme de saber alguma coisa. Ele com voz trémula e sobressaltada acrescentou:

— 'Adeus, que são horas!.. Leiam, e sexta-feira que vem... me dirão...'
— 'Pois quê' disse timidamente a velha 'não quer ouvir o que ele nos escreve?'
— 'Sexta-feira que vem' continuou Fr. Dinis, sem ouvir ou sem atender a pergunta 'sexta-feira que vem eu tomarei conta da resposta, e lha farei chegar pela mesma via... Só uma coisa! nem palavra a meu respeito: eu para Carlos... morri.'
— 'Dinis!' exclamou a velha fora de si 'Dinis!..'

O frade tornou de repente ao tom austero, e respondeu gravemente: 'O quê, minha irmã?'

— 'Era' disse ela tímida e submissa outra vez 'era se, era que... Pois não há de ouvir ler a carta dele?'

Fr. Dinis não respondeu, mas ficou sentado: descaiu-lhe a cabeça sobre o peito, e abraçando-se com o bordão, não deu mais sinal de si.

A velha escutou em silêncio alguns segundos, e com aquele ouvido agudíssimo — penetrante vista dos cegos — percebeu sem dúvida o que se passava, e com mais conforto e serenidade na voz disse:

— 'Abre, Joana, lê, minha filha.'

Joaninha abriu a carta, e percorreu com avidez as poucas linhas que ela encerrava.

— 'Não lês?' acudiu a avó com impaciência: 'Lê, lê alto, Joana.'
— 'É para mim só a carta' disse ela friamente.
— 'Para ti só, como?' tornou a outra.
— É para mim só esta carta... não diz nada que...'

— 'Não diz nada!' replicou a avó 'Pois!.. Lê, lê alto; seja como for, lê, e oiçamos...'

Joaninha parecia hesitar ainda; lançou os olhos ao frade, achou-o na mesma atitude impassível; voltou-se para a avó, viu-a ansiada e ansiosa... leu.

A carta era com efeito para ela só, e carta bem singela, não continha senão as ingénuas expressões de um amor fraterno nunca esquecido, longas saudades do passado, poucas esperanças no futuro, quase nenhumas de se tornarem a ver tão cedo. Tudo isto porém era com a prima: para a desconsolada avó, para ninguém mais... nem uma palavra.

Joaninha ia lendo, lendo... e a voz a descair-lhe: no fim ajuntou uns abraços, umas saudosas lembranças, e não sei que frase incompleta e mal articulada em que se pedia a bênção da avó.

A velha abanou a cabeça tristemente e disse: 'Ora pois... bendito seja Deus!'

Joaninha corou até o branco dos olhos... Inda bem que a não podia ver a avó! Mas viu-a Fr. Dinis, e com a mão trémula e os olhos arrasados de água lhe fez um mudo e expressivo sinal de aprovação e agradecimento. Joaninha corou outra vez, e logo se fez pálida como a morte: era a primeira vez que mentia... e Fr. Dinis, o austero Fr. Dinis a aprová-la!

O frade levantou-se, e sem dizer palavra, tomou o caminho de Santarém.

Ouvia-se ao longe o arquejar de uns soluços sufocados... Seriam dele?

A avó e a neta abraçaram-se e choraram.

Nenhuma delas disse palavra sobre a carta: a velha tinha percebido a piedosa fraude de Joaninha...

Oh! que existências que eram aquelas quatro! Esse frade, essa velha e essas duas crianças! E a maior parte da gente que é *gente*, vive assim... E querem, querem-na assim mesmo, a vida, têm-lhe apego! Oh que enigma é o homem!

Tornou a passar outra semana, e o frade tornou a vir no prazo costumado, e levou a resposta da carta — resposta que Joaninha só escreveu e só viu — e dirigiu-a em Lisboa pela via segura que indicara.

Soube-se que fora entregue; mas semanas e semanas decorreram, os meses passaram de ano... e outra carta não veio.

No entretanto a guerra civil progredia; e depois de suas tremendas peripécias, o grande drama da Restauração chegava rapidamente ao fim. Eram meados do ano de 33, a operação do Algarve sucedera milagrosamente aos constitucionais, a esquadra de D. Miguel fora tomada, Lisboa estava em poder deles. Os tardios e inúteis esforços dos realistas para retomar a capital tinham ocupado o resto do verão. Já outubro se descoroava de seus últimos frutos, e as folhas começavam a empalidecer e a cair, quando uma sexta-feira, ao pôr do sol, Fr. Dinis aparecia no vale mais curvado e mais trémulo que nunca. Vinha do exército realista que então cercava Lisboa.

Joaninha não era ali, a velha estava só.

— 'Que nos traz, padre?' clamou ela mal que o sentiu: 'Soube dele? Tem escapado a estas desgraças, a esses combates mortais?'

— 'Não sei nada, minha irmã: há três dias que de Lisboa se não pode obter a menor informação. As linhas estão fechadas e guarnecidas como nunca: tudo indica havermos de ter cedo algum combate decisivo.'

— 'Deus seja com!..'

— 'Com quem, minha irmã?'

— 'Com quem tiver justiça.'

— 'Nenhum a tem. De um lado e de outro está a ambição e a cobiça, de um lado e de outro a imoralidade, a perdição e o desprezo da palavra de Deus. Por isso, vença quem vencer, nenhum há de triunfar.'

— Ai, o meu pobre filho, o meu Carlos!'

— 'Isso, irmã Francisca, isso! Peça a Deus que dê a vitória a seu neto, e à impiedade por que ele combate. Peça a Deus que vençam os inimigos declarados do seu nome, os destruidores de seus altares, os profanadores de seus templos... Oh! que dia belo e grande não há de ser esse, quando Carlos... o seu Carlos[189], vier expulsar, às baionetadas, do pobre convento de São Francisco o velho guardião — que lhe não há de fugir, minha irmã!.. dele menos que de nenhum outro... que ajoelhado diante do altar inclinará a cabeça como os antigos mártires para cair na presença do seu Deus às mãos do seu...'

— 'Dinis!.. Padre!.. Padre Frei Dinis, que horrorosas palavras saem da sua boca!.. Meu neto, o meu Carlos não é capaz... oh meu Deus!..'

— 'Seu neto detesta-me... e tem... tem razão.'

— 'Não sabe a verdade ele... Carlos está enganado, cuida... não sabe senão meia verdade: e eu, eu hei de — custe o que me custar — eu hei de...'

— 'Há de o quê?'

— 'Hei de desenganá-lo, hei de lhe dizer a verdade toda. Hei de prostrar-me na sua presença, hei de humilhar-me diante do filho de minha filha, hei de arrastar na poeira de seus pés estas cãs e estas rugas... morrerei de vergonha e de remorsos diante do meu filho, mas ele há de saber a verdade.'

Saíam com tal ímpeto e com tão desacostumada energia estas misteriosas e tremendas palavras da boca da velha, que Fr. Dinis não ousou

---

[189] Na publicação da Portugália Editora: "quando... o seu Carlos". (N.E.)

contê-la; ouviu até ao fim, deixou quebrar o ímpeto da torrente, e erguendo então a sua voz austera mas pausada, disse naquele tom friamente decisivo que tanto impõe aos ânimos apaixonados:

— 'Se tal fizesse, mulher, a minha maldição, a maldição eterna de Deus sobre a sua cabeça[190] para sempre!... Oh mulher, pois não lhe basta que ele me aborreça — não lhe basta que seu neto lhe perdesse o amor... quer... quer também que nos despreze?'

A velha gemeu profundamente, e, por um jeito de antiga reminiscência, levou as mãos aos olhos como se os tapasse para não ver. Então disse com desconsoladas lágrimas na voz:

— 'A vontade de Deus seja feita!'

---

[190] Na publicação da Portugália Editora: "Deus cairia sobre a sua cabeça". (N.E.)

XIX

Guerra de postos avançados. Joaninha no bivaque. — De como os rouxinóis do vale se disciplinaram a ponto de tocar a alvorada e a retreta. — Quem era a 'menina dos rouxinóis', e por que lhe puseram este nome. — A sentinela perdida e achada.

A velha disse aquelas últimas palavras com uma expressão de dor tão resignada, mas tão desconsolada, que o frade olhou para ela comovido, e sentiu as lágrimas escurecerem-lhe a vista.

Neste momento Joaninha, que passeava a alguma distância da casa na direção de Lisboa, acudiu sobressaltada bradando:

— 'Avó, avó!.. tanta gente que aí vem! soldados e povo... homens e mulheres... tanta gente!'

Era a retirada de 11 de outubro[191].

— 'Deus tenha compaixão de nós!' disse a velha 'O que será padre?'

— 'O que há de ser!' respondeu Fr. Dinis, 'o meu pressentimento[192] que se verifica; o combate foi decisivo, os constitucionais vencem.'

Com efeito foram aparecendo as tropas que se retiravam, as gentes que fugiam, e todo aquele confuso e doloroso espetáculo de uma retirada em guerra civil...

Alguns feridos, que não podiam mais, ficaram na casa do vale entregues à piedosa guarda e cuidado de Joaninha; dos outros tomou conta Fr. Dinis e os acompanhou a Santarém.

As tropas constitucionais vinham em seguimento dos realistas, e dali a poucos dias tinham o seu quartel-general no Cartaxo; D. Miguel fortificava-se em Santarém, e a casa da velha era o último posto militar ocupado pelo seu exército.

Não tardou muito que a força toda, todo o interesse da guerra se não concentrasse naquele, já tão pacífico e ameno, agora tão desolado e turbulento vale.

---

191 A passagem se refere ao episódio histórico da terceira invasão francesa em Portugal. Trata-se do combate entre as tropas que deu início à retirada dos franceses. (N.E.)
192 Na publicação da Portugália Editora: "o pressentimento". (N.E.)

Eram os derradeiros dias do outono, a natureza parecia tomar dó pelo homem — dar triste e lúgubre decoração de cena ao sanguento drama de destruição e de miséria que ali se ia concluir. As últimas folhas das árvores caíam, o céu nublado e negro vertia sobre a terra apaulada torrentes grossas de água, a cheia alagava os baixos, e as terras altas cobriam-se de ervas maninhas, os trabalhos da lavoira cessavam, o gado e os pastores fugiam, e os soldados de um e de outro campo cortavam as oliveiras seculares...

Tudo estava feio e torpe, tudo era ruína, desolação e morte em torno da casa do vale, agora transformada em quartel e reduto militar.

E que era feito, no meio desta desordem, que era feito da nossa pobre velha, da nossa interessante Joaninha?

Apenas se estabeleceu a posição dos dous exércitos, Fr. Dinis queria levá-las para Santarém; mas não foi possível. Instâncias, rogos, ordem positiva, tudo foi em vão. Pela primeira vez na sua vida, aquela mulher tímida, fraca e irresoluta, soube ter vontade firme e própria.

— 'Aqui nasci', dizia ela, 'aqui vivi, aqui hei de morrer. Que importa como?.. Aqui as curtas alegrias, aqui as longas dores da minha vida têm passado: onde hei de eu ir que possa viver ou morrer senão aqui? Esta casa sei-a de cor, estas árvores conhecem-me, estes sítios são os últimos que vi, os únicos de que me lembra: como hei de eu, velha e cega, ir fazer conhecimento com outros para viver neles?..'

— 'E Joaninha nessa idade... no meio dessa soldadesca!' sugeria o frade.

— 'Joaninha' tornava ela 'Joaninha é uma criança, e tem mais juízo, mais energia de alma, mais saúde e mais força do que — mulheres não falemos — do que a maior parte dos homens. Ficaremos aqui, padre, ficaremos aqui melhor do que em Santarém podemos estar. Deus nos defenderá...'

Fr. Dinis cedeu: a mesma vaga e indeterminada esperança que animava a velha, e que a prendia tão fortemente ali, não era estranha ao coração do frade. Ela não ousava nem aludir de longe a essa esperança, mas sentia-se que lá a tinha aninhada e escondida a um canto da alma... Aquele neto, aquele filho da filha querida havia de vir ter à casa em que nascera... por ali havia de passar, e mais dia menos dia... A velha, repito, nem aludia a tal esperança, mas sentia-se que a tinha; percebeu-lha Fr. Dinis, e ou a partilhasse também ou não se atrevesse a contrariar razões que lhe não davam, cedeu e calou-se.

O seu principal temor era a licenciosa soltura dos costumes militares; mas estava Joaninha menos exposta por se acolher a uma praça de guerra como Santarém era agora?

Brevemente se viu que a avó tinha acertado. A franca e ingénua dignidade de Joaninha, o ar grave, a melancolia serena e bondosa da velha impuseram tal respeito aos soldados, que — graças também à cooperação eficaz do comandante do posto, um bom e honrado cavalheiro transmontano — elas viviam tão seguras e quietas na pequena porção da casa que para si reservaram, quanto em tais circunstâncias era possível viver. Fr. Dinis vinha regularmente ao vale todas as sextas-feiras, e nenhum outro hábito de suas vidas se interrompeu.

E pouco a pouco, os combates, as escaramuças, o som e a vista do fogo, o aspecto do sangue, os ais dos feridos, o semblante desfigurado dos mortos — a guerra enfim em todas as suas formas, com todo o seu palpitante interesse, com todos os terrores, com todas as esperanças que a acompanham, se lhes tornou uma coisa familiar, ordinária...

A tudo se habitua o homem, a todo o estado se afaz; e não há vida, por mais estranha, que o tempo e a repetição dos atos lhe não faça natural.

Todavia de Carlos nem mais uma linha... Pobre velha!

Assim passaram meses, assim correu o inverno quase todo, e já as amendoeiras se toucavam de suas alvíssimas flores de esperança, já uma depois de outra, iam renascendo as plantas, iam abrolhando as árvores; logo vieram as aves trinando seus amores pelos ramos... insensivelmente era chegado o meio de abril, estávamos em plena e bela primavera.

A guerra parecia cansada, o furor dos combatentes quebrado; rumores de intentadas transações giravam por toda a parte.

No nosso vale as sentinelas dos dous campos opostos, costumadas já a ver-se todos os dias, começavam a ver-se sem ódio: principiaram por se dizer dos pesados gracejos de guerra, acabaram por conversar quase amigavelmente. Muita vez foi curioso ouvi-los, os soldados, discorrer sobre as altas questões de Estado que dividiam o reino e o traziam revolto há tantos anos. Se as tratavam melhor os do conselho em seus gabinetes!

Joaninha que, pouco a pouco, se habituara àquele viver de perigos e incertezas, de dia para dia lhe ia crescendo o ânimo, aguerrindo-se. Tudo se afazia àquele estado: até os rouxinóis tinham voltado aos loureiros de ao pé da casa, e como que disciplinados obedeciam aos toques de alvorada e de retreta, acompanhando-os de seu cantar animado e vibrante.

A essas horas Joaninha era certa em sua janela — naquela antiga e elegante janela *renascença* de que primeiro nos namorámos, leitor amigo, ainda antes de a conhecer a ela. Ali a viam as vedetas[193] de ambos os exércitos,

---

193 **vedeta**: sentinela. (N.E.)

ali se acostumaram a vê-la com o nascer e o pôr do sol: ali, muda e queda horas esquecidas, escutava ela o vago cantar dos seus rouxinóis, talvez absorta em mais vagos pensamentos ainda...

E dali lhe puseram o nome da 'menina dos rouxinóis', pelo qual era conhecida em ambos os campos: significante e poético apelido com que a saudavam os soldados de ambas as bandeiras!

E uns e outros respeitavam e adoravam a menina dos rouxinóis. Entre uns e outros por tácita convenção parecia estipulado que aquela suave e angélica figura pudesse andar livremente no meio das armas inimigas, como a pomba doméstica e válida a que nenhum caçador se lembra de mirar.

Os costumes de guerra são menos soltos do que se cuida; no ânimo do soldado há mais sentimentos delicados, nas suas formas há menos rudeza do que se pensa. A farda é sim vaidosa e presumida, crê muito nos seus poderes de sedução, mas não é brutal senão no primeiro ímpeto.

Joaninha pensava os feridos, velava os enfermos, tinha palavras de consolação para todos, e em tudo quanto dizia e fazia era tão senhora, tinha tão grave gentileza, um donaire tão nobre, que a amavam todos muito, mas respeitavam-na ainda mais.

Fiada já neste respeito e estima geral, Joaninha fora estendendo, de dia a dia, as suas excursões pelo vale. Ultimamente costumava ir, pelo fim da tarde, até um pequeno grupo de álamos e oliveiras que ficava mais para o sul e perto do lugar donde, à noite, se colocavam as derradeiras vedetas dos constitucionais.

Um dia, já quase posto o sol, a tarde quente e serena, — ou fosse que adormeceu ou que suas meditações a distraíram — o certo é que os rouxinóis gorjeavam há muito nos loureiros da janela, e Joaninha não voltava.

Estabeleceram-se as vedetas de um lado e outro, deram-se todas as disposições costumadas para a noite.

O oficial dos constitucionais que andava colocando as suas sentinelas, tinha vindo essa mesma tarde de Lisboa com um reforço de tropa. Pôs-se ele em marcha com a sua gente, foi-a dispondo nos lugares convenientes, e chegava enfim ao pé daquele grupo de árvores:

— 'Silêncio!' disse ele 'Alto! ali está um vulto.'

— 'Não é ninguém', respondeu um soldado que era dos antigos no posto: 'ninguém que importe; é a menina dos rouxinóis. Estou vendo que adormeceu no seu poiso costumado.'

— 'A menina dos rouxinóis! Que cantiga é essa que me cantas tu lá?'

O soldado deu a explicação popular do seu dito, mostrou a casa do vale, e continuava encarecendo sobre os méritos e virtudes de Joaninha...

O oficial não o deixou acabar:
— 'Para a retaguarda, e silêncio!'
Foi rapidamente postar, a alguma distância dali, as duas sentinelas[194] que lhe faltavam; e ele entrou só no pequeno grupo de árvores.

Era Joaninha que estava ali, Joaninha que efetivamente dormia a sono solto.

---

194 Na publicação da Portugália Editora: "dali, duas sentinelas". (N.E.)

XX

Joaninha adormecida — O demi-jour da coquette. — Poesia do Flos-sanctorum. — De como os rouxinóis acompanhavam sempre a menina do seu nome; e do bem que um deles cantava no bivaque. — Retrato esquiçado à pressa para satisfazer às amáveis leitoras. — Pondera-se o triste e péssimo gosto dos nossos governantes em tirarem as honras militares ao mais elegante e mais nacional uniforme do exército português. — Em que se parece o autor da presente obra com um pintor da idade média. — De como os abraços, por mais apertados que sejam, e os beijos, por mais intermináveis que pareçam, sempre têm de acabar por fim.

SOBRE uma espécie de banco rústico de verdura, tapeçado de gramas e de macela-brava, Joaninha, meio recostada, meio deitada, dormia profundamente.

A luz baça do crepúsculo, coada ainda pelos ramos das árvores, iluminava tibiamente as expressivas feições da donzela; e as formas graciosas de seu corpo se desenhavam mole e voluptuosamente no fundo vaporoso e vago das exalações da terra, com uma incerteza e indecisão de contornos que redobrava o encanto do quadro, e permitia à imaginação exaltada percorrer toda a escala de harmonia das graças femininas.

Era um ideal do demi-jour[195] da coquette[196] parisiense: sem arte nem estudo, lho preparara a natureza em seu boudoir de folhagem perfumado da brisa recendente dos prados.

Como nessas poéticas e populares legendas de um dos mais poéticos livros que se tem escrito, o Flos-sanctorum[197], em que a ave querida e fadada acompanha sempre a amável santa de sua afeição — Joaninha não estava ali sem o seu mavioso companheiro. Do mais espesso da ramagem, que fazia sobrecéu àquele leito de verdura, saía uma torrente de melodias, que vagas e ondulantes como a selva com o vento, fortes, bravas, e admiráveis de irregularidade e invenção, como as bárbaras endechas de um poeta selvagem das montanhas... Era um rouxinol, um dos queridos

---
195 *demi-jour*: fraca claridade que se dá ao crepúsculo. (N.E.)
196 *coquette*: mulher elegante e sedutora. (N.E.)
197 *Flos-sanctorum*: compilação de narrativas sobre a vida dos santos. (N.E.)

rouxinóis do vale que ali ficara de vela e companhia à sua protetora, à menina do seu nome.

Com o aproximar dos soldados, e o cochichar do curto diálogo que no fim do último capítulo se referiu, cessara por alguns momentos o delicioso canto da avezinha; mas quando o oficial, postadas as sentinelas a distância, voltou pé ante pé e entrou cautelosamente para debaixo das árvores, já o rouxinol tinha tornado ao seu canto, e não o suspendeu outra vez agora, antes redobrou de trilos e gorjeios, e do mais alto de sua voz agudíssima veio descaindo depois em uns suspiros tão magoados, tão sentidos, que não disseras senão que preludiava à mais terna e maviosa cena de amor que esse vale tivesse visto.

O oficial... — Mas certo que as amáveis leitoras querem saber com quem tratam, e exigem, pelo menos, uma esquiça rápida e a largos traços do novo ator que lhes vou apresentar em cena.

Têm razão as amáveis leitoras, é um dever de romancista a que se não pode faltar.

O oficial era moço, talvez não tinha trinta anos; posto que o trato das armas, o rigor das estações, e o selo visível dos cuidados que trazia estampado no rosto, acentuassem já mais fortemente, em feições de homem feito, as que ainda devia arredondar a juventude.

A sua estatura era mediana, o corpo delgado, mas o peito largo e forte como precisa um coração de homem para pulsar livre; seu porte gentil e decidido de homem de guerra desenhava-se perfeitamente sob o espesso e largo sobretudo militar — espécie de greatcoat inglês que a imitação das modas britânicas tinha tornado familiar nos nossos bivaques[198]. Trazia-o desabotoado e descaído para trás, porque a noite não era fria; e via-se por baixo elegantemente cingida ao corpo a fardeta parda dos caçadores, realçada de seus característicos alamares[199] pretos e avivada de encarnado...

Uniforme tão militar, tão nacional, tão caro a nossas recordações — que essas gentes, prostituidoras de quanto havia nobre, popular e respeitado nesta terra, proscreveram do exército... por muito português demais talvez! deram-lhe baixa para os beleguins[200] da alfândega, reformaram-no em uniforme da bicha[201]!

---

198 **bivaque**: acampamento militar. Por metonímia, o termo também significa os soldados acampados. (N.E.)
199 **alamar**: enfeite de cordões entrelaçados usado por oficiais. (N.E.)
200 **beleguim**: agente policial. O termo tem caráter pejorativo. (N.E.)
201 **bicha**: termo militar para um tipo de barco usado na alfândega para descobrir contrabando. (N.E.)

Não pude resistir a esta reflexão: as amáveis leitoras me perdoem por interromper com ela o meu retrato.

Mas quando pinto, quando vou riscando e colorindo as minhas figuras, sou como aqueles pintores da idade média que entrelaçavam nos seus painéis, dísticos de sentenças, fitas lavradas de moralidades e conceitos... talvez porque não sabiam dar aos gestos e atitudes expressão bastante para dizer por eles o que assim escreviam, e servia a pena de suplemento e ilustração ao pincel... Talvez: e talvez pelo mesmo motivo caio eu no mesmo defeito...

Será; mas em mim é irremediável, não sei pintar de outro modo.

Voltemos ao nosso retrato.

Os olhos pardos e não muito grandes, mas de uma luz e viveza imensa, denunciavam o talento, a mobilidade do espírito — talvez a irreflexão... mas também a nobre singeleza de um caráter franco, leal e generoso, fácil na ira, fácil no perdão, incapaz de se ofender de leve, mas impossível de esquecer uma injúria verdadeira.

A boca, pequena e desdenhosa, não indicava contudo soberba, e muito menos vaidade, mas sorria na consciência de uma superioridade inquestionável e não disputada.

O rosto, mais pálido que trigueiro, parecia comprido pela barba preta e longa que trazia ao uso do tempo. Também o cabelo era preto; a testa alta e desafogada.

Quando calado e sério, aquela fisionomia podia-se dizer dura; a mais pequena animação, o mais leve sorriso a fazia alegre e prazenteira, porque a mobilidade e a gravidade eram os dous polos desse caráter pouco vulgar e dificilmente bem entendido.

Daquele busto clássico e verdadeiramente moldado pelos tipos da arte antiga, podia o estatuário fazer um filósofo, um poeta, um homem de estado ou um homem do mundo, segundo as leves inflexões de expressão que lhe desse.

Neste momento agora, e ao entrar na pequena espessura daquelas árvores, animava-o uma viva e inquieta expressão de interesse — quebrado contudo, sustido, e, para assim dizer, *sofreado* de um temor oculto, de um pensamento reservado e doloroso que lhe ia e vinha ressumbrando na face, como a antiga e desbotada cor de um estofo que se tingiu de novo — que é outro agora mas que não deixou de ser inteiramente o que era...

Alegra-se assim um triste dia de novembro como raio do sol transiente e inesperado que lhe rompeu a cerração num canto do céu...

Tal era, e tal estava diante de Joaninha adormecida, o que não direi mancebo porque o não parecia — o homem singular a quem o nome, a história e as circunstâncias da donzela pareciam ter feito tamanha impressão.

— 'Joaninha!' murmurou ele apenas a viu à luz ainda bastante do crepúsculo. 'Joaninha!' disse outra vez, contendo a violência da exclamação: 'É ela sem dúvida. Mas que diferente!.. quem tal diria! Que graça! que gentileza! Será possível que a criança que há dous anos?..

Dizendo isto, por um movimento quase involuntário lhe tomou a mão adormecida e a levou aos lábios.

Joaninha estremeceu e acordou.

— 'Carlos, Carlos!' balbuciou ela, com os olhos ainda meio fechados, Carlos, meu primo... meu irmão! era falso, dize: era falso? Foi um sonho, não foi, meu Carlos?..'

E progressivamente abria os olhos mais e mais até se lhe espantarem e os cravar nele arregalados de pasmo e de alegria.

— 'Foi, foi' continuou ela 'foi sonho, foi um sonho mau que eu tive. Tu não morreste... Fala à tua irmã, à tua Joana; diz-lhe que estás vivo, que não és a sombra dele... Não és, não, que eu sinto a tua mão quente na minha que queima, sinto-a estremecer como a minha... Carlos, meu Carlos! dize, fala-me: tu estás vivo e são? E és... és o meu Carlos? Tu próprio, não é já o sonho, és tu...'

— 'Pois tu sonhavas? tu, Joana, tu sonhavas comigo?'

— 'Sonhava como sonho sempre que durmo... e o mais do tempo que estou acordada... sonhava com aquilo em que só penso... em ti.'

— 'Joana!.. prima... minha irmã!'

E caiu nos braços dela; e abraçaram-se num longo, longo abraço — com um longo, interminável beijo... longo, longo e interminável como um primeiro beijo de amantes...

O abraço desfez-se, e o beijo terminou enfim, porque os reflexos do céu na terra são limitados e imperfeitos como as incompletas existências que a habitam...

Senão... invejariam os anjos a vida da terra.

Joaninha, tornada a si daquele quase paroxismo, abria e fechava os olhos para se afirmar se estava bem acordada, tocava com as mãos o rosto, o peito, os braços do primo, palpava-se depois a si mesma como quem duvidava de sua própria existência, e dizia em palavras cortadas e sem nexo:

— 'É Carlos... Carlos: foi falso. É meu primo... Minha avó também sonhou o mesmo sonho, mas foi falso. Fr. Dinis não é que o disse, nem ninguém: eu e a avó é que o sonhámos. Mas ele aqui está, vivo... vivo!

e nosso, nosso todo outra vez!.. Mas como vieste tu aqui, Carlos? Como estava eu aqui contigo?.. E sós, sozinhos aqui a esta hora! Não deve ser isto... Valha-me Deus! E que dirão? E Jesus! — Lá isso não me importa; deixá-los dizer: mas não deve ser. Vamos, Carlos, vamos ter com ela, vamos para a avó!.. Que nisto não há mal nenhum... Meu primo!.. um primo com quem eu fui criada!.. Mas quem não souber, pode dizer... Vamos, Carlos. — Oh! minha avó morre de alegria, coitada!.. É verdade: vou adiante preveni-la, prepará-la... hei de lhe ir assim dizendo pouco a pouco... Segue-me tu, Carlos, e vamos. — Mas, oh meu Deus! não é preciso; para quê? Ela é cega, coitadinha, não sabes?'

— 'Cega, que dizes? Minha avó está cega?'

— 'Pois não sabias? Ai! é verdade, não sabia. Tantas coisas que não sabes, meu Carlos! Mas eu te contarei tudo, tudo. Olha: cegou quando... Mas não falemos agora nessas tristezas que já lá vão. Em ela te sentindo ao pé de si, é o mesmo que tornar-lhe a vista. Tem-mo ela dito muitas vezes, e eu bem sei que é assim. Mas ouve: um dia havemos de falar — nós dous sós — à vontade: tenho tanto que te dizer... nem tu sabes... Agora vamos, Carlos.'

E falando assim, tomou-o pela mão e saiu para o vale aberto, frouxamente aclarado já de miríadas de estrelas cintilantes no céu azul.

XXI

Quem vem lá? — Como entre dous litigantes nem sempre goza o terceiro. — Carlos e Joaninha numa espécie de situação *ordeira*, a mais perigosa e falsa das situações.

AS estrelas luziam no céu azul e diáfano, a brisa temperada da primavera suspirava brandamente; na larga solidão e no vasto silêncio do vale distintamente se ouvia o doce murmúrio da voz de Joaninha, claramente se via o vulto da sua figura e da do companheiro que ela levava pela mão e que maquinalmente a seguia como sem vontade própria, obedecendo ao poder de um magnetismo superior e irresistível.

Passavam, sem as ver e sem refletir onde estavam, por entre as vedetas de ambos os campos... e ao mesmo tempo de umas e outras lhes bradou a voz breve e estridente das sentinelas: 'Quem vem lá?'

Estremeceram involuntariamente ambos com o som repentino de guerra e de alarma que os chamava à esquecida realidade do sítio, da hora, das circunstâncias em que se achavam... Daquele sonho encantado que os transportara ao Éden querido de sua infância, acordaram sobressaltados... viram-se na terra erma e bruta, viram a espada flamejante da guerra civil que os perseguia, que os desunia, que os expulsava para sempre do paraíso de delícias em que tinham nascido...

Oh! que imagem eram esses dous, no meio daquele vale nu e aberto, à luz das estrelas cintilantes, entre duas linhas de vultos negros, aqui ali[202] dispersos e luzindo acaso do transiente reflexo que fazia brilhar uma baioneta, um fuzil... que imagem não eram dos verdadeiros e mais santos sentimentos da natureza expostos e sacrificados sempre no meio das lutas bárbaras e estúpidas, no conflito de falsos princípios em que se estorce continuamente o que os homens chamaram *sociedade*!

Joaninha abraçou-se com o primo; ele parou de repente e foi com a mão ao punho da espada.

— 'Quem vem lá?' tornaram a bradar as sentinelas.

---

202 Na publicação da Portugália Editora: "aqui e ali". (N.E.)

— 'Ouves, Joana?' disse Carlos em voz baixa e sentida: 'Ouves estes brados? É o grito da guerra que nos manda separar; é o clamor cioso e vigilante dos partidos que não tolera a nossa intimidade, que separa o irmão da irmã, o pai do filho!..'

— 'Quem vem lá?' bradaram ainda mais forte as sentinelas; e ouviu-se aquele estridor baço e breve que tão froixo é e tão forte impressão faz nos mais bravos ânimos... era o som dos gatilhos que se armavam nas espingardas.

O momento era supremo, o perigo iminente e já inevitável... ali podiam ficar ambos, traspassados das balas opostas dos dous campos contendores.

Como esses que, fiados em sua inocência e abnegação, cuidam poder passar por entre as discórdias civis sem tomar parte nelas, e que são, por isso mesmo, objeto de todas as desconfianças, alvo de todos os tiros — assim estavam ali os dous primos na mais arriscada e falsa posição que têm as revoluções.

Joaninha conheceu o perigo que os ameaçava; e com aquela rapidez de resolução que a mulher tem mais pronta e segura nas grandes ocasiões, disse para Carlos:

— 'Fala aos teus, faz-te conhecer e põe-te a salvo. Amanhã nos tornaremos a ver: eu te avisarei. Adeus!'

— 'E tu, tu?.. E as sentinelas dos realistas?..'

— 'Não tenhas cuidado em mim. Desta banda todos me conhecem.'

Deu alguns passos para o lado da sua casa e levantou a voz:

— 'Joaninha! Sou eu, camaradas, sou eu!'

Imediatamente se ouviu o som retinido das coronhas no chão, e o riso contente dos soldados que reconheciam a benquista e bem-vinda voz de Joaninha... da 'menina dos rouxinóis'.

— 'Vês, Carlos?.. Adeus! até amanhã,' disse ela baixo.

— 'Até amanhã se...'

— 'Se!.. Pois tu?..'

— 'Ouve: não digas a tua avó que me viste, que estou aqui: é forçoso, é indispensável, exijo-o de ti...'

— 'E amanhã me dirás?'

— 'Sim.'

— 'Prometo: não direi nada... Mas, oh! Carlos...'

— 'Adeus!'

Carlos deu dous passos para a banda das suas vedetas, Joana correu para o lado oposto. Mas ele parou e não tirou os olhos daquela forma gentil que deslizava como uma sombra pelo horizonte do vale, até que desapareceu de todo.

E ele imóvel ainda!

Faiscaram de repente como relâmpagos um, dous, três... e as detonações que os seguiram, e o assovio das balas que vinham depós elas... Eram as sentinelas constitucionais que faziam fogo sobre o seu comandante que não conheciam, cujo silêncio e imobilidade o fazia suspeito.

Uma das balas ainda o feriu levemente no braço esquerdo.

— 'Bem, camaradas!' bradou Carlos caminhando rapidamente para eles, e erguendo a voz forte e cheia que tão conhecida era nas fileiras: 'Bem! Fizeram a sua obrigação. Um de vocês que me aperte aqui o braço com este lenço.'

— 'Carlos!' gritou ao longe uma voz fina! aguda, vibrante de terror pelo espaço 'Carlos, fala-me, responde: não te sucedeu nada?'

— 'Nada, nada! Sossega.'

E tornou a cair tudo no silêncio. Carlos retirou-se ao seu quartel numa choupana próxima. Os soldados olharam-se entre si e sorriram.

Um mais doutor disse para os outros:

— 'O nosso capitão não se descuida: ainda hoje chegou, e já nós lá vamos, hem?'

— 'O nosso capitão é daqui: não sabes?'

— 'Hum! tenho percebido. E ainda lhe dura? O homem é capaz!'

— 'Silêncio! Eu te direi logo a história toda: é uma prima.'

— 'Ah! prima. Então não há nada que dizer.'

— 'É a que eles chamam aqui...'

— 'A menina dos rouxinóis? Essa é maluca.'

— 'Gosta delas assim, que ele também o é.'

— 'Pois a freira de São Gonçalo, na Terceira?'

— 'Maluca.'

— 'E a Lady inglesa que?..'

— 'Maluquíssima essa! Não me há de admirar se a vir cair do ar um dia por aí como bomba. E não há de dar mau estalo!'

— 'Pudera! E encontrando-se com a prima então!..'

— 'Mas ela é prima ou é irmã?'

— 'É uma tal parentela enrevesada a dessa gente da casa do vale!.. dizem coisas, por aí que se eu as entendo!.. E há um frade no caso, já se sabe...'

— 'Oh! ele há frade no caso?'

— 'Há, e que frade! Um apostólico às direitas! Tão feio, tão magro! aparece por aí às vezes. Eu já o lobriguei um dia: e que famoso tiro que era! Quase que me arrependo de não ter...'

— 'Isso! hoje íamos matando o nosso capitão por instantes. Ora agora se lhe matas o tio, ou pai, ou o que quer que é...'
— 'Um frade!'
— 'Um frade não é gente?'
— 'Não senhor.'
— 'Está bom: basta de conversar por hoje. O que me eu parece é que nós temos cedo muita pancada rija.'
— 'Venha ela, que isto já aborrece.'
Acenderam os cigarros e fumaram.
Com o mesmo sossego de espírito... santo Deus! acendem os homens a guerra civil, que altera e confunde por este modo todas as ideias, todos os sentimentos da natureza.

XXII

> Bilhete de manhã da prima ao primo. Enganam a pobre da velha. — Noite maldormida. — Da conversa que teve Carlos com os seus botões. — A Joaninha que ele deixara e a Joaninha que achou. — Obrigações de amor, triste palavra. — A mulher que ele amava, e se ele a amava ainda. — Quesitos do A. aos seus benévolos leitores. Declara que com os hipócritas não fala. — Quem há de levantar a primeira pedra? — Dous modos diferentes de acudir uma coisa ao pensamento.

NO dia seguinte, mal rompia a manhã; um paisano, que dizia trazer comunicações importantes para o comandante do posto avançado, foi conduzido à presença de Carlos e lhe entregou uma carta: era de Joaninha.

Fiel à sua promessa, ela não tinha dito nada do encontro da véspera: dizia a carta. E que a avó estava doente e aflita; que para a animar e consolar, lhe dera notícias do primo, como vindas por pessoa que o vira e estivera com ele. Que ficava mais contente e sossegada: mas que aquele estado de ansiedade não podia prolongar-se. Que a saúde da pobre velha declinava de dia a dia; que se lhe ia a vida, que era matá-la não lhe dizer a verdade... Joaninha concluía com mil afetos e saudades; e aprazava por fim o mesmo sítio da véspera para se tornarem a ver, e para concertarem o que haviam de fazer. Todas as precauções estavam tomadas, e o consentimento dado pelo comandante do posto contrário para haver toda a segurança naquela entrevista.

Carlos tinha velado toda a noite; uma excitação extraordinária lhe amotinara o sangue, lhe desafinara os nervos. Bem tinha desejado vir para aquele posto, bem contava, bem esperava ele, estando ali saber de mais perto da sua família, vê-los talvez, mais dia menos dia, encontrar-se com algum deles... e de todos eles, a inocente e graciosa criança com quem vivera como irmão desde os seus primeiros anos, era quem ele mais esperava, mais desejava ver decerto.

Mas uma criança era a que ele tinha deixado, uma criança a brincar, a colher as boninas, a correr atrás das borboletas do vale... uma criança que sim o amava ternamente, cuja suave imagem o não tinha deixado nunca em sua longa peregrinação, cuja saudade o acompanhara sempre, de quem se não esquecera um momento, nem nos mais alegres nem nos mais ocupados, nem nos mais difíceis nem nos mais perigosos da sua vida...

Mas era uma criança!.. era a imagem de uma criança.

É certo, sim: e nas batalhas, em presença da morte... no longo cerco do Porto entre os flagelos da cólera e da fome, nas horas de mais viva esperança, no descoroçoamento dos mais tristes dias, a doce imagem de Joaninha, daquela Joaninha com quem ele andava ao colo, que levantava em seus ombros para ela chegar aos ninhos dos pássaros no verão, aos medronhos maduros no outono, que ele suspendia nos braços para passar no inverno os alagadiços do vale, — essa querida imagem não o abandonara nunca.

Nunca!.. nem quando as penas de amor, nem quando as suas glórias — mais esquecediças ainda! — pareciam absorver-lhe todos os sentidos, e todo o sentimento de seu coração.

A saudade, a memória de Joaninha, suavemente impressa no mais puro e no mais santo de sua alma, resplandecia no meio de todas as sombras que lha obscurecessem, sobreluzia no meio de qualquer fogo que lha alumiasse.

Uma luz quieta, límpida, serena como a tocha na mão do anjo que ajoelha em inocência e piedade diante do trono do Eterno!

Mas, no mesmo dia em que chegou ao vale, quase na mesma hora, cheio daquela luz, mais viva e animada agora pela proximidade do foco donde saía... nessa mesma hora, ir encontrar ali, naquela solidão, entre aquelas árvores, à tíbia e sedutora claridade do crepúsculo... a quem, santo Deus! Não já a mesma Joaninha de há três anos, não a mesma imagem que ele trazia, como a levara, no coração; mas uma gentil e airosa donzela, uma mulher feita e perfeita, e que nada perdera, contudo, da graça, do encanto, do suave e delicioso perfume da inocência infantil em que a deixara!

Não esperava, não estava preparado para a impressão que recebeu, foi uma surpresa, um choque, um reviramento confuso de todas as suas ideias e sentimentos.

Qual fosse porém a precisa e verdadeira impressão que recebeu, nem ele a si próprio o pudera explicar: era de um género novo, único na história de suas sensações: não a conhecia, estranhava-a, e quase que tinha medo de a analisar.

Seria anúncio de amor?

Mas ele tinha amado, amado muito e deveras... e cuidava amar ainda, e devia amar; por quanto há sagrado e santo nos deveres do coração, era obrigado a amar ainda.

Oh obrigações de amor, obrigações de amor! se vós não sois, se vós já não sois senão obrigações!..

Não o pensava Carlos, não o cria ele assim: leal e sincero tinha entregue o seu coração à mulher que o amava, que tantas provas lhe dera de amor e devoção, que descansava em sua fé, que não existia senão para ele: mulher moça, bela, cheia de prendas e de encantos, mulher de um espírito, de uma educação superior, que atravessara, desprezando-as, turbas de adoradores nobres, ricos, poderosos, para descer até ele, para se entregar ao foragido, pobre, estrangeiro, desprezado.

Quem era essa mulher?

Aonde, como obtivera ele a posse dessa joia, desse talismã com o qual se tinha por tão seguro para não ver na graciosa prima senão!..

Senão o quê?

A inocente criança que ali deixara?

Mas não é verdade isso: outra era a impressão que Joaninha lhe fizera, fosse ela qual fosse.

O que era então?

E sobretudo, quem era essa outra mulher que ele amava?

E amava-a ele ainda?

Amava.

E Joaninha?

Joaninha era... nem eu sei o que lhe era Joaninha... o que lhe estava sendo naquele momento.

O que lhe ela fora, assaz to tenho explicado, leitor amigo e benévolo: o que lhe ela será... Podes tu, leitor cândido e sincero, — aos hipócritas não falo eu — podes tu dizer-me o que há de ser amanhã no teu coração a mulher que hoje somente achas bela, ou gentil, ou interessante?

Podes responder-me da parte que tomará amanhã na tua existência a imagem da donzela que hoje contemplas apenas com olhos de artista, e lhe estás notando, como em quadro gracioso, os finos contornos, a pureza das linhas, a expressão verdadeira e animada?

E quando vier, se vier, esse fatal dia de amanhã, responder-me-ás também da parte que ficará tendo em tua alma essoutra imagem que lá estava dantes e que, ao reflexo desta agora, daqui observo que vai empalidecendo, descorando... já lhe não vejo senão os lineamentos vagos... já é uma sombra do que foi... Ai! o que será ela amanhã?

Leitor amigo e benévolo, caro leitor meu indulgente, não acuses, não julgues à pressa o meu pobre Carlos; e lembra-te daquela pedra que o Filho de Deus mandou levantar à primeira mão que se achasse inocente... A adúltera foi-se em paz, e ninguém a apedrejou.

Pois é verdade: Carlos tinha amado, amado muito, e amava ainda a mulher a quem prometera, a quem estava resolvido a guardar fé. E essa mulher era bela, nobre, rica, admirada, ocupava uma alta posição no mundo... e tudo lhe sacrificara a ele exilado, desconhecido.

E Carlos estava seguro que nenhuma mulher o havia de amar como ela; que os longos e ondados anéis de loiro cendrado, que os lânguidos olhos de gazela, que o ar majestoso e altivo, que a tez de uma alvura celeste, que o espírito, o talento, a delicadeza de Georgina... Chamava-se Georgina; e é tudo quanto por agora pode dizer-vos, ó curiosas leitoras, o discreto historiador deste mui verídico sucesso: não lhe pergunteis mais, por quem sois. Carlos estava seguro, dizia eu, que todas essas perfeições, que o seu amor sem limites, que a sua confiança sem reserva, não podiam ter rival, nem a haviam de ter.

Mas aquele beijo, aquele abraço de Joaninha... oh! que lhe tinha ele feito! Como o sentira ele? Como lhe guardara o seu talismã o coração e a alma?..

Não, Carlos estava certo de si, certo do seu antigo amor, lembrado de quanto lhe devia: e nisso refletiu toda aquela noite que se fora em claro.

A imagem de Joaninha lá aparecia, de vez em quando, como um raio de luz transiente e mágica, no meio dessoutras visões do passado que a reflexão lhe acordava. Ai! essas era a reflexão que as acordava... aquela vinha espontânea; era repelida, e tornava, e tornava...

Há sua notável diferença nestes dous modos de acudir ao pensamento.

A manhã veio enfim; Carlos respirou o ar puro vivo da madrugada, sentiu-se outro.

Quando chegou a carta de Joaninha, leu-a e refletiu nela sem sobressalto. Certo e seguro de si, resolveu ir ao prazo dado para a tarde.

XXIII

Continua a acudir muita coisa vaga e encontrada ao pensamento de Carlos. — Dança de fadas e duendes. — Fr. Dinis o fado mau da família. — Veremos, é a grande resolução nas grandes dificuldades. — Carlos poeta romântico. — Olhos verdes. — Desafio a todos os poetas moyen-âges do nosso tempo.

NÃO há nada como tomar uma resolução.

Mas há de tomar-se e executar-se: aliás, se o caso é difícil e complicado, pouco a pouco as dúvidas solvidas começam a enlear-se outra vez, a enredar-se... a surgir outras novas, a apresentarem-se faces ainda não vistas da questão... enfim, se o intervalo é largo, quando a resolução tomada chega a executar-se, a maior parte das vezes já não é por força de razão e convicção que se faz, mas por capricho, ponto de honra, teima.

Carlos tinha resolvido ir ao prazo dado, no fim do dia. Mas o dia era longo, custou-lhe a passar. Todas as ponderações da noite lhe recorreram ao pensamento, todas imagens que lhe tinham flutuado no espírito se avivaram, se animaram, e lhe começaram a dançar na alma aquela dança de fadas e duendes que faz a delícia e os tormentos destes sonhadores acordados que andam pelo mundo e a quem a douta faculdade chama *nervosos*; em estilo de romance *sensíveis*, na frase popular *malucos*.

Carlos era tudo isso: para que o hei de eu negar?

Entre aquelas imagens que assim lhe bailavam no pensamento, vinha uma agora... talvez a que ele via mais distinta entre todas, a da avó que tanto amara, em cujo maternal coração ele bem sabia que tinha a primeira, a maior parte... da avó que tão carinhosa mãe lhe tinha sido! Pobre velhinha, hoje decrépita e cega... Cega, coitada! Como e por que cegaria ela?

Havia aí mistério que Joaninha indicara, mas que não explicou.

Atrás da paciente e humilhada figura daquela mulher de dores e desgraças, se erguia um vulto austero e duro, um homem armado da cabeça aos pés de ascética insensibilidade, um homem que parecia o fado mau daquela velha, de toda a sua família... o cúmplice e o verdugo de um grande crime... um ser de mistério e de terror.

Era Fr. Dinis aquele homem; homem que ele desejava, que ele cuidava detestar, mas por quem, no fundo da alma, lhe clamava uma voz mística e íntima, uma voz que lhe dizia: 'Assim será tudo, mas tu não podes aborrecer esse homem.'

Sim, mas sobre Fr. Dinis pesava uma acusação tremenda, que o fizera, a ele Carlos, abandonar a casa de seus pais! Acusação horrível que também compreendia a pobre velha, aquela avó que o adorava, e que ele, ainda criminosa como a supunha, não podia deixar de amar...

E destes medonhos segredos sabia Joaninha alguma coisa?

Esperava em Deus que não.

Desconfiaria alguma coisa?.. O quê?

E iria ele poluir o pensamento, desflorar os ouvidos, corromper os lábios da inocente criança com o esclarecimento de tais horrores?

Havia de falar na infâmia dos seus? Havia de lhe explicar o motivo por que fugira da casa paterna?

Havia de?..

Não. — Se Joaninha tivesse suspeitas, havia de destruí-las antes; se ela soubesse alguma coisa, negar-lha.

Mentiria, juraria falso se fosse preciso.

E não havia de ir ver a avó, não havia de entrar na casa dos seus a consolar a infeliz que só vivia de uma esperança, a de ver o filho de sua filha?

Não, nunca... O limiar daquela porta, que ele julgava contaminado, infame, manchado de sangue e cuspido de opróbrios e desonras, tinha-o passado sacudindo o pó de seus sapatos, prometendo a Deus e à sua honra de o não tornar a cruzar mais.

Mas que diria então ele a Joaninha? Como havia de explicar-lhe um proceder tão estranho, e aparentemente tão cruel, tão ingrato?

Por enquanto as impossibilidades materiais da guerra serviriam de desculpa, depois o tempo daria conselho.

Veremos! — é a grande resolução que se toma nas grandes dificuldades da vida, sempre que é possível espaçá-las.

Carlos disse: '*Veremos!*'

Tomou todas as disposições para poder estar seguro e sossegado no sítio onde ia encontrar a prima: e o resto do dia, ansioso mas contente, ocupou-se de seus deveres militares, fatigou o corpo para descansar o espírito, e em parte e por bastantes horas o conseguiu.

Mas um dia de abril é imenso, interminável. E as últimas horas pareciam as mais compridas. Nunca houve horas tamanhas! Carlos já não tinha que inventar para fazer: pôs-se a pensar.

Que remédio!

Pensou nisto, pensou naquilo... uma ideia lhe vinha, outra se lhe ia. A imaginação, tanto tempo comprimida, tomava o freio nos dentes e corria à rédea solta pelo espaço...

Anéis dourados, tranças de ébano, faces de leite e rosas como de querubins, outras pálidas, transparentes, diáfanas como de princesas encantadas, olhos pretos, azuis, verdes... os de Joaninha enfim... todas estas feições, confusas e indistintas mas de estremada beleza todas, lhe passavam diante da vista, e todas o enfeitiçavam. O desgraçado... — Por que não hei de eu dizer a verdade? — o desgraçado era poeta.

Inda assim! não me esconjurem já o rapaz... Poeta, entendamo-nos; não é que fizesse versos: nessa não caiu ele nunca, mas tinha aquele fino sentimento de arte, aquele sexto sentido do *belo*, do *ideal* que só têm certas organizações privilegiadas de que se fazem os poetas e os artistas.

Eis aqui um fragmento de suas aspirações poéticas. Vejam as amáveis leitoras que não têm metro, nem rima — nem razão... Mas enfim versos não são.

¥¥¥

'Olhos verdes!...
'Joaninha tem os olhos verdes...
'Não se reflete neles a pura luz do céu, como nos olhos azuis.
'Nem o fogo — e o fumo das paixões, como nos pretos.
'Mas o viço do prado, a frescura e animação do bosque, a flutuação e a transparência do mar...
'Tudo está naqueles olhos verdes.
'Joaninha, por que tens tu os olhos verdes?
'Nos olhos azuis de Georgina arde, em sereno e modesto brilho, a luz tranquila de um amor provado, seguro, que deu quanto havia de dar, quanto tinha que dar.
'Os olhos azuis de Georgina não dizem senão uma só frase de amor, sempre a mesma e sempre bela: *Amo-te, sou tua!*
'Nos olhos negros e inquietos de Soledade nunca li mais que estas palavras: *Ama-me que és meu!*
'Os olhos de Joaninha são um livro imenso, escrito em caracteres móveis, cujas combinações infinitas excedem a minha compreensão.
'Que querem dizer os teus olhos, Joaninha?
'Que língua falam eles?
'Oh! para que tens tu os olhos verdes, Joaninha?

'A açucena e o jasmim são brancos, a rosa vermelha, o alecrim azul...
'Roxa é a violeta, e o junquilho cor de ouro.
'Mas todas as cores da natureza vêm de uma só, o verde.
'No verde está a origem e o primeiro tipo de toda a beleza.
'As outras cores são parte dela; no verde está o todo, a unidade da formosura criada.
'Os olhos do primeiro homem deviam de ser verdes.
'O céu é azul...
'A noite é negra...
'A terra e o mar são verdes...
'A noite é negra mas bela: e os teus olhos, Soledade, eram negros e belos como a noite.
'Nas trevas da noite luzem as estrelas que são tão lindas... mas no fim de uma longa noite quem não suspira pelo dia?
'E que se vão... oh! que se vão enfim as estrelas!..
'Vem o dia... o céu é azul e formoso: mas a vista fatiga-se de olhar para ele.
'Oh! o céu é azul como os teus olhos, Georgina...
'Mas a terra é verde: e a vista repousa-se nela, e não se cansa na variedade infinita de seus matizes tão suaves.
'O mar é verde e flutuante... Mas oh! esse é triste como a terra é alegre.
'A vida compõe-se de alegrias e tristezas...
'O verde é triste e alegre como as felicidades da vida.
'Joaninha, Joaninha, porque tens tu os olhos verdes?..'

Já se vê que o nosso doutor de bivaque, o soldado que lhe chamou *maluco* ao pensador de tais extravagâncias, tinha razão e sabia o que dizia.

Infelizmente não se formulavam em palavras estes pensamentos poéticos tão sublimes. Por um processo milagroso de fotografia mental, apenas se pôde obter o fragmento que deixo transcrito.

Que honra e glória para a escola romântica se pudéssemos ter a coleção completa!

Fazia-se-lhe um prefácio incisivo, palpitante, *britante*...

Punha-se-lhe um título vaporoso, fosforescente... por exemplo: — Ecos surdos do coração — ou — Reflexos de alma — ou — Hinos invisíveis — ou — Pesadelos poéticos — ou qualquer outro deste gênero, que se não soubesse bem o que era nem tivesse senso comum.

E que viesse cá algum menestrel de fraque e chapéu redondo, algum trovador renascença de colete à Joinville, lutar com o meu Carlos em pontos de romantismo vago, descabelado, vaporoso, e nebuloso!

Se algum deles era capaz de escrever com menos lógica, — (com menos gramática, sim) e com mais triunfante desprezo das absurdas e escravizantes regras dessa pateta dessa escola clássica que não produziu nunca senão Homero e Virgílio, Sófocles[203] e Horácio, Camões e o Tasso[204], Corneille e Racine, Pope e Molière[205], e mais algumas dúzias de outros nomes tão obscuros como estes[206]?

---

203 **Sófocles**: dramaturgo grego (497/6 a.C.-406/5 a.C.) que escreveu *Édipo Rei*. (N.E.)
204 **Tasso**: Torquato Tasso (1544-1595), poeta italiano. Seu texto épico *Jerusalém libertada* foi muito lido e apreciado. Teve acessos de loucura e períodos de miséria, mas morreu consagrado. (N.E.)
205 **Corneille**: Pierre Corneille (1606-1684), poeta e dramaturgo francês, tido como o criador da tragédia clássica na França; **Racine**: Jean-Baptiste Racine (1639-1699), francês, poeta dramático e historiador; **Pope**: Alexander Pope (1688-1744), poeta satírico inglês; **Molière**: Jean-Baptiste Poquelin (1622-1673), dramaturgo francês. (N.E.)
206 O narrador ironiza a moda romântica ao comparar o "romantismo vago" com grandes nomes da literatura clássica. (N.E.)

XXIV

Novo Génesis. — O Adão social muito diferente do Adão natural. — Carlos sempre um por seus bons instintos, sempre outro por suas más reflexões. — De como Joaninha recebeu o primo com os braços abertos, e do mais que entre eles se passou. — Dor meia dor, meia prazer.

FORMOU Deus o homem, e o pôs num paraíso de delícias; tornou a formá-lo a sociedade, e o pôs num inferno de tolices.

O homem — não o homem que Deus fez, mas o homem que a sociedade tem contrafeito, apertando e forçando em seus moldes de ferro aquela pasta de limo que no paraíso terreal se afeiçoara à imagem da divindade — o homem, assim aleijado como nós o conhecemos, é o animal mais absurdo, o mais disparatado e incongruente que habita na terra.

Rei nascido de todo o criado, perdeu a realeza; príncipe deserdado e proscrito, hoje vaga foragido no meio de seus antigos estados; altivo ainda e soberbo com as recordações do passado, baixo, vil e miserável pela desgraça do presente.

Destas duas tão opostas atuações constantes, que já por si sós o tornariam ridículo, formou a sociedade, em sua vã sabedoria, um sistema quimérico, desarrazoado e impossível, complicado de regras a qual mais desvairada, encontrado de repugnâncias a qual mais oposta. E vazado este perfeito modelo de sua arte pretensiosa, meteu dentro dele o homem, desfigurou-o, contorceu-o, fê-lo o tal ente absurdo e disparatado, doente, fraco, raquítico; colocou-o no meio do Éden fantástico de sua criação, — verdadeiro inferno de tolices — e disse-lhe, invertendo com blasfemo arremedo as palavras de Deus Criador:

'De nenhuma árvore da horta comendo comerás;

'Porém da árvore da ciência do bem e do mal, dela só comerás se quiseres viver.'

Indigestão de ciência que não comutou seu mau estômago, presunção e vaidade que dela se originaram — tal foi o resultado daquele preceito a que o homem não desobedeceu como ao outro: tal é o seu estado habitual.

E quando as memórias da primeira existência lhe fazem nascer o desejo de sair desta outra, lhe influem alguma aspiração de voltar à natureza

e a Deus, a sociedade, armada de suas barras de ferro, vem sobre ele, e o prende, e o esmaga, e o contorce de novo, e o aperta no ecúleo[207] doloroso de suas formas.
Ou há de morrer ou ficar monstruoso e aleijão.

....
....
....

Poucos filhos do Adão social tinham tantas reminiscências da outra pátria mais antiga, e tendiam tanto a aproximar-se do primitivo tipo que saíra das mãos do Eterno, forcejavam tanto por sacudir de si o pesado aperto das constrições sociais, e regenerar-se na santa liberdade da natureza, como era o nosso Carlos.

Mas o melhor e o mais generoso dos homens segundo a sociedade, é ainda fraco, falso e acanhado.

Demais, cada tentativa nobre, cada aspiração elevada de sua alma lhe tinha custado duros castigos, severas e injustas condenações desse grande juiz hipócrita, mentiroso e venal... o mundo.

Carlos estava quase como os mais homens... ainda era bom e verdadeiro no primeiro impulso de sua natureza excepcional; mas a reflexão descia-o à vulgaridade da fraqueza, da hipocrisia, da mentira comum.

Dos melhores era, mas era homem.

Os seus pensamentos, as suas considerações em toda aquela noite, em todo o dia que a seguira, na hora mesma em que ia encontrar-se com o objeto que mais lhe prendia agora o espírito, se não é que também o coração, todas participavam daquela flutuação inquieta e doentia de seu ser de homem social, em que o tíbio reflexo do homem natural apenas relampejava por acaso.

Dúvida, incerteza, vaidade, mentira deslocavam e anulavam a bela organização daquela alma.

Assim chegou ao pé de Joaninha que o esperava de braços abertos, que o apertou neles, que o beijou sem nenhum falso recato de maliciosa modéstia, e com o riso da alegria no coração e na boca lhe disse:

— 'Ora pois, meu Carlos, sentemo-nos aqui bem juntos ao pé um do outro e conversemos, que temos muito que falar. Dá cá a tua mão. Aqui na minha... Está fria a tua mão hoje! E ontem tão quente estava!.. Oh! agora vai aquecendo... tanto tanto... é demais! Terás tu febre?'

— 'Não tenho.'

---

207 **ecúleo**: cavalo de madeira utilizado em torturas. (N.E.)

— 'Não tens, não: a cara é de saúde. E como tu estás forte, grande, um homem como eu sempre imaginei que um homem devia ser, como sempre te via nos meus sonhos!.. Que é estranho isto, Carlos: quando sonhava contigo, não te via como tu daqui foste, magro, triste e doente; via-te como vens agora, forte, são, alegre... Mas tu não estás alegre hoje, como ontem; não estás... Que tens tu?'

— 'Nada, querida Joaninha, não tenho nada. Pensava...'

— 'Em que pensas tu? diz-me.'

— 'Pensava na diferença dos nossos sonhos: que eu também sonhava contigo.'

— 'Sonhavas, Carlos! E como sonhavas tu? como me vias nos teus sonhos?'

— 'Tudo pelo contrário do que tu. Via-te aquela Joaninha pequena, desinquieta, travessa, correndo por essas terras, saltando essas valas, trepando a essas árvores... aquela Joaninha com quem eu andava ao colo, que trazia às cavaleiras, que me fazia ser tão doido e tão criança como ela, apesar de eu ter quinze anos mais. Via-te alegre, cantando...'

— 'Sonhos de homem! Creiam neles! Eu que nunca mais ri nem brinquei desde o dia que tu partiste... E oh que dia, Carlos!.. E os que vieram depois! Não houve nunca mais um só dia de alegria nesta casa. Oh!.. deixa-me-te dizer: Fr. Dinis... Sabes que não gosto dele?'

— 'Não gostas?'

— 'Nada: tenho-lhe aversão. E Deus me perdoe! parece-me que é injusta a minha antipatia.'

— 'Por quê?'

— 'Porque ele é teu amigo deveras. Um pai, Carlos, um pai não tem maior ternura e desvelos por seu filho, do que ele tem por ti.'

— 'Deus lhe perdoe!'

— 'Deus lhe perdoe a quem... e que lhe há de perdoar? O amor que te tem?'

— 'Não, mas...'

— 'Bem sei o que queres dizer: e tens razão.'

— 'Tenho razão!'

— 'Tens: o que ele bem precisa que Deus lhe perdoe é um grande pecado.'

— 'Que dizes tu, Joana! E como sabes?'

— 'Sei, sei tudo.'

— 'Tu!'

VIAGENS NA MINHA TERRA 127

— 'Eu. Sei que foi ele quem fez cegar minha avó... a nossa boa, a nossa santa avó, Carlos!.. que a cegou à força de lágrimas que lhe fez chorar àqueles pobres olhos que, de puro cansados, se apagaram para sempre... Minha rica avó! — E por quê, meu Deus, por quê!'

— 'Por quê?'

— 'Por amor de ti, por escrúpulos que lhe meteu na cabeça de tu seres mau cristão, inimigo de Deus, que te não podias salvar... tu meu Carlos! Vê que cegueira a do triste frade.'

— 'Bem triste!'

— 'Mas olha que o diz de boa-fé e pelo muito amor que te tem... que é um amor que eu não entendo: e o mesmo é com minha avó, que treme diante dele. E mais ele estima-a, estou certa que dava a vida por ela... e por nós todos... por mim não tanto, mas por ti e por ela, dava decerto. Mas o seu amor é dos que ralam, que apoquentam... quase que estou em dizer que matam.'

— 'Matam, matam!'

— 'Nossa avó é ele que a mata decerto. Sempre a meter-lhe medos, sempre escrúpulos! O seu Deus dele é um Deus de terrores, de vinganças, de castigos, e sem nenhuma misericórdia. Oh! que homem! para ele tudo é pecado, maldade... Não o posso ver.'

Carlos respirava como desoprimido de um grande peso, ouvindo as explicações da prima que bem claro lhe mostravam a sua perfeita ignorância dos fatais segredos da família.

— 'E contigo' disse ele já noutra voz mais desafogada 'contigo, Joaninha, como se avém ele, como te trata?'

— 'Comigo não se mete, e rara vez me fala. Mas oh, se ele soubesse que eu estava aqui contigo, santo Deus! o que ouviria a pobre da minha avó! Inda bem que hoje não é sexta-feira, senão não vinha eu cá.'

— 'Por quê? Ainda vem todas as sextas-feiras?'

— 'Sempre o mesmo. Amanhã cá o temos por pecado, que é sexta-feira.'

— 'Não te vejo então amanhã aqui?'

— 'Não decerto, aqui. Mas vamos, que a isso é que eu venho cá hoje, para te falar nisso... e para te ver, para falar contigo, para estar com o meu Carlos... e ao mesmo tempo também para ajustarmos como isto há de ser. Quando hás de tu ir ver a avó?.. a nossa mãe; que ela é nossa mãe, Carlos, não conhecemos nunca outra, nem eu nem tu. Quando lhe hei de eu dizer que estás aqui? A pobre velhinha está tão doente! Há quinze dias que se não levanta da cama.'

— 'Coitada da minha pobre mãe!.. Oh! se não fosse!.. Deixa estar, Joaninha; um dia será. Por agora não pode ser: bem vês. Como hei de eu atravessar as sentinelas dos realistas, ir a um posto inimigo? — A minha vida... isso pouco importa, mas a minha honra ficava em perigo: por todos os modos a perdia, e talvez...'

— 'Não senhor, Sr. Carlos, essa desculpa não basta. Vai num ano que aqui temos a guerra à porta de casa, e já sabemos como isso é e como as coisas se fazem. O comandante do nosso posto é um homem de bem, um cavalheiro perfeito. Em lhe eu dizendo quem tu és e a que cá vens... ele sabe o estado de minha avó, e tem-lhe muita amizade, dá-nos decerto licença para tu vires em toda a segurança. Pensas que ele não sabe que estou contigo aqui? Pois disse-lho eu; só lhe não expliquei quem tu eras; disse-lhe que eras um parente nosso que nos trazia notícias de outros, e que precisava falar-te. Não pôs dificuldade alguma: é uma pessoa excelente, bom, bom deveras.'

— 'É moço o teu comandante?'

— 'Moço ele? coitado! Tem bons cinquenta anos, e creio que outros tantos filhos. Mas por que perguntas tu isso? E arqueaste as sobrancelhas com aquele teu ar de antes quando te zangavas! Por que foi isso, Carlos?'

— 'Nada, criança, foi uma pergunta à toa.'

— 'Pois será; mas não me franzas nunca mais a testa assim, que te pareces todo... é que nunca vi tal parecença...'

— 'Com quem?'

— 'Com Fr. Dinis.'

— 'Eu com ele!'

— 'Tal e qual quando fazes essa cara. Olha: aí estás tu na mesma. Vamos! ria-se e esteja contente se se quer parecer comigo, que todos dizem que nos parecemos tanto.'

— 'Querida inocente!'

E beijou-lhe a mão que tinha apertada na sua, beijou-lha uma e muitas vezes com um sentimento de ternura misturada de não sei que vaga compaixão, vindo de lá de dentro de alma com não sei que dor, meia dor meia prazer, que entre ambos se comunicou e a ambos humedeceu os olhos.

XXV

O excesso da felicidade que aterra e confunde também. — Pasmosa contradição da nossa natureza. — De como os olhos verdes de Joaninha se enturvaram e perderam todo o brilho. — Que o coração da mulher que ama, sempre adivinha certo.

CARLOS tinha a mão de Joaninha apertada na sua; e os olhos húmidos de lágrimas cravados nos olhos dela, de cujo verde transparente e diáfano saíam raios de inefável ternura.

Dizer tudo o que ele sentia é impossível: tão encontrados lhe andavam os pensamentos, em tão confuso tumulto se lhe alvorotavam todos os sentidos.

Por muito tempo não proferiram palavra, nem um nem outro; mas falaram assim longos discursos.

Enfim, Joaninha voltou à sua primeira insistência e disse para o primo:

— 'Olha, Carlos, amanhã é sexta-feira, já te disse, vem Fr. Dinis: quando haja a menor dificuldade do comandante, a ele não lhe recusa nada...'

— 'Por quanto há no céu, Joaninha, pela tua vida, pela de nossa avó, nem uma palavra ao frade da minha estada aqui! A ele, oh! a ele jurei eu não tornar a ver. E se minha avó...'

— 'Basta: não lhe direi nada. Mas à nossa avó quando lho hei de dizer, e quando hás de tu ir vê-la?'

— 'Por ora não: preciso licença de Lisboa, ou do quartel-general quando menos, para fazer uma coisa que todas as leis da guerra proíbem, que nas atuais circunstâncias e em semelhante guerra ainda é mais defesa. E sem isso — tu bem sabes que as minhas resoluções não se mudam — sem isso não o faço. Em todo o caso, que Fr. Dinis nem sonhe!..'

— 'E quanto tempo, quantos dias se hão de passar?'

— 'Eu sei? oito, quinze dias talvez, talvez mais.'

— 'E a minha pobre avó, coitadinha! a morrer de saudades...'

— 'Consola-a tu, Joaninha: diz-lhe que tiveste novas minhas, que estou bom, que me não falta nada, que tenho esperanças de vos ver muito cedo.'

— 'E eu... eu posso, eu hei de ver-te todos os dias: não, Carlos?'

— 'Amanhã é sexta-feira...'

— 'Amanhã é dia negro... nem eu queria: amanhã não pode ser, bem sei. Mas, tirado amanhã, meu Carlos, oh! todos os dias!'

— 'Sim, querido anjo, sim.'

— 'Prometes?'
— 'Juro-to.'
— 'Suceda o que suceder?'
— 'Suceda o que... Só há uma coisa que... Mas essa não... não é possível.'
— 'O que é, Carlos? que pode haver, que pode suceder que te impeça de?..'
Carlos estremeceu... hesitou, corou, fez-se pálido... quis dizer-lhe a verdade e não ousou...
Por quê... E que verdade era essa? Não a direi eu, já que ele a não disse: fiel e discreto historiador, imitarei a discrição do meu herói.
Pois era discrição a dele?
Não... em verdade, era outra coisa.
Era um pensamento reservado?
Não.
Era tenção má, engano premeditado, era?..
Não, também não.
O que era pois?
Era a dúvida, era a fraqueza, era a vaidade, a mentira congenial e obrigada, a necessária falsidade do homem social.
Carlos mentiu e disse:
— 'Só se mo proibirem expressamente... os meus chefes.'
Mas não era isso o que ele receava; não era esse aquele motivo único e superior que ele temia pudesse vir um dia de repente cortar as doces relações de convivência a que tão prestes se habituara, que já lhe pareciam parte necessária, indispensável da sua vida. Não era, não; e Carlos tinha mentido...
Joaninha olhou para ele fixa... Carlos corou de novo. Ela fez-se pálida... daí corou também.
— 'Carlos, tu não és capaz de mentir...'
— 'Joaninha!'
— 'Tu és o meu Carlos... tu queres-me como me querias dantes...'
— 'Sou... oh! sou. E amo-te.'
— 'Como dantes?'
— 'Mais.'
— 'Pois olha, Carlos: eu nunca amei, nunca hei de amar a nenhum homem senão a ti.'
— 'Joana!'
— 'Carlos!'
Iam a cair nos braços um do outro... A singela confissão da inocência ia ser aceita por quem e como, santo Deus! Aquela palavra de ouro, aquela doce palavra que tanto custa a pronunciar à mulher menos arteira; que

adivinhada, sabida, ouvida há muito pelo coração, dita mil vezes com os olhos, nenhum homem descansa nem se tem por feliz, por certo de sua felicidade, enquanto a não ouve proferir pelos lábios — essa palavra celeste que explica o passado, que responde do futuro, que é a última e irrevogável sentença de um longo pleito de ansiedades, de incertezas e de sustos — essa final e fatal palavra *amo-te*, Joaninha a pronunciara tão naturalmente, tão sincera, tão sem dificuldades nem hesitações, como se aquele fosse — e era decerto — como se aquele tivesse sido sempre o pensamento único, a ideia constante e habitual de sua vida.

O excesso da felicidade aterra e confunde também. Um momento antes, Carlos dera a sua vida por ouvir aquela palavra... um momento depois — oh pasmosa contradição de nossa dúplice natureza! um momento depois dera a vida pela não ter ouvido. No primeiro instante ia lançar-se nos braços da inocente que lhos abria num santo êxtase do mais apaixonado amor; no segundo, tremeu e teve horror da sua felicidade.

— 'Joana!' exclamou ele 'Joana, querida, sabes tu se eu mereço... sabes tu se deves?..'

— 'Sei. Desde que me entendo, não pensei noutra coisa; desde que daqui foste, comecei a entender o que pensava... disse-o a minha avó, e ela...'

— 'E ela?..'

— 'Ela abençoou-me, chamou-me a sua querida filha, abraçou-me, beijou-me, e disse-me que aquela era a primeira hora de felicidade e de alegria que há muitos anos tinha tido.'

Carlos não respondeu nada e olhou para Joaninha com uma indizível expressão de afeto e de tristeza. Os raios de alegria que resplandeciam naquele semblante — agora belo de toda a beleza com que um verdadeiro amor ilumina as mais desgraciosas feições — os raios dessa alegria começaram a amortecer, a apagar-se. A lúcida transparência daqueles olhos verdes turvou-se: nem a clara luz da água-marinha, nem o brilho fundo da esmeralda resplandecia já neles; tinham o lustro baço e morto, o polido mate e silicioso de uma dessas pedras sem água nem brilho que a arte antiga engastava nos colares de suas estátuas.

— 'Adeus, Joana!' disse Carlos perturbado e confuso.

— 'Adeus, Carlos!' respondeu ela maquinalmente.

— 'Até depois de amanhã, Joana.'

— 'Pois sim.'

— 'Depois de amanhã te direi...'

— 'Não digas.'

— 'Por quê?'

— 'Porque é escusado: já sei tudo.'
— 'Sabes!'
— 'Sei.'
— 'O quê?'
— 'O que tu não tens ânimo para me dizer, Carlos; mas que o meu coração adivinhou. Tu não me amas, Carlos.'
— 'Não te amo! eu!.. Santo Deus! eu não a amo...'
— 'Não. Tu amas outra mulher.'
— 'Eu! Joana, oh! se tu soubesses...'
— 'Sei tudo.'
— 'Não sabes.'
— 'Sei: amas outra mulher, outra mulher que te ama, que tu não podes, que tu não deves abandonar, e que eu...
— 'Tu?'
— 'Eu sei que é bela, prendada, cheia de graças e de encantos, porque... porque tu, meu Carlos, porque o teu amor não era para se dar por menos.'
— 'Joana, Joaninha!'
— 'Não digas nada, não me digas nada hoje... hoje sobretudo, não me digas nada. Amanhã...'
— 'Amanhã é sexta-feira.'
— 'Inda bem! terei mais tempo para reflectir, para considerar antes de tornar a ver-te. Adeus Carlos!'
— 'Uma palavra só, Joana. Cuidas que sou capaz de te enganar?'
— 'Não; estou certa que não.'
— 'Até amanhã... até depois de amanhã.'
— 'Adeus!'

Abraçaram-se, e desta vez frouxamente; beijaram-se de um ósculo tímido e recatado... os beiços de ambos estavam frios, as mãos trémulas; e o coração comprimido batia, batia-lhes forte que se ouvia.

Retirou-se cada um por seu lado. A noite estava pura e serena como na véspera, as estrelas luziam no céu azul com o mesmo brilho; o silêncio, a majestade, a beleza toda da natureza era a mesma... só eles eram outros... outros, tão outros e diferentes do que foram!

Tinham-se dado cuidadosamente as providências; ambos chegaram, sem nenhum acidente ao seu destino.

XXVI

Modo de ler os autores antigos, e os modernos também. — Horácio na sacra via. — Duarte Nunes iconoclasta da nossa história. — A polícia e os barcos de vapor. — Os vândalos do feliz sistema que nos rege. — Shakespeare lido em Inglaterra a um bom fogo, com um copo de *old-sack* sobre a banca. — Sir John Falstaff, se foi maior homem que Sancho Pança? — Grande e importante descoberta arqueológica sobre São Tiago, São Jorge e Sir John Falstaff. — Prova-se a vinda deste último a Portugal. — O entusiasta britânico no túmulo de Heloísa e Abeillard no Père-Lachaise. — Bentham e Camões. — Chega o autor à sua janela, e pasmosa *miragem* poética produzida por umas oitavas dos Lusíadas. — De como enfim prosseguem estas viagens para Santarém, e que feito será de Joaninha.

SE eu for algum dia a Roma, hei de entrar na cidade eterna com o meu Tito Lívio e o meu Tácito[208] nas algibeiras do meu paletó de viagem. Ali, sentado naquelas ruínas imortais, sei que hei de entender melhor a sua história, que o texto dos grandes escritores se me há de ilustrar com os monumentos de arte que os viram escrever, e que uns recordam, outros presenciaram os feitos memoráveis, o progresso e a decadência daquela civilização pasmosa.

E Juvenal[209] e Horácio? o meu Horácio, o meu velho e fiel amigo Horácio!.. Deve ser um prazer régio ir lendo pela sacra via fora aquela deliciosa sátira, creio que a nona do L. I:

Ibam forte sacra via, sicut meus est mos,
Nescio quid meditans nugarum...[210]

Deve ser maior prazer ainda, muito maior do que beijar o pé ao papa. Parece-me a mim; mas como eu nunca fui a Roma...

---
208 **Tito Lívio e Tácito:** Tito Lívio (59 a.C.-17 d.C.) e Públio Cornélio Tácito (55-120) foram historiadores romanos. (N.E.)
209 **Juvenal:** Décimo Júnio Juvenal (fim do primeiro século da era cristã), poeta latino. (N.E.)
210 Tradução do latim: "Andava por acaso pela via sacra, como de costume, / Meditando sobre não sei quais bobagens...". (N.E.)

E não é preciso. Pegue qualquer na bela crónica de el-rei D. Fernando, a que Duarte Nunes[211] menos estragou...

O Duarte Nunes foi um reformador iconoclasta das nossas crónicas antigas, truncou todas as imagens, raspou toda a poesia daquelas venerandas e deliciosas *sagas* portuguesas... Em ponto histórico pouco mais eram do que *sagas*, verdade seja, mas como tais, lindas. E o Duarte Nunes, que era um pobre gramaticão sem gosto nem graça, foi-se às filigranas e arrendados de finíssimo lavor gótico daqueles monumentos, quebrou-lhos; ficaram só os traços históricos que eram muito pouca e muito incerta coisa; e cuidou que tinha arranjado uma história, tendo apenas destruído um poema. Ficámos sem Niebelungen[*212], podendo-o ter, e não obtivemos história porque se não podia obter assim.

Pois digo: pegue qualquer na bela crónica de el-rei D. Fernando, obedeça à lei concorrendo com o seu cruzado novo para o aumento e glória da benemérita companhia que tem o exclusivo desses caranguejos de vapor que andam e desandam no rio, entre num dos referidos caranguejos, em que, além da porcaria e mau cheiro, não há perigo nenhum senão o de rebentar toda aquela câmara óptica que anda por arames, e que em qualquer país civilizado onde a polícia fizesse alguma coisa mais do que imaginar conspirações, há muito estaria condenada a ir ali caranguejar para as Lamas[*] à sua vontade. Mas enfim cá não há doutros nem haverá tão cedo, graças ao muito que agora, diz que, se cuida nos interesses materiais do país: e portanto tome o seu lugar, passe o mesmo que eu passei; chegue-me a Santarém, descanse e ponha-se-me a ler a crónica: verá se não é outra coisa, verá se diante daquelas preciosas relíquias, ainda mutiladas, deformadas como elas estão por tantos e tão sucessivos bárbaros, estragadas enfim pelos piores e mais vândalos de todos os vândalos, as autoridades administrativas e municipais do feliz sistema que nos rege, ainda assim mesmo não vê erguer-se diante de seus olhos os homens, as cenas dos tempos que foram; se não ouve falar as pedras, bradar as inscrições, levantar-se as estátuas dos túmulos, e reviver-lhe a pintura toda, reverdecer-lhe toda a poesia daquelas idades maravilhosas!

---

211 **Duarte Nunes:** Duarte Nunes de Leão (1530-1608), historiador e jurista português. (N.E.)

* Coleção de antigas rapsódias germânicas contendo o maravilhoso e poético de suas origens históricas e que é para os povos teutónicos o que era a *Ilíada* para os helenos. Só se não sabe o nome do Homero alemão que as redigiu e uniformizou como hoje se acham. (N.A.)

212 Na publicação da Portugália Editora: "suas origens e que". (N.E.)

* Fundo baixo do Tejo, ao longo da praia de Santos, que tem este nome, e é onde vão apodrecer as carcaças dos navios velhos e já inúteis. (N.A.)

Tenho-o experimentado muitas vezes: é infalível. Nunca tinha entendido Shakespeare enquanto o não li em Warwick[213], ao pé do Avon, debaixo de um carvalho secular, à luz daquele sol baço e branco do nublado céu de Albion... ou à noite com os pés no *fender**, a chaleira a ferver no fogão, e sobre a banca o cristal antigo de um bom copo lapidado a luzir-me alambreado com os doces e perfumados resplendores do *old sack**; enquanto o fogão e os ponderosos castiçais de cobre brunido projetam no antigo teto almofadado, nos pardos compartimentos de carvalho que forram o aposento, aquelas fortes sombras vacilantes de que as velhas fazem visões e almas do outro mundo, de que os poetas — poetas como Shakespeare — fazem sombras de *Banco*, bruxas de *Macbeth*, e até a rotunda pança e o arrastante espadagão do meu particular amigo Sir John Falstaff[214], o inventor das legítimas consequências, o fundador da grande escola dos restauradores caturras, dos poltrões pugnazes que salvam a pátria de parola e que ninguém os atura em tendo as costas quentes.

Oh Falstaff, Falstaff! eu não sei se tu és maior homem que Sancho Pança. Creio que não. Mas maior pança tens, mais capacidade na pança tens. Quando nossos avós renegaram de São Tiago por castelhano*[215] perro, e invocaram a São Jorge, tu vieste, ó Falstaff, em sua comitiva de Inglaterra e aqui tomaste assento, aqui ficaste, e foste o patriarca dessa imensa progénie de Falstaffs que por aí anda.

Este importante ponto da nossa história, da demissão de São Tiago e da vinda de São Jorge de Inglaterra com Sir John Falstaff por seu *homem de ferro* — esta grande descoberta arqueológica que tanta coisa moderna explica, como a fiz eu? Indo aos sítios mesmos, estudando ali os antigos exemplares: que é a minha doutrina.

Em tudo, para tudo é assim. Chegou um dia um inglês a Paris: um inglês legítimo e cru, virgem de toda a corrupção continental; calça de ganga, sapato grosso, cabelo de cenoira, chapéu filado na cova do ladrão. Era entusiasta

---

213 **Warwick**: cidade inglesa às margens do rio Avon. (N.E.)

* Fender se chama em inglês a pequena e baixa teia de metal que defende o fogão nas salas, para que não caiam brasas nos sobrados. Descansam nele os pés naturalmente quando a gente está confortavelmente aquecendo em liberdade. (N.A.)

* Tem-se disputado muito sobre qual seja a bebida espirituosa celebrada por Shakespeare tantas vezes com este nome. A opinião mais aceita é que fosse boa e velha aguardente de França. (N.A.)

214 **sir John Falstaff**: personagem cômico, beberrão e prepotente de peças de Shakespeare. (N.E.)

* O grito de guerra comum a todas as nações cristãs espanholas era: São Tiago! Quando na acessão da casa de Avis nos aliámos intimamente com a Inglaterra contra Castela, começámos a invocar São Jorge. (N.A.)

215 Na publicação da Portugália Editora: "a tantas nações". (N.E.)

de Heloísa e Abeillard, foi-se ao Père-Lachaise[216], chegou ao túmulo dos dous amantes, tirou um livrinho da algibeira, pôs-se a ler aquelas cartas de Paracleto[217] que têm endoidecido muito menos excêntricas cabeças que a do meu inglês puro-sangue. Não é nada; excitou-se a tal ponto que entrou a correr como um perdido, bradando por um cónego da Sé que lhe acudisse, que se queria identificar com o seu modelo, purificar a sua paixão, ser enfim um completo — ou um incompleto Abeillard.

Eu não sou suscetível de tamanho entusiasmo, sobretudo desde que dei a minha demissão de poeta e caí na prosa. Mas aqui tem o que me sucedeu o outro dia. Tinha estado às voltas com o meu Bentham, que é um grande homem por fim de contas o tal quaker, e são grandes livros os que ele escreveu: cansou-me a cabeça, peguei no Camões e fui para a janela. As minhas janelas agora são as primeiras janelas de Lisboa, dão em cheio por todo esse Tejo. Era uma destas brilhantes manhãs de inverno, como as não há senão em Lisboa. Abri os Lusíadas à ventura, deparei com o canto IV e pus-me a ler aquelas belíssimas estâncias

> E já no porto da ínclita Ulisseia...

Pouco a pouco amotinou-se-me o sangue, senti baterem-me as artérias da fronte... as letras fugiam-me do livro, levantei os olhos, dei com eles na pobre nau Vasco da Gama que aí está em monumento-caricatura da nossa glória naval... E eu não vi nada disso, vi o Tejo, vi a bandeira portuguesa flutuando com a brisa da manhã, a torre de Belém ao longe... e sonhei, sonhei que era português, que Portugal era outra vez Portugal.

Tal força deu o prestígio da cena às imagens que aqueles versos evocavam!

Senão quando, a nau que salva a uns escaleres que chegam... Era o ministro da marinha que ia a bordo.

Fechei o livro, acendi o meu charuto, e fui tratar das minhas camélias.

Andei três dias com ódio à letra redonda.

Mas de tudo isto o que se tira, a que vem tudo isto para as minhas viagens ou para o episódio do vale de Santarém em que há tantos capítulos nos temos demorado?

Vem e vem muito: vem para mostrar que a história, lida ou contada nos próprios sítios em que se passou, tem outra graça e outra força; vem para

---

216 **Père-Lachaise:** cemitério de Paris. (N.E.)
217 **Paracleto:** abadia na França fundada no século XII, da qual foi abadessa Heloísa, amada de Abelardo. (N.E.)

te eu dar o motivo por que nestas minhas viagens, leitor amigo, me fiquei parado naquele vale a ouvir do meu companheiro de jornada, e a escrever para teu aproveitamento, a interessante história da menina dos rouxinóis, da menina dos olhos verdes, da nossa boa Joaninha.

Sim, aqui tenho estado estendido no chão, as mulinhas pastando na relva, os arrieiros fumando tranquilamente sentados, e as últimas horas de uma longa e calmosa tarde de julho a cair e a refrescar com a aragem precursora da noite.

Mas basta de vale, que é tarde. Oh lá! venham as mulinhas e montemos. Picar para Santarém, que no ínclito alcáçar de el-rei D. Afonso Henriques nos espera um bom jantar de amigo — e não é só a *vaca e riso* de Fr. Bartolomeu dos Mártires[*218], mas um verdadeiro jantar de amigo, muito menos austero e muito mais risonho.

— 'Por quê? já se acabou a história de Carlos e de Joaninha?' diz talvez a amável leitora.

— 'Não, minha senhora', responde o autor mui lisonjeado da pergunta: 'não, minha senhora, a história não acabou, quase se pode dizer que ainda ela agora começa; mas houve mutação de cena. Vamos a Santarém, que lá se passa o segundo ato.'

---

[*] Singela e original expressão do santo arcebispo numa carta de convite a um seu amigo. Fez-se, como devia ser, proverbial esta frase. (N.A.)
[218] Na publicação da Portugália Editora: "arcebispo uma carta a um amigo". (N.E.)

XXVII

Chegada a Santarém. — Olivais de Santarém. — Fora-de-Vila. — Simetria que não é para os olhos. — Modo de medir os versos da bíblia. — Arquitetura pedante do século XVII. Entrada na Alcáçova.

ERAM as últimas horas do dia quando chegámos ao princípio da calçada que leva ao alto de Santarém. A pouca frequência do povo, as hortas e pomares mal cultivados, as casas de campo arruinadas, tudo indicava as vizinhanças de uma grande povoação descaída e desamparada. O mais belo contudo de seus ornatos e glórias suburbanas, ainda o possui a nobre vila, não lho destruíram de todo; são os seus olivais. Os olivais de Santarém cuja riqueza e formosura proverbial é uma das nossas crenças populares mais gerais e mais queridas!... os olivais de Santarém lá estão ainda. Reconheceu-os o meu coração e alegrou-se de os ver; saudei neles o símbolo patriarcal da nossa antiga existência. Naqueles troncos velhos e coroados de verdura, figurou-se-me ver, como nas selvas encantadas do Tasso, as venerandas imagens de nossos passados; e no murmúrio das folhas que o vento agitava a espaços, ouvir o triste suspirar de seus lamentos pela vergonhosa degeneração dos netos...

Estragado como os outros, profanado como todos, o olival de Santarém é ainda um monumento.

Os povos do meio-dia, infelizmente, não professam com o mesmo respeito e austeridade aquela religião dos bosques, tão sagrada para as nações do norte. Os olivais de Santarém são exceção: há muito pouco entre nós o culto das árvores.

Subimos, a bom trotar das mulinhas, a empinada ladeira — eu alvoraçado e impaciente por me achar face a face com aquela profusão de monumentos e de ruínas que a imaginação me tinha figurado e que ora temia, ora desejava comparar com a realidade.

Chegámos enfim ao alto; a majestosa entrada da grande vila está diante de mim. Não me enganou a imaginação... grandiosa e magnífica cena!

Fora-de-Vila é um vasto largo, irregular e caprichoso como um poema romântico; ao primeiro aspecto, àquela hora tardia e de pouca luz, é de um efeito admirável e sublime. Palácios, conventos, igrejas ocupam gravemente e tristemente os seus antigos lugares, enfileirados sem ordem aos lados daquela imensa praça, em que a vista dos olhos não acha simetria alguma; mas sente-se na alma. É como o ritmo e medição dos grandes versos bíblicos que se não cadenceiam por pés nem por sílabas, mas caem certos no espírito e na *audição interior* com uma regularidade admirável.

E tudo deserto, tudo silencioso, mudo, morto! Cuida-se entrar na grande metrópole de um povo extinto, de uma nação que foi poderosa e celebrada mas que desapareceu da face da terra e só deixou o monumento de suas construções gigantescas.

À esquerda o imenso convento do Sítio ou de Jesus, logo o das Donas, depois o de São Domingos, célebre pelo jazigo do nosso Fausto português — seja dito sem irreverência à memória de São Frei Gil que, é verdade, veio a ser grande santo, mas que primeiro foi grande bruxo. — Defronte o antiquíssimo mosteiro das Claras, e ao pé as baixas arcadas góticas de São Francisco... de cujo último guardião, o austero Frei Dinis, tanta coisa te contei, amigo leitor, e tantas mais tenho ainda para te contar! À direita o grandioso edifício filipino, perfeito exemplar da maciça e pedante arquitetura reacionária do século dezessete, o Colégio, tipo largo e belo no seu género, e quanto o seu género pode ser, das construções jesuíticas...

Não há alma, não há génio, não há espírito naquelas massas pesadas, sem elegância nem simplicidade; mas há uma certa grandeza que impõe, uma solidez travada, uma simetria de cálculo, umas proporções frias, mas bem assentadas e esquadriadas com método, que revelam o pensamento do século e do instituto que tanto o caracterizou.

Não são as fortes crenças da meia-idade que se elevam no arco agudo[219] da ogiva; não é a relaxação florida do século quinze e dezesseis que já vacila entre o bizantino e o clássico, entre o místico ideal do cristianismo que arrefece e os símbolos materiais do paganismo que acorda; não, aqui a *renascença* triunfou, e depois de triunfar, degenerou. É a Inquisição, são os Jesuítas, são os Filipes, é a reação católica[220] edificando templos *para que* se creia e se ore, não *porque* se crê e se ora.

Até aqui o mosteiro e a catedral, a ermida e o convento eram a expressão da ideia popular, agora são a fórmula do pensamento governativo.

Ali estão — olhai para eles — defronte uns dos outros, os monumentos das duas religiões, a qual mais expressivo e loquaz, dizendo mais claro que

---

219 Na publicação da Portugália Editora: "agudo arco". (N.E.)
220 Referência à Contrarreforma. (N.E.)

os livros, que os escritos, que as tradições, o pensamento das idades que os ergueram, e que ali os deixaram gravados sem saber o que faziam.

Mais embaixo, e no fundo desse declive, aquela massa negra é o resto ainda soberbo do já imenso palácio dos condes de Unhão.

Rodeámos o largo e fomos entrar em Marvila pelo lado do norte. Estamos dentro dos muros da antiga Santarém. Tão magnífica é a entrada, tão mesquinho é agora tudo cá dentro, a maior parte destas casas velhas sem serem antigas, destas ruas moirescas sem nada de árabe, sem o menor vestígio de sua origem mais que a estreiteza e pouco asseio.

As igrejas quase todas porém, as muralhas e os bastiões, algumas das portas, e poucas habitações particulares, conservam bastante da fisionomia antiga e fazem esquecer a vulgaridade do resto.

Seguimos a triste e pobre rua Direita, centro do débil comércio que ainda aqui há: poucas e mal providas lógias, quase nenhum movimento. Cá está a curiosa torre das Cabaças, a velha igreja de São João do Alporão. Amanhã iremos ver tudo isso de nosso vagar. Agora vamos à Alcáçova[221]!

Entrámos a porta da antiga cidadela. — Que espantosa e desgraciosa confusão de entulhos, de pedras, de montes de terra e caliça! Não há ruas, não há caminhos, é um labirinto de ruínas feias e torpes. O nosso destino, a casa do nosso amigo é ao pé mesmo da famosa e histórica igreja de Santa Maria da Alcáçova. — Há de custar a achar em tanta confusão.

221 **alcáçova**: local fortificado; castelo. (N.E.)

XXVIII

Depois de muito procurar acha enfim o autor a igreja de Santa Maria de Alcáçova. — Estilo da arquitetura nacional perdido. — O terremoto de 1755, o marquês de Pombal e o chafariz do Passeio público de Lisboa — O chefe do partido progressista português no alcácer de D. Afonso Henriques. — Deliciosa vista dos arredores de Santarém observada de uma janela da Alcáçova, de manhã. — É tomado o autor de ideias vagas, poéticas, fantásticas como um sonho. — Introdução do Fausto. — Dificuldade de traduzir os versos germânicos nos nossos dialetos romanos.

DEPOIS de muito procurar entre pardeiros[222] e entulhos, achámo-la enfim a igreja de Santa Maria de Alcáçova. Achámos, não é exato: ao menos eu, por mim, nunca a achava, nem queria acreditar que fosse ela quando ma mostraram. A real colegiada de Afonso Henriques, a quase catedral da primeira vila do reino, um dos principais, dos mais antigos, dos mais históricos templos de Portugal, isto?.. esse igrejório insignificante de capuchos? mesquinha e ridícula massa de alvenaria, sem nenhuma arquitetura, sem nenhum gosto! risco, execução e trabalho de um mestre pedreiro de aldeia e do seu aprendiz! É impossível.

Mas era, era essa. A antiga capela real, a veneranda igreja da Alcáçova foi passando por sucessivos reparos e transformações, até que chegou a esta miséria.

Perverteu-se por tal arte o gosto entre nós desde o meio do século passado especialmente, os estragos do terremoto grande quebraram por tal modo o fio de todas as tradições da arquitetura nacional, que na Europa, no mundo todo talvez se não ache um país onde, a par de tão belos monumentos antigos como os nossos, se encontrem tão vilãs, tão ridículas e absurdas construções públicas[223] como essas quase todas que há um século se fazem em Portugal.

Nos reparos e reconstruções dos templos antigos é que este péssimo estilo, esta ausência de todo estilo, de toda a arte mais ofende e escandaliza.

---

222 **pardeiro**: prédio arruinado. (N.E.)
223 Na publicação da Portugália Editora: "construções públicas e particulares". (N.E.)

Olhem aquela empena[224] clássica posta de remate ao frontispício todo renascença da Conceição Velha em Lisboa. Vejam a emplastagem de gesso com que estão mascarados os elegantes feixes de colunas góticas da nossa sé.

Não se pode cair mais baixo em arquitetura do que nós caímos quando, depois que o marquês de Pombal nos *traduziu*, em vulgar e arrastada prosa, os *rococós* de Luís XV, que no original, pelo menos, eram floridos, recortados, caprichosos e galantes como um madrigal, esse estilo bastardo, híbrido, degenerando progressivamente e tomando presunções de clássico, chegou nos nossos dias até ao chafariz do passeio público!

Mas deixar tudo isso, e deixar a igreja da Alcáçova também; entremos nos palácios de D. Afonso Henriques.

Aqui, pegado com o pardeiro rebocado da capela hão de ser. Por onde se entra?

Por esta portinhola estreita e baixa, rasgada, bem se vê que há poucos anos, no que parece muro de um quintal ou de um pátio.

É com efeito aqui; apeemo-nos.

Recebeu-nos com os braços abertos o nosso bom e sincero amigo, atual possuidor e habitante do régio alcáçar, o Sr. M. P.

Notável combinação do acaso! Que o ilustre e venerando chefe do partido progressista em Portugal, que o homem de mais sinceras convicções democráticas, e que mais sinceramente as combina com o respeito e adesão às formas monárquicas, esse homem, vindo do Minho, do berço da dinastia e da nação, viesse fixar aqui a sua residência no alcáçar do nosso primeiro rei, conquistado pela sua espada num dos feitos mais insignes daquela era de prodígios!

Entrámos na pequena horta em forma de claustro que une a antiga casa dos reis com a sua capela. Assim foi sem dúvida noutro tempo: a parede oriental da igreja é o muro do quintal de um lado, mas as comunicações foram vedadas provavelmente quando a coroa alienou o palácio e o separou assim perpetuamente do templo.

Plantada de laranjeiras antigas, os muros forrados de limoeiros e parreiras, aquela pequena cerca, apesar dos muitos canteiros e alegretes de alvenaria com que está moirescamente entulhada, é amena e graciosa à vista.

Apresentou-nos o nosso amigo a sua mulher, senhora de porte gentil e grave; beijámos seus lindos filhos, e fomos fazer as abluções indispensáveis depois de tal jornada para nos podermos sentar à mesa.

---

224 **empena:** numa construção, a parte superior triangular onde se apoia a cumeeira de telhados de duas águas. (N.E.)

O palácio de Afonso Henriques está como a sua capela: nem o mais leve, nem o mais apagado vestígio da antiga origem. Sabe-se que é ali pela bem confrontada e inquestionável topografia dos lugares, por mais nada...

E que me importam a mim agora as antiguidades, as ruínas e as demolições, quando eu sinto demolir-me cá por dentro por uma fome exasperada e destruidora, uma fome vandálica insaciável!

Vamos a jantar.

Comemos, conversámos, tomámos chá, tornámos a conversar e tornámos a comer. Vieram visitas, falou-se política, falou-se literatura, falou-se de Santarém sobretudo, das suas ruínas, da sua grandeza antiga, da sua desgraça presente. Enfim, fomo-nos deitar.

Nunca dormi tão regalado sono em minha vida. Acordei no outro dia ao repicar incessante e apressurado dos sinos da Alcáçova. Saltei da cama, fui à janela, e dei com o mais belo, o mais grandioso, e, ao mesmo tempo, mais ameno quadro em que ainda pus os meus olhos.

No fundo de um largo vale aprazível e sereno, está o sossegado leito do Tejo, cuja areia ruiva e resplandecente apenas se cobre de água junto às margens, donde se debruçam verdes e frescos ainda os salgueiros que as ornam e defendem. Dalém do rio, com os pés no pingue nateiro daquelas terras aluviais, os ricos olivedos de Alpiarça e Almeirim; depois a vila de D. Manuel e a sua charneca e as suas vinhas. Daquém a imensa planície dita do Rossio, semeada de casas, de aldeias, de hortas, de grupos de árvores silvestres, de pomares. Mais para a raiz do monte em cujo cimo estou, o pitoresco bairro da Ribeira com as suas casas e as suas igrejas, tão graciosas vistas daqui, a sua cruz de Santa Iria e as memórias romanescas do seu alfageme.

Com os olhos vagando por este quadro imenso e formosíssimo, a imaginação tomava-me asas e fugia pelo vago infinito das regiões ideais. Recordações de todos os tempos, pensamentos de todo o género me afluíam ao espírito, e me tinham como num sonho em que as imagens mais discordantes e disparatadas se sucedem umas às outras.

Mas eram todas melancólicas, todas de saudade, nenhuma de esperança!..

Lembraram-me aqueles versos de Goethe[225], aqueles sublimes e inimitáveis versos da introdução do Fausto:

---

225 **Goethe:** Johann Wolfgang Goethe (1749-1832), escritor alemão. (N.E.)

Ressurgis outra vez, vagas figuras,
Vacilantes imagens que à turbada
Vista acudíeis dantes. E hei de agora
Reter-vos firme? Sinto eu ainda
O coração propenso a ilusões dessas?
E apertais tanto!.. Pois embora! seja:
Dominai, já que em névoa e vapor leve
Em torno a mim surgis. Sinto o meu seio
Juvenilmente trépido agitar-se
Coa maga exalação que vos circunda.
Trazeis-me a imagem de ditosos dias,
E daí se ergue muita sombra amada:
Como um velho cantar meio esquecido,
Vêm os primeiros símplices amores
E a amizade com eles. Reverdece
A mágoa, lamentando o errado curso
Dos labirintos da perdida vida;
E me está nomeando os que traídos
Em horas belas por falaz ventura
Antes de mim na estrada se sumiram.
....
....

Não me atrevo a pôr aqui o resto da minha infeliz tradução: fiel é ela, mas não tem outro mérito. Quem pode traduzir tais versos, quem de uma língua tão vasta e livre há de passá-los para os nossos apertados e severos dialetos romanos[*]?

---

[*] Transcrevemos aqui o original alemão, para se avaliar o que fica dito no texto:
Ihr naht euch wieder, schwankende Gestalten,
Die früh sich einst dem trüben Blick gezeigt.
Versuch ich wohl euch diesmal fest zu halten?
Fühl ich mein Herz noch jenem Wahn geneigt?
Ihr drängt euch zu! nun gut, so mögt ihr walten,
Wie ihr aus Dunst und Nebel um mich steigt;
Mein Busen fühlt sich jugendlich erschüttert
Vom Zauberhauch, der eureu Zug umwittert.
Ihr bringt mit euch die Bilder froher Tage,
Und manche liebe Schatten steigen auf;
Gleich einer halbverklungen Sage
Commt erste Lieb und Freundschaft mit herauf;
Der Schmerz wird neu, es wiederholt die klage
Und nennt die Guten, die, um schöne Stunden
Vom Glück getäuscht, vor mir himveggeschwunden. (N.A.)

XXIX

Doçuras da vida. — Imaginação e sentimento. — Poetas que morreram moços e poetas que morreram velhos. — Como são escritas estas viagens. — Livro de pedra. Criança que brinca com ele. — Ruínas e reparações — Ideia fixa do A. em coisas de arte e literárias. — Santa Iria ou Irene, e Santarém. — Romance de Santa Iria. — Quantas santas há em Portugal deste nome?

ESTE sonhar acordado, este cismar poético diante dos sublimes espetáculos da natureza, é dos prazeres grandes que Deus concedeu às almas de certa têmpera. Doce é gozar assim... mas em que doçuras da vida não predomina sempre o ácido poderoso que estimula! Tirai-lho, fica a insipidez; deixai-lho, ulcera por fim os órgãos: o gozo é mais vivo porque a ação do estímulo é mais sentida... mas a ulceração cresce, o coração está em carne viva... agora o prazer é martírio.

Infeliz do que chegou a esse estado!

Bem-aventurado o que pode graduar, como Goethe, a dose de anfião que quer tomar, que poupa as sensações e a vida, e economiza as potências de sua alma! Nesses porém é a imaginação que domina, não o sentimento. Byron, Schiller, Camões, o Tasso morreram moços; matou-os o coração. Homero e Goethe, Sófocles e Voltaire[226] acabaram de velhos: sustinha-os a imaginação, que não despende vida porque não gasta sensibilidade.

Imaginar é sonhar, dorme e repousa a vida no entretanto, sentir é viver ativamente, cansa-a e consome-a.

Isto é o que eu pensava — porque não pensava em nada, divagava — enquanto aqueles versos de Fausto me estavam na memória, e aquela saudosa vista do Tejo e das suas margens diante dos olhos.

Isto pensava, isto escrevo; isto tinha na alma; isto vai no papel: que doutro modo não sei escrever.

Muito me pesa, leitor amigo, se outra coisa esperavas das minhas viagens, se te falto, sem o querer, a promessas que julgaste ver nesse título, mas que eu não fiz decerto. Querias talvez que te contasse, marco a

---

226 **Voltaire:** François Marie Arouet (1694-1778), filósofo iluminista francês famoso pela ironia. (N.E.)

marco, as léguas da estrada? palmo a palmo, as alturas e larguras[227] dos edifícios? algarismo por algarismo, as datas de sua fundação? que te resumisse a história de cada pedra, de cada ruína?..

Vai-te ao padre Vasconcelos; e quanto há de Santarém, peta e verdade, aí o acharás em amplo fólio e gorda letra: eu não sei compor desses livros, e quando soubesse, tenho mais que fazer.

Só tenho pena de uma coisa, é de ser tão desastrado com o lápis na mão; porque em dous traços dele te dizia muito mais e melhor do que em tanta palavra que por fim tão pouco diz e tão mal pinta.

Santarém é um livro de pedra em que a mais interessante e mais poética parte das nossas crónicas está escrita. Rico de iluminuras, de recortados, de florões, de imagens, de arabescos e arrendados primorosos, o livro era o mais belo e o mais precioso de Portugal. Encadernado em esmalte de verde e prata pelo Tejo e por suas ribeiras, fechado a broches de bronze por suas fortes muralhas góticas, o magnífico livro devia durar sempre enquanto a mão do Criador se não estendesse para apagar as memórias da criatura.

Mas esta Nínive não foi destruída, esta Pompeia não foi submergida por nenhuma catástrofe grandiosa. O povo de cuja história ela é o livro, ainda existe; mas esse povo caiu em infância, deram-lhe o livro para brincar, rasgou-o, mutilou-o, arrancou-lhe folha a folha, e fez papagaios e bonecas, fez carapuços com elas.

Não se descreve por outro modo o que esta gente chamada governo, chamada administração, está fazendo e deixando fazer há mais de século em Santarém.

As ruínas do tempo são tristes mas belas, as que as revoluções trazem, ficam marcadas com o cunho solene da história. Mas as brutas degradações e as mais brutas reparações da ignorância, os mesquinhos concertos da arte parasita, esses profanam, tiram todo o prestígio.

Tal é a geral impressão que me faz esta terra. Almocemos, que já oiço chamar para isso, e iremos ver depois se me enganei.

Ao almoço a conversação veio naturalmente a cair no seu objeto mais óbvio, Santarém. D. Afonso Henriques e os seus bravos, São Frei Gil e o Santo milagre, o Alfageme e o Condestável, el-rei D. Fernando e a rainha D. Leonor, Camões desterrado aqui, Frei Luís de Sousa aqui nascido, Pedro Álvares Cabral, os Docems, quase todas as grandes figuras da nossa história passaram em revista. Por fim veio Santa Iria também,

---

227 Na publicação da Portugália Editora: "as alturas e as larguras". (N.E.)

a madrinha e padroeira desta terra, cujo nome aqui fez esquecer o de romanos e celtas.

Quem tem uma ideia fixa, em tudo a mete. A minha ideia fixa em coisas de arte e literárias da nossa península são as xácaras[228] e romances[229] populares. Há um de Santa Iria.

Por que é a Santa Iria da trova popular tão diferente da Santa Iria das legendas monásticas?

A trova é esta, segundo agora a retifiquei e apurei pela colação de muitas e várias versões provinciais com a ribatejana ou bordalenga, que em geral é a que mais se deve seguir[*].

❦❦❦

Estando eu à janela co'a minha almofada,
Minha agulha de ouro, meu dedal de prata;

Passa um cavaleiro, pedia pousada:
Meu pai lha negou: quanto me custava!

— 'Já vem vindo a noite, é tão só a estrada...
Senhor pai, não digam tal de nossa casa,

Que a um cavaleiro que pede pousada
Se fecha esta porta à noite cerrada.'

Roguei e pedi — muito lhe pesava!
Mas eu tanto fiz que por fim deixava.

Fui-lhe abrir a porta, mui contente entrava;
Ao lar o levei, logo se assentava.

Às mãos lhe dei água, ele se lavava:
Pus-lhe uma toalha, nela se limpava.

Poucas as palavras, que mal me falava,
Mas eu bem sentia que ele me mirava.

Fui a erguer os olhos, mal os levantava
Os seus lindos olhos na terra os pregava.

---

228 **xácaras**: poemas narrativos. (N.E.)

229 **romances**: no caso, o termo significa poema narrativo sentimental. (N.E.)

* Nas notas à adosinda, vol. I do 'Romanceiro', nota N, citei diferentemente esta copla pela imperfeita lição de um Ms. do Minho, único que tinha à mão. (N.A.)

Fui-lhe pôr a ceia, muito bem ceava;
A cama lhe fiz, nela se deitava.

Dei-lhe as boas-noites, não me replicava:
Tão má cortesia nunca a vi usada!

Lá por meia-noite que me eu sufocava,
Sinto que me levam co'a boca tapada...

Levam-me a cavalo, levam-me abraçada,
Correndo, correndo sempre à desfilada.

Sem abrir os olhos, vi quem me roubava;
Calei-me e chorei — ele não falava.

Dali muito longe que me perguntava
Eu na minha terra como me chamava.

— 'Chamavam-me Iria, Iria a fidalga;
Por aqui agora Iria, a cansada*.'

Andando, andando, toda a noite andava;
Lá por madrugada que me atentava...

Horas esquecidas comigo lutava;
Nem força nem rogos, tudo lhe mancava.

Tirou do alfange... ali me matava,
Abriu uma cova onde me enterrava.

No fim de sete anos passa o cavaleiro,
Uma linda ermida viu naquele outeiro[230].

— 'Minha Santa Iria, meu amor primeiro,
Se me perdoares, serei teu romeiro.'

— 'Perdoar não te hei de, ladrão carniceiro,
Que me degolaste que nem um cordeiro.'

---

*   Outra lição, e talvez melhor, diz a *coitada*. (N.A.)
230 Na publicação da Portugália Editora, entre este e o próximo dístico aparecem os seguintes versos: "– 'Que ermida é aquela, de tanto romeiro?' / – 'É de Santa Iria, que sofreu marteiro.'". (N.E.)

❦❦❦

    Ou houve duas santas deste nome, ambas de aventurosa vida e que ambas deixassem longa e profunda memória de sua beleza e martírio — o de que não tenho a menor ideia — ou nos escritos dos frades há muita fábula de sua única invenção deles que o povo não quis acreditar: aliás é inexplicável a singeleza desta tradição oral.

    Tão simples, tão natural é a narração poética do romance popular, quanto é complicada e cheia de maravilhas a que se autoriza nas recordações eclesiásticas.

    O caso é grave, fique para novo capítulo.

XXX

> História de Santa Iria segundo os cronistas e segundo o romance popular.

A milagrosa Santa Iria — Santa Irene — que deu o seu nome a Santarém, donzela nobre, natural da antiga Nabância*, e freira no convento dúplex* beneditino que pastoreava o santo abade Célio, floresceu pelos meados do sétimo século. Namorou-se dela extremosamente o jovem Britaldo, filho do conde ou cônsul Castinaldo que governava aquelas terras, e não podendo conseguir nada de sua virtude, caiu enfermo de moléstia que nenhum físico acertava a conhecer, quanto mais a curar.

É sabido que a mais santa lhe não pesa de que estejam a morrer por ela; e, mais ou menos, sempre simpatiza com as vítimas que faz.

Santa Iria resolveu consolar o pobre Britaldo; e já que mais não podia por sua muita virtude, quis ver se lhe tirava aquela louca paixão e o convertia. Saiu, uma bonita manhã, do seu convento — que não guardavam ainda as freiras tão absoluta e estreita clausura — e foi-se a casa do namorado Britaldo.

Consolou como mulher e ralhou como santa, por fim, impondo-lhe na cabeça as lindas e benditas mãos, num instante o sarou de todo achaque do corpo; e se lhe não curou o da alma também, pelo menos lho adormentou, que parecia acabado.

Mas como o demo, em chegando a entrar num corpo humano, parece que não sai dele senão para se ir meter noutro; tão depressa o inimigo deixou ao pobre Britaldo, como logo se foi encaixar em não menor personagem do que o monge Remígio, que era o mestre e diretor da bela Iria.

Arde o frade em concupiscência, e não obtendo nada com rogos e lamentos, jurou vingar-se. Disfarçou porém, fingiu-se emendado, e deu-lhe, quando ela menos cuidava, uma bebida de sua diabólica preparação,

---

*   Tomar. (N.A.)
*   De frades e de freiras. (N.A.)

que apenas a santa a havia tomado, lhe apareceram logo e continuaram a crescer todos os sinais da mais aparente maternidade.

Corre a fama do suposto estado da donzela, chovem as injúrias e os insultos dos que mais a tinham respeitado até então. E Britaldo, que se julga escarnecido pela hipocrisia daquela mulher artificiosa, em vez de a esquecer com desprezo — sente reviver-lhe, se não tão pura, muito mais ardente, toda a antiga paixão.

Tão misterioso é o coração do homem! — tão vil! dirão os ascéticos — tão inexplicável! direi eu com os mais tolerantes.

Novas tentativas, promessas, ameaças do furioso amante... A santa resiste a tudo, forte na sua virtude.

Costumava a devota donzela ir todas as noites a uma oculta lapa que jazia no fim da cerca e junto ao rio Nabão, para ali estar mais só com Deus, e desabafar com Ele à sua vontade. Soube-o Britaldo, espreitou a ocasião e ali a fez apunhalar por um seu criado cujo nome a legenda nos conservou para maior testemunho de verdade: chamava-se Banam.

Banam! é um verdadeiro nome de melodrama.

Morta a inocente, Banam despiu-lhe o hábito e lançou o corpo ao rio, que depressa a levou às arrebatadas correntes do Zêzere em que deságua; e logo este ao Tejo — que defronte da antiga Escalabicastro[231] lhe deu sepultura em suas louras areias, para maior glória da santa e perpétua honra da nobilíssima vila que hoje tem o seu nome.

Mas enquanto ia navegando o corpo da santa, teve Célio, o abade do convento, uma revelação que lhe descobriu a verdade e os milagres do caso; e comunicando-a logo aos monges e ao povo de Nabância, saiu com todos de cruz alçada, e foi por esses campos da Golegã fora, até chegar à Ribeira de Santarém. Aí benzendo as águas do rio, estas se retiraram corteses e deixaram ver o sepulcro que era de fino alabastro, obrado à maravilha pelas mãos dos anjos.

Chegaram ao pé do túmulo, abriram-no, viram e tocaram o corpo da santa, mas não o puderam tirar, por mais diligências que fizeram. Conheceu-se que era milagre; e contentando-se de levar relíquias dos cabelos e da túnica, voltaram todos para a sua terra.

As águas tornaram a juntar-se e a correr como dantes, e nunca mais se abriram senão daí a seis séculos e meio, quando a boa rainha santa Isabel, mulher de el-rei D. Dinis, tão fervorosas orações fez ao pé do rio

---

231 **Escalabicastro**: antigo nome de Santarém, derivado de Escalabis – que data da época do Império Romano. (N.E.)

pedindo à santa que lhe aparecesse, que o rio tornou a abrir-se como o mar Vermelho à voz de Moisés, dizem os devotos cronistas, e patenteou o bendito sepulcro.

Entrou a rainha a pé enxuto pelo rio dentro, seguida de seu real esposo e de toda a sua corte; mas por mais que rezasse ela, e que trabalhassem os outros com todas as forças humanas, não puderam abrir o túmulo; quebraram todas as ferramentas, era impossível. Desenganado el-rei de que um poder sobre-humano não permitia que ele se abrisse, mandou a toda a pressa levantar um padrão muito alto sobre o mesmo túmulo, e tão alto que o rio na maior enchente o não pudesse cobrir.

O rio esperou com toda a paciência que os pedreiros acabassem, e quando viu que podia continuar a correr, deu aviso, retiraram-se todos, tornaram-se a juntar as águas e o padrão ficou sobressaindo por cima delas.

Passaram mais três séculos e meio; e no ano de 1644 a câmara de Santarém mandou refazer de cantaria lavrada o dito marco ou pedestal que não era senão de alvenaria, e pôr-lhe em cima a imagem da santa.

Ainda lá está, assaz malcuidado contudo; lá o vi com estes olhos pecadores no corrente mês de julho de 1843. Mas, sem milagre nem orações, o rio tinha-se retirado, havia muito, para um cantinho do seu leito, e o padrão estava perfeitamente em seco, e em seco está todo o ano até começarem as cheias.

Tal é, em fidelíssimo resumo, a história da Santa Iria dos livros.

A das cantigas é, como já disse[232], muito outra e muito mais simples, conta-se em duas palavras. A santa está em casa de seus pais; um cavaleiro desconhecido, a quem dão pousada uma noite, levanta-se por horas mortas, rouba a descuidada e inocente donzela, foge a todo o correr de seu cavalo, e chegado a um descampado dali muito longe, pretende fazer-lhe violência... A santa resiste, ele mata-a. Dali a anos passa por aí o indigno cavaleiro, vê uma linda ermida levantada no próprio sítio onde cometeu o crime, pergunta de que santa é, dizem-lhe que é de Santa Iria. Ele cai de joelhos a pedir perdão à santa, que lhe lança em rosto o seu pecado e o amaldiçoa.

E acabou a história.

Seria o povo que se esqueceu nas suas tradições, ou os frades que aumentaram nas suas escrituras? Pois a legenda monástica é realmente bela e cheia de poesia e romance, coisa que o povo não costuma desprezar.

---

232 Na publicação da Portugália Editora: "como se viu". (N.E.)

É difícil de explicar-se este fenómeno, interessantíssimo para qualquer observador não vulgar, que nestas crenças do comum, nestas antigualhas, desprezadas pela soberba filosofia dos néscios, quer estudar os homens e as nações e as idades onde eles mais sinceramente se mostram e se deixam conhecer.

A extrema simplicidade do romance ou xácara de Santa Iria, o ser ele, dentre todos os que andam na memória do nosso povo, o mais geralmente sabido e mais uniformemente repetido em todos os distritos do reino, e com poucas variantes nas palavras, nenhuma no contexto, me faz crer que esta seja das mais antigas composições não só da nossa língua, mas de toda a península. A frase tem pouco sabor antigo: este é um daqueles poemas quase aborígenes que a tradição tem vindo entregando, e ao mesmo tempo traduzindo, de pais a filhos insensivelmente; e também não é por certo dos que desceram do palácio às choupanas e fugiram da cidade para as aldeias, como em muitos outros se conhece: este visivelmente nasceu nos arraiais, nos oragos dos campos, e por lá tem vivido até agora.

A forma métrica da composição é a que a frase didática das Espanhas chamou *romance em endechas*[233]. Eu, adotando para ele, mais que para a forma ordinária do metro octossílabo, a teoria do engenhoso filólogo alemão, Depping, tão benemérito da nossa literatura peninsular, creio que estes são verdadeiros versos de doze sílabas[234], e que as coplas[235] não constam senão de dous versos cada uma, segundo a óbvia significação da palavra. O povo cantando não separa os hemistíquios destes versos como fazem os que os escrevem: e ao contrário nos romances da medida mais comum, o canto popular reparte distintamente cada membro de oito sílabas[236] sobre si.

Não sei se me engano, mas desconfio que as quatro coplas últimas, em que muda completamente a rima, sejam aditamento posterior feito à cantiga original. Todavia estes oito versos aparecem, com ligeiras variantes, em toda a parte.

---

233 **endecha**: composição poética formada por estrofes de quatro versos pentassílabos. (N.E.)
234 O narrador conta a primeira sílaba átona após a última tônica do verso; ou seja: considera verso de doze sílabas o que hoje geralmente é considerado de onze sílabas. (N.E.)
235 **copla**: estrofe de dois versos. (N.E.)
236 Refere-se ao que, na versificação contemporânea, é a redondilha maior. (N.E.)

XXXI

Quomodo sedet sola civitas. — Santarém. — Portugal em verso e Portugal em prosa. — Esquisito lavor de umas portas e janelas de arquitetura moçárabe. — Busto de D. Afonso Henriques. — As salgadeiras de África. — Porta do Sol. — Muralhas de Santarém. —Voltemos à história de Fr. Dinis e da menina dos olhos verdes.

ERAM mais de dez horas da manhã quando saímos a começar a longa via--sacra de relíquias, templos e monumentos que são hoje toda Santarém.

A vida palpitante e atual acabou aqui inteiramente: hoje é um livro que só recorda o que foi. Entre a história maravilhosa do passado que todas estas pedras memoram e as profecias tremendas do futuro que parecem gravadas nelas em caracteres misteriosos, não há mais nada: o presente não é, ou é como se não fosse; tão pequeno, tão mesquinho, tão insignificante, tão desproporcionado parece a tudo isto!

Dá vontade de entoar com o poeta inspirado de Jerusalém[237]: 'Quomodo sedet sola civitas[238]!' Portugal é, foi sempre uma nação de milagre, de poesia. Desfizeram o prestígio; veremos como ele vive em prosa. Morrer, não morre a terra, nem a família, nem as raças: mas as nações deixam de existir. — Pois embora, já que assim o querem. A mim não me fica escrúpulo.

Passámos a igreja da Alcáçova, que achámos já fechada; e tomando sempre sobre a esquerda, fomos pelo que hoje parece uma azinhaga de entre quintas, mas que visivelmente foi noutras eras a rua mais fashionável[239] desta vila cortesã. Aqui estão quase ao pé da igreja umas portas e janelas do mais fino lavor e gosto moçárabe que me lembra de ter visto.

E a propósito, porque se não há de adotar na nossa península esta designação de *moçárabe* para caracterizar e classificar o género arquitetónico especial nosso, em que o severo pensamento cristão da arquitetura da meia-idade se sente relaxar pelo contato e exemplo dos hábitos sensuais moirescos, e de sua luxuosa e redundante elegância?

---

237 Referência a Jeremias, profeta do Antigo Testamento. (N.E.)
238 Tradução do latim: "Como se acha solitária aquela cidade". A expressão faz parte do primeiro versículo do livro *Lamentações de Jeremias*, presente no Antigo Testamento. (N.E.)
239 **fashionável**: neologismo criado a partir do inglês *fashion*, relativo à moda. (N.E.)

De que palácio encantado foram estas portas tão primorosamente lavradas? Que belezas se debruçaram dessas arrendadas janelas para ver passar o cavaleiro escolhido do seu coração? São tão lindas, tão elegantes ainda estas pedras desconjuntadas, e mal sustidas de um muro ensosso e grosseiro que as faceia, que naturalmente despertam a mais adormecida imaginação a quanto sonho de fadas e trovadores a poesia fez nascer dos mistérios da idade média.

Pouco mais adiante está, em um mau nicho escalavrado e feio, um pretendido busto de D. Afonso Henriques, a que atribuem grande antiguidade[240]. Não me fez esse efeito a mim.

Chegámos à porta do *Sol*; sentámo-nos ali a gozar da majestosa vista. É majestosa mas triste. A ribanceira que dali corta abaixo, até ao rio, é árida e quase calva: cobrem-na apenas, como a mal povoada nuca de um velho, alguns tufos de verdura cinzenta e grisalha de um arbusto rasteiro, meio *frutex* meio herbáceo que aqui chamam 'Salgadeira' e que a tradição diz ter vindo de África para segurar a terra nestes taludes e precipícios. O aspecto e hábito da planta é realmente africano e oriental, não tem nada de europeu. Mas esta derradeira e ocidental parte da nossa Espanha é, geologicamente falando, já tão áfrica, tão pouco europa, que não seria necessária a transplantação talvez; e porventura ficou esta memória entre o povo do uso que os moiros faziam da planta para esse fim.

Esta porta do sol dizem que é onde se faziam as execuções em tempos antigos. Foi bem escolhido o sítio; não o há mais triste e melancólico. Ao pé está um torreão quadrado da muralha que aí forma canto para seguir depois na direção de sul a norte. Deste lado as fortificações e lanços de muro estão todas pouco estragadas; e do mirante a que subimos, pode-se formar perfeita ideia do que era uma antiga cidade murada.

Seria aqui, dizia eu comigo, que o nosso Fr. Dinis de quem já tenho saudades — o velho guardião de São Francisco veio chorar o seu último treno sobre as ruínas da antiga monarquia? Seria aqui neste lugar de desolação e melancolia que correram as suas derradeiras lágrimas[241]! Ele que já não chorava, acharia aqui quem desse aos seus olhos as fontes de água que o coração lhe pedia para se desafogar dos pesares que o ralavam na aridez e secura de sua desconsolada velhice?

Passavam-me estas ideias pelo pensamento quando o historiador que tantos capítulos nos reteve no vale, contando-nos os sucessos de Joaninha e da sua família, nos disse:

---

240 Na publicação da Portugália Editora: "a que atribuem grande antiguidade os ciceroni da terra". (N.E.)
241 Na publicação da Portugália Editora: "que as suas derradeiras lágrimas correram!". (N.E.)

'Sentemo-nos aqui na sombra que faz esta muralha e acabemos a história da menina dos rouxinóis. De tarde vamos à Ribeira saudar a memória do Alfageme. Amanhã de manhã está detalhado que iremos ver a Graça, o Santo milagre, São Domingos e São Francisco. Concluamos hoje esta história.'
'Seja!' respondemos nós.
Entraremos portanto em novo capítulo, leitor amigo; e agora não tenhas medo das minhas digressões fatais, nem das interrupções a que sou sujeito. Irá direita e corrente a história da nossa Joaninha até que a terminemos... em bem ou em mal? Dantes um romance, um drama em que não morria ninguém era havido por sensabor; hoje há um certo horror ao trágico, ao funesto que perfeitamente quadra ao século das comodidades materiais em que vivemos.
Pois, amigo e benévolo leitor, eu nem em princípios nem em fins tenho escola a que esteja sujeito, e hei de contar o caso como ele foi.
Escuta.

XXXII

Tornamos à história de Joaninha. — Preparativos de guerra. — A morte. — Carlos ferido e prisioneiro. — O hospital. — O enfermeiro. — Georgina.

'ESCUTA!' disse eu ao leitor benévolo no fim do último capítulo. Mas não basta que escute, é preciso que tenha a bondade de se recordar do que ouviu no capítulo XXV e da situação em que aí deixámos os dous primos, Carlos e Joaninha.

Neste despropositado e inclassificável livro das minhas viagens, não é que se quebre, mas enreda-se o fio das histórias e das observações por tal modo, que, bem o vejo e o sinto, só com muita paciência se pode deslindar e seguir em tão embaraçada meada.

Vamos pois com paciência, caro leitor; farei por ser breve e ir direito quanto eu puder.

Lembra-te como numa noite pura, serena e estrelada, aqueles dous se despediram um do outro no meio do vale, como se despediram tristes, duvidosos, infelizes, e já outros, tão outros do que dantes foram.

Nessa mesma noite, a ordenada confusão de um grande movimento de guerra reinava nos postos dos constitucionais. À longa apatia de tantos meses sucedia uma inesperada atividade. Preparavam-se os sanguinolentos combates de Pernes[242] e de Almoster, que não foram decisivos logo, mas que tanto apressaram o termo da contenda.

Carlos achou ordem de se apresentar no quartel-general, partiu imediatamente. O pensamento absorvido por ideias tão diferentes, tão confuso, tão alheado de si mesmo, seguiu maquinalmente o corpo. Foi, chegou, recebeu as instruções que lhe deram, e voltou mais satisfeito, mais tranquilo.

Tratava-se de morrer. Não sabe o que é verdadeira angústia de alma o que ainda não abençoou a morte que viu diante de si, o que a não

---

242 Houve duas batalhas no vilarejo de Pernes. Uma em 11 de novembro de 1833 e outra em 30 de janeiro de 1834. (N.E.)

invocou ainda como único remédio de seu mal, ou, o que é mais desesperado, como única saída de suas fatais perplexidades.

Estes momentos são raros na vida, é certo; mas quando ocorrem, não há exageração nenhuma em dizer que antes, muito antes a morte do que eles.

Oh! e se a morte que se contempla é de honra e glória, se o entusiasmo, tirando fortemente a corda dos nervos, os faz vibrar naqueles tons secretos e misteriosos que arrebatam, e elevam o coração do homem à sublime abnegação de si, e de tudo o que é pequeno, baixo e vil na sua natureza — oh então a morte parece um triunfo, uma bem-aventurança por certo!

Carlos esqueceu-se de tudo, menos da sua espada que afiou com escrupuloso cuidado, e das suas boas e seguras pistolas inglesas que limpou minuciosamente, carregou e escorvou com um verdadeiro amor de artista que se compraz no último acabamento de um trabalho predileto.

O pouco da noite que lhe restava passou-se nisto, a marcha começou antes do dia. E os primeiros raios do sol foram saudados pelo fuzilar das espingardas e pelo trovejar dos canhões.

Combateu-se larga e encarniçadamente — como entre irmãos que se odeiam de todo o ódio que já foi amor — o mais cruel ódio que tem a natureza!

O dia declinava já quando num hospital em Santarém entravam muitas macas de feridos, e entre eles, um todo crivado de balas e coberto de sangue que, assim pelos restos do uniforme como por certo ar bem conhecido — e característico então, se via claramente ser do exército constitucional.

Eram muitas e perigosas as feridas desse homem; estenderam-no numa espécie de tarimba sobre que havia alguma palha, e quando lhe chegou a sua vez foi examinado e pensado como os outros. Não dava sinal de padecer, tinha os olhos fechados, o pulso forte mas não agitado de febre; não proferia uma sílaba, não soltava um ai, e prestava-se a tudo o que lhe diziam e faziam, menos a soltar da mão esquerda que apertava contra o peito o que quer que fosse que ali tinha seguro e que lhe pendia ao pescoço de uma estreita fita preta.

Assim o deixaram largo tempo: ele adormeceu. Não seria largo, mas foi profundo o seu dormir. Quando acordou já se não viu no vasto caravançarai daquele confuso hospital, mas num pequeno quarto arejado, limpo, e quase confortável que em tudo parecia cela de convento, menos na boa cama em que jazia o doente, e na extremada elegância do enfermeiro que o velava.

O quarto era com efeito uma cela do convento de São Francisco em Santarém, o doente o nosso Carlos; e o enfermeiro que o velava, uma bela mulher de estatura não acima de ordinária mas nem uma linha menos, envolvida nas amplíssimas pregas de um longo roupão de seda daquela acertada cor que, em dialeto da rua Vivienne, se diz *scabieuse*[243]; a cabeça toucada de finíssima Bruxelas, com uns laços de preto e cor de granada que realçavam a transparência das rendas, a infinita graça dos longos e ondados anéis louros do cabelo, e a pureza simétrica de um rosto oval, clássico, perfeito, sem grande mobilidade de expressão mas belo, belo, quanto pode ser belo um rosto em que pouco da alma se reflete, e em que a serena languidez de uns olhos azuis entibia e modera a energia do sentimento que não é menos profundo talvez, mas certamente se expande menos.

De joelhos junto ao leito de Carlos, com a mão direita dele nas suas, os olhos secos mas fixos nas descaídas pálpebras do soldado, aquela mulher estava ali como a estátua da dor e da ansiedade. A uma porta interior e que abria para uma espécie de alcova obscura, em pé, os braços cruzados e metidos nas mangas, o capuz na cabeça, estava um frade velho, alto mas curvado do peso dos anos ou dos sofrimentos.

O frade contemplava o enfermo e a enfermeira, mas visivelmente não queria ser visto nessa ocupação, porque ao menor estremecimento do doente recuava apressado e como assustado para o interior da sua alcova.

Uma só vela de cera alumiava este quadro, acidentando-o de fortes sombras, e dando-lhe um tom de solenidade verdadeiramente mágico e sublime.

Carlos segurava ainda na esquerda com o mesmo aferro o relicário ou talismã, o que quer que era que não queria desprender de seu coração. A bela enfermeira beijava de vez em quando aquela mão tenaz que estremecia a cada beijo, por mais suave e mimoso que fosse o leve contato desses lábios delicados.

A outra mão estava nas mãos dela, mas era insensível a tudo, essa.

O silêncio era o do sepulcro: só se ouvia o respirar incerto e descompassado do enfermo.

De repente Carlos entreabriu as pálpebras e exclamou em inglês: 'Oh *Georgina, Georgina, I love you still.*' — (Georgina, Georgina, eu ainda te amo).

Duas lágrimas — duas pérolas, destas que se criam com tanta dor no coração e que às vezes saem com tanto prazer dos olhos — romperam do celeste azul dos olhos da dama e suavemente correram por aquelas faces de uma alvura pálida e mortal.

Carlos acordou de todo, abriu os olhos e cravou-os fixamente no rosto angélico dessa mulher.

---

243 *scabieuse*: do francês, "escabiosa"; gênero de plantas que inclui diversas espécies de ervas nativas da região do Mediterrâneo e da África, algumas cultivadas como ornamentais, comumente roxas. (N.E.)

Esteve assim minutos: ela não dizia nada nem de voz nem de gesto: falavam-lhe só as lágrimas que corriam quietas, quietas, como corre uma fonte perene e nativa de água que mana sem esforço nem ímpeto, por um declive natural e fácil.
— 'Onde estou eu, Georgina?'
— 'Nos meus braços.'
— 'Que me sucedeu?'
— 'Que não podes ser feliz senão neles: bem sabes.'
— 'Sei... devia saber.'
— 'Hás de sabê-lo agora. O passado...'[244]
— 'O passado! qual?'
— 'O passado deixou de existir.'
— 'E o futuro?'
— 'Eu não creio no futuro.'
— 'Por quê?'
— 'Porque tu me disseste que não cresse.'
— 'Eu!.. Eu sou um...'
— 'Um homem.'
— 'Oh!'
— 'Basta e descansa. Amanhã falaremos.'
— 'Estou ferido, muito; e dói-me agora... não me doía.'
— 'Estás, mas sem perigo: e estou eu aqui. Dorme.'
— 'Não posso. Que casa é esta?'
— 'São Francisco de Santarém.'
— 'Deus de misericórdia!'
— 'És prisioneiro: sara, e eu te livrarei.'
— 'Tu! — E tu aqui, como?'
— 'Vim buscar-te, e achei-te assim.'
— 'Georgina!'
— 'Que tens tu aí tão seguro na mão esquerda?'
— 'Vê: a medalha com o teu cabelo.'
— 'Então amas-me tu ainda?'
— 'Se te amo! Como no primeiro...'
— 'Não mintas, Carlos... E dorme.'
— 'Oh meu Deus, meu Deus! Georgina aqui, eu neste estado e... E a minha gente?'
— 'A tua gente está salva.'

---

244 Na publicação da Portugália Editora: "Devias; só agora hás de sabê-lo. O passado...". (N.E.)

— 'Aonde?'
— 'Aqui mesmo, em Santarém.'
— 'Quero... não quero... Oh sim, quero mas é morrer. Tende misericórdia de mim, meu Deus!'
— 'Sossega, Carlos.'

Mas Carlos não sossegava: emudeceu porque a torrente de seus pensamentos, o encontrado deles, e o inesperado daquela situação lhe embargavam a voz, e o quebrantamento das forças lhe tolhia os movimentos do corpo: mas o espírito inquieto e alvoroçado revolvia-se dentro com um frenesi louco. Era pasmar o que ele sofria.

À força de bebidas calmantes o acesso diminuiu, a noite passou mais tranquila; e pela manhã o doente não dava cuidado ao facultativo que o veio ver.

Proibiram-lhe falar; e Georgina tinha a coragem de lhe resistir, de lhe não responder todas as vezes que ele tentava quebrar o preceito de que dependia a sua vida... e a dela, porque a infeliz amava-o... oh! amava-o como se não ama senão uma vez neste mundo.

Passaram dias, semanas, Carlos estava melhor, estava salvo; Georgina pôde dizer-lhe um dia:

— 'Carlos, meu Carlos, tu estás livre de perigo, vou restituir-te aos teus.'
— 'Os meus!'
— 'Os teus. Tua avó, tua prima...'
— 'Joaninha! oh! Joaninha...'
— 'Tua avó que também tem estado a morrer mas que enfim está escapa, ignora que tu estejas aqui. Ocultámo-lo igualmente a tua prima.'
— 'Ah!'
— 'Sim, assentámos de lho não dizer a uma nem a outra até que tivéssemos certeza da tua melhora. Hoje porém vais vê-las. E eu...'
— 'Tu!'
— 'Eu não tenho aqui mais nada que fazer.'
— 'Georgina!'
— 'Carlos!'
— 'Tu já me não amas?'
— 'Não.'

Seguiu-se um silêncio torvo e abafado como o da calma que precede as grandes tempestades. O rosto de Georgina estava impassível, Carlos estorcia-se debaixo de uma compressão horrível e incapaz de se descrever.

XXXIII

Carlos e Georgina. Explicação. — Já te não amo! palavra terrível. — Que o amor verdadeiro não é cego. — Frade no caso outra vez. *Ecce iterum Crispinus;* cá está o nosso Fr. Dinis conosco.

— 'TU já me não amas, Georgina, tu!' exclamou Carlos depois de uma longa e penosa luta consigo mesmo: 'Já me não amas tu, Georgina? Já não sou nada para ti neste mundo? Aquele amor cego, louco, infinito, que derramavas em torrentes sobre a minha alma, em que transbordava o teu coração; aquele amor que eu cheguei a persuadir-me que era o maior, o mais sincero, talvez o único verdadeiro amor de mulher que ainda houve no mundo, esse amor acabou, Georgina? Secou-se no teu peito a fonte celeste donde manava? Nem as recordações de nossa passada felicidade, nem as memórias dos cruéis lances que nos custou, dos sacrifícios tremendos que por mim fizeste, nada, nada pode acordar na tua alma um eco, um eco sumido que fosse, da antiga harmonia de nossas vidas — da nossa vida, Georgina, porque nós chegámos a confundir num só os dous seres da nossa existência — Oh! porque vivi eu até este dia? E tu, tu que refinada crueldade te inspirou o salvar uma vida que tinhas condenado, que tinhas sacrificado quando a separaste da tua?'

— 'Carlos', respondeu Georgina com a fria mas compassiva piedade que mais o desesperava: — 'Carlos, não abuses da pouca saúde que ainda tens. O esforço de alma que estás fazendo pode-te ser prejudicial. Sossega. Tu iludes-te, e sem querer, procuras iludir-me também a mim. Entra em ti, Carlos, e discorramos pausadamente sobre a nossa situação, que não é agradável por certo nem para um nem para outro, mas que pode suportar-se se tivermos juízo para a encarar toda e sem medo, e para nos convencermos com lealdade e franqueza do que ela realmente é. Ouve-me, Carlos: tu amaste-me muito...'

— 'Oh como, oh quanto! Nenhum homem...'

— 'Poucos homens, é certo, amaram ainda como tu... quem sabe! talvez nenhum. — Não quero perder esta última ilusão... já não tenho outra... Talvez nenhum amou como tu me amaste ou... ou cuidaste amar-me.

Eu... oh! eu quis-te... pelo eterno Deus que me ouve! eu quis-te com uma cegueira de alma, numa singeleza de coração, com um abandono tão completo, uma abnegação tão inteira de mim mesma, que realmente creio, este é o amor que só a Deus se deve, que só ao Criador a criatura pode consagrar licitamente.

Bem castigada estou: mereci-o.'

— 'Georgina, Georgina!'

— 'Deixa-me, quero desabafar eu também agora. Ouve-me, tens obrigação de me ouvir. — Se te dei provas deste amor, tu o sabes; se desde que te amei, uma palavra, um gesto, um pensamento único, um só e o mais leve relampejar da imaginação desmentiu em mim desta absoluta e exclusiva dedicação de todo o meu ser... dize-o tu.'

— 'Não, minha alma, não, minha vida, não; tu és um anjo, tu és...'

— 'Sou uma mulher que te amava como creio que ordinariamente se não ama.'

— 'Não, certo, não.'

— 'Fomos felizes, é verdade; e creio que poucos amantes ainda foram tão felizes como nós nos breves dias que isto durou. — Tu partiste para a tua ilha[245]; era forçoso partir, conheci-o e resignei-me. Consolavam-me as tuas cartas, as tuas cartas de fogo, escritas, oh se o eram! escritas como o mais puro sangue do teu coração. Nunca duvidei do que me elas diziam: não se mente assim, tu não mentias então. É falso que o amor seja cego; o amor vulgar pode sê-lo, amor como o meu, o amor verdadeiro tem olhos de lince; eu bem via que era amada. Nunca me escreveste a protestar fidelidade, e eu sabia, eu via que tu me eras fiel. — Assim passaram meses, anos. Na ilha e no Porto foste o mesmo. Eu padecia muito, mas confortava-me, vivia de esperanças... triste viver mas doce! Enfim vieste para Lisboa, para aqui... e as tuas cartas que não eram menos ternas nem menos apaixonadas...'

— 'Se eu nunca deixei, nem um momento...'

Com um gesto expressivo, e de suave mas resoluta denegação, Georgina pôs a mão na boca do pobre Carlos, como para o impedir de dizer uma blasfémia. Ele segurou-a com as suas ambas e lha beijou mil vezes com um arrebatamento, uma *fúria*, num paroxismo de lágrimas e de soluços, que partiriam o coração ao mais indiferente. Comoveu-se, vacilou a inalterável rigidez do belo rosto da dama, abaixaram-se as longas pálpebras de seus olhos; mas se chegou até eles alguma lágrima mais rebelde,

---

245 Referência à Ilha Terceira, nos Açores. (N.E.)

pronta refluiu para o coração, porque ao levantá-los outra vez e ao fixá--los tranquilamente nos do seu amante, aqueles olhos puros, celestes e austeros como os de um anjo ofendido, estavam secos.
Ela continuou:
— 'As tuas cartas, que não eram menos ternas nem menos apaixonadas, começaram todavia a ser menos naturais, mais encarecidas... eram menos verdadeiras por força. Senti-o, vi-o, e cuidei morrer. Uma família da minha amizade vinha então para Portugal, acompanhei-a. Apenas cheguei, procurei e obtive os meios seguros de transitar pelos dous campos contendores: pressagiava-me o coração que me havia de ser preciso. E foi; cheguei ao vale no dia em que tu o deixavas para aquela fatal ação que te ia custando a vida. Vim-te encontrar prisioneiro e meio morto no hospital dos feridos. Ao pé de ti estava um frade...'
— 'Um frade! Meu Deus, se seria ele?'
— 'Era ele.'
— 'Pois tu sabes?..'
— 'Sei: eu disse-lhe quem era e o que tu me eras...'
— 'Tu a ele... disseste?..'
— 'Disse. Não sei se fiz mal ou bem, sei que me não importava o que fazia. Vi depois que me não enganara na confiança que pusera nele. Trouxemos-te para este convento, tratámos de ti, conseguimos salvar-te a vida... E enquanto esse cuidado me livrava de outros, fui... fui feliz. A tua gente... a tua família do vale também veio para Santarém... tua avó e tua prima, Carlos...'
— 'Joaninha! Joaninha está aqui?'
— 'Está; sossega: e já to disse, logo a verás.'
— 'Eu! Eu para quê? Eu não quero...'
— 'Quero eu: hás de vê-la. Já sabes que sei tudo.'
— 'Tudo o quê, Georgina?'
— 'Queres que to repita? Repetirei. Que tu amas tua prima, que ela que te adora. E por Deus, Carlos eu já lhe quero como se fora minha irmã. Entendes bem agora que te não amo? Compreendes agora que tudo acabou entre nós, e que não vejo, não posso ver em ti já senão o esposo, o marido da inocente criança que tomei debaixo da minha proteção, e a quem juro que hás de pertencer tu?'
— 'Juras falso.'
— 'Como assim! Pois queres mais vítimas? Não estás satisfeito com a minha ruína? Eu ao menos não sou do teu sangue. E essa velha decrépita que é tua avó, que duas vezes foi em verdade tua mãe porque te criou,

— essa inocente que te ama na singeleza do seu coração... e esse pobre frade velho...'
— 'Oh! aqui anda ele, bem o vejo, aqui anda o génio mau da minha família. Maldito sejas tu, frade!'
O desgraçado não acabara bem de pronunciar estas palavras, quando a porta da alcova se abriu de par em par, e a rígida, ascética figura de Fr. Dinis estava diante dele.

XXXIV

Carlos, Georgina e Fr. Dinis. — A peripécia do drama. —

CARLOS estava meio sentado meio deitado numa longa cadeira de recosto; Georgina em pé, com os braços cruzados e na atitude de reflexiva tranquilidade. Um sol brilhante e ardente, um sol de maio, feria os estreitos vidros da pequena janela que só dava luz àquele quarto: a excessiva claridade era velada por uma longa e ampla cortina.

Carlos lançou de repente a mão a essa cortina e a afastou para avivar a luz do aposento. Um raio agudíssimo de sol foi bater direito no macerado rosto do frade, e refletiu de seus olhos encovados, um como relâmpago de ira celeste que fez estremecer os dous amantes.

Não foi porém senão relâmpago; sumiu-se, apagou-se logo. Aqueles olhos ficaram mortais, mudos, fixos, envidraçados como os de um homem que acabou de expirar e a quem não cerraram ainda as pálpebras.

E assim mesmo aqueles olhos tinham o poder magnético de fixar os outros, de os não deixar nem pestanejar.

Curvo, encostado a um bordão grosseiro, o seu chapéu alvadio debaixo do braço, o frade deu alguns passos trémulos para onde estavam os dous, arrastando a custo as soltas alpercatas que davam um som baço e batido, e faziam — não sei por que nem como — estremecer a quem as sentia.

Parou a pouca distância, e tirando a voz fraca e ténue, mas vibrante e solene, do íntimo do peito, disse para Carlos:

— 'Tu maldisseste-me, filho, e eu venho perdoar-te. Tu detestas-me, Carlos[246], de todos os poderes da tua alma, com toda a energia de teu coração; e eu venho-te dizer que te amo, que tomara dar a minha vida por ti, que do fundo das entranhas se ergue este imenso amor que não tem outro igual, a pedir-te misericórdia, a clamar-te em nome de Deus e

---

246 Na publicação da Portugália Editora: "Tu maldisseste-me, filho, e eu venho perdoar-te... Não, venho pedir-te perdão, eu a ti. Tu detestas-me, Carlos". (N.E.)

da natureza, a pedir-te, por quanto há santo no céu e de respeito na terra, que levantes essa maldição, filho, de cima da cabeça de um moribundo.'

Eram ditas em tal som estas vozes, vinham pronunciadas lá de dentro da alma com tal veemência, que lhas não articulavam os lábios, rompiam-nos elas e saíam.

O soldado parecia desacordado, confuso e sem inteligência do que ouvia. Georgina impassível até ali, rígida e inabalável com o seu amante, sentia comover-se agora daquela angústia do velho. É que partia pedras a dor que vinha naquelas falas sepulcrais, que transudava daquele rosto cadavérico.

Ao mesmo tempo, um som confuso, um tumulto vago e abafado de mil sons que pareciam arredar-se, encontrando-se, tornando, indo e vindo, e dispersando-se para se tornar a unir, e tornando a dispersar-se enfim, reboava ao longe pela vila, estendia-se nas praças, concentrava-se nas ruas, e mandava àquela solitária e remota cela do convento uns ecos surdos, como os do mar ao longe quando se retira da praia no murmurar melancólico que precede um temporal de equinócio.

— 'Ouves esse burburinho confuso, Carlos? É a tua causa que triunfa, é a destes loucos que sucumbe, é a de Deus que a si mesmo se desamparou. A hora está chegada, escreveram-se as letras de Baltasar; a confusão e a morte reinam sós e senhoras na face da terra. Eu quero ir morrer onde haja Deus... Perdoai-me, Senhor, a blasfémia!.. onde o seu nome não seja profanado e maldito...

Ao canto de uma pedra, debaixo de uma árvore há de ser, nalgum lugar escuso dessas charnecas, onde me não rasguem ao menos esta mortalha, e ma não insultem nos últimos instantes, porque eu sou frade, frade, frade... o maldito frade! Mas frade quero morrer, e hei de morrer. Oh! assim tivera eu vivido!'

— 'Mas que foi, que sucedeu?

— 'O resto do exército realista evacua neste momento Santarém; vão em fuga para o Alentejo. Os constitucionais venceram na Asseiceira[247], e tudo está dito para nós. Para mim, Carlos, falta uma palavra só: quererás tu dizê-la?'

— 'Eu?'

— 'Sim tu, Carlos. Revoca as palavras terríveis que proferiste, e em nome de Deus, filho, perdoa a teu...'

A Carlos revolvia-se-lhe no peito uma grande luta. O horror, a compaixão, o ódio, a piedade iam e vinham-lhe alternadamente do coração às

---

247 **Asseiceira**: batalha ocorrida em 16 de maio de 1834. (N.E.)

faces, e tornavam do rosto para o peito. Uma exclamação involuntária lhe rebentou dos lábios em meio deste combate:

— 'Padre, padre! e quem assassinou meu pai, quem cegou minha avó, e quem cobriu de infâmia a minha... a toda a minha família?'

— 'Tens razão, Carlos, fui eu; eu fiz tudo isso: mata-me. Mas oh! mata-me, matam-me por tuas mãos[248], e não me maldigas. Mata-me, mata-me. É decreto da divina justiça que seja assim. Oh! assim, meu Deus! às mãos dele, Senhor! Seja, e a vossa vontade se faça...'

O frade caiu de bruços no chão, e com as mãos postas e estendidas para o mancebo, clamava:

— 'Mata-me, mata-me! aqui há pouca vida já: basta que me ponhas o pé sobre o pescoço; esmaga assim o réptil venenoso que mordeu na tua família e que fez a sua desgraça e a de quantos o amaram. Sim, Carlos, sê tu o executor das iras divinas. Mata-me. Tantos anos de penitência e de remorsos nada fizeram; mata-me, livra-me de mim e da ira de Deus que me persegue.'

---

[248] Na publicação da Portugália Editora: "Mas oh! mata-me, por tuas mãos". (N.E.)

XXXV

Reunião de toda a família. — Explicação dos mistérios. — O coração da mulher. — Parricídio. — Carlos beija enfim a mão a Fr. Dinis e abraça a pobre da avó.

GEORGINA disse para Carlos:
— 'Dá a mão a esse homem, levanta-o e diz-lhe as palavras de perdão que te pede.'

Carlos fez um gesto expressivo de horror e de repugnância. Georgina ajoelhou ao pé do frade, tomou as mãos dele nas suas, e lhas afagou com piedade; depois levantou-lhe o rosto, encostou-o a si e gradualmente o foi acalmando. O velho parecia uma criança mimada e sentida que se vai acalantando nos braços da mãe: agora só murmurava de vez em quando alguns soluços, a mais e a mais raros.

Estavam de joelhos ambos, o frade e a dama: ele mal se tinha, ela amparava em seus braços e contra seu peito o amortecido corpo do velho. E Georgina disse com aquele som de voz irresistível que as filhas de Eva herdaram de sua primeira mãe, e que a ela ou lho tinham antes ensinado os anjos, ou o aprendeu depois da serpente, — um som de voz que é a última e a mais decisiva da seduções femininas — disse:

— 'Este homem vai morrer, Carlos; e tu hás de o deixar morrer assim, meu Carlos?'

Todo o ódio, todas as ofensas se calaram, desapareceram diante daquelas palavras do anjo suplicante. *Meu Carlos* dito assim, não o ouvira ele há muito tempo, não lhe pôde resistir: estendeu os braços para o frade, caiu de joelhos ao pé dele, e um só abraço uniu a todos três.

Como no eterno grupo de Laocoonte[249], o velho e os dous mancebos sentiam estreitar-se das cobras da mesma dor, e afogavam juntos da mesma angústia.

---

249 **Laocoonte:** oficiante de Apolo, segundo a mitologia grega, que, após despertar a ira do deus, foi morto por serpentes marinhas junto com seus dois filhos. (N.E.)

Assim estiveram longamente; e não se ouvia entre eles senão algum gemido solto, e aquele sussurrar sumido das lágrimas que mais se ouve com o coração do que com os ouvidos.

O frade disse enfim com uma voz apenas perceptível de tímida e de fraca:
— 'Carlos, meu Carlos, perdoa também... oh perdoa à memória de tua desgraçada mãe!'

O mancebo saltou convulsamente como o cadáver na pilha galvânica. Em pé, hirto, horrível, tremendo, exclamou com um brado de trovão:
— 'Demónio! demónio encarnado em figura de homem, que vieste recordar-me? Dizias bem inda agora, monstro: só às minhas mãos deves morrer. E hás de.'

Lançou-se a um enorme velador[250] de pau-santo que lhe jazia ao pé, maça terrível de Hércules, e bastante a fender crânios de ferro, quanto mais a descarnada caveira do frade! De ambas as mãos a levava no ar; e o velho estendeu para ele a cabeça como na ânsia de morrer... Georgina fechou involuntariamente os olhos, e um grande e medonho crime ia consumar-se...

Dous gritos agudíssimos, dous gritos de desespero e de terror, daqueles que só saem da boca do homem quando suspenso entre a morte e a vida — soaram repentinamente no aposento; uma velha decrépita e meia morta, arrastada por uma criança de pouco mais de dezesseis anos, estava diante de Carlos, e ambas cobriam com seus débeis corpos a frágil e extenuada figura da sua vítima.

— 'Filho, meu filho!' arrancou a velha com estertor do peito: 'é teu pai meu filho. Este homem é teu pai, Carlos.'

O ponderoso[251] velador caiu inerte das mãos do mancebo, e rolou pesado e baço pelo pavimento. Carlos caiu por terra sem sentidos[252]. De um pulo Georgina estava ao pé dele, e o fez encostar na longa cadeira de braços. Estava lavado em sangue; era uma ferida do pescoço que o excesso da comoção lhe fizera rebentar. Os dous velhos vieram ajoelhar-se ao pé dele. As duas mulheres moças lidavam pelo restaurar e lhe estancar o sangue. A cambraia dos lenços, as rendas do colo e das cabeças, tudo se fez em ataduras e compressas: o sangue parou enfim.

Admirável beleza do coração feminino, generosa qualidade que todos seus infinitos defeitos faz esquecer e perdoar! Essas duas mulheres amavam esse homem. Esse homem não merecia tal amor: não, por Deus! o

---

250 **velador**: utensílio onde se colocam velas. (N.E.)
251 **ponderoso**: pesado. (N.E.)
252 Na publicação da Portugália Editora: "Carlos foi à terra sem sentidos". (N.E.)

monstro amava-as a ambas: está tudo dito. E elas que o sabiam, elas que o sentiam, e que o julgavam digno de mil mortes, elas rivalizavam de cuidados e de ânsia para o salvarem.

De tanto não somos capazes nós.

E por isso admiramos tanto.

E perdoamos tanto.

E esquecemos tanto.

Mas amar tanto, não sabemos: verdade, verdade...

Amamos *melhor*; sim, isso sim: *tanto* não.

O mancebo permanecia em delíquio. Fr. Dinis e a velha rezavam. Georgina e Joaninha — já vereis que era Joaninha — olharam uma para a outra, coraram e ficaram suspensas. A inglesa estendeu a mão à amável criança, estremeceu involuntariamente, mas disse-lhe com firmeza:

— 'O dito dito, Joaninha! Eu já o não amo; prometo.'

— 'Eu amo-o cada vez mais, Georgina: ele é tão infeliz!'

— 'Juras-me tu de o não deixar, de velar por ele sempre, de o defender de si mesmo que é o pior inimigo que tem?'

— 'Se juro!'

— 'Então adeus, Joaninha! Eu estou de mais aqui. Já tenho ouvido o que não devia ouvir. Os segredos da tua família não me pertencem. O coração desse homem não é meu, nem o quero. É um nobre e grande coração, Joaninha; mas... Não te deixes dominar por ele se o queres segurar. Adeus! — Santarém está desamparada pelos realistas; eu vou para Lisboa. Consola tua boa avó, e esse pobre velho. Ele não é tão criminoso, estou certa...'

— 'Oh não! Carlos cuida-o assassino de seu pai; e é falso. Minha avó já me disse tudo.'

— 'Falso!' murmurou Carlos sem abrir os olhos: 'é falso? Pois não foi ele que matou meu pai?'

— 'Não, filho, clamou a velha: 'não, meu filho; teu pai é este infeliz.'

— 'E minha mãe?'[253]

— 'Tua mãe... e eu fomos duas desgraçadas. Que mais queres saber? Tua mãe amou esse homem...'

— 'Ah!' disse Carlos: 'ah!' e abriu os olhos pasmados para a avó e para o frade que cravaram os seus no chão, e ficaram como dous réus na presença do seu inflexível juiz.

---

253 Na publicação da Portugália Editora: "É meu pai, este! Santo Deus! E minha mãe?". (N.E.)

— 'Mas esse homem que é... que por força querem que seja meu... meu pai... Santo Deus! ele matou o outro.'
— 'Defendi-me, foi defendendo esta vida miserável... Oh nunca eu o fizera! E para quê? Para que quis eu viver? Para isto!'
— 'E meu tio, o pai de Joaninha? Também esse era preciso que morresse?'
— 'Ambos se juntaram para me assassinar, e me acometeram atraiçoadamente na charneca. Não os conheci; foi de noite escura e cerrada. Defendi-me sem saber de quem, e tive a desgraça de salvar a minha vida à custa da deles. Filho, filho, não queiras nunca sentir o que eu senti, quando pegando, um a um, nesses cadáveres para os lançar ao rio, conheci as minhas vítimas... Era inverno, a cheia ia de vale a monte: quando abateu e se acharam os corpos já meios desfeitos, ninguém conheceu a morte de que morreram; passaram por se ter afogado. Ninguém mais soube a verdade senão eu — e tua infeliz mãe a quem o disse para meu castigo, a quem vi morrer de pesar e de remorsos, que expirou nos meus braços chorando por ele, e maldizendo-me a mim. Não seria bastante castigo, meu filho? — Não foi, não. Este burel que há tantos anos me roça no corpo, estes cilícios que mo desfazem, os jejuns, as vigílias, as orações nada obtiveram ainda de Deus. A sua ira não me deixa, a sua cólera vai até à sepultura sobre mim... Se me perseguirá além dela!..'

Fez-se aqui um silêncio horroroso: ninguém respirava; o frade prosseguiu:
— 'Não me dei por bastante castigado com a agonia de tua mãe, a mais horrorosa e desesperada agonia que ainda presenciei, oh meu Deus!.. Tive o cruel ânimo de explicar a tua avó as negras circunstâncias daquela morte, e de lhe patentear toda a fealdade e hediondez do meu crime. Rasguei-lhe o coração, e vi-lhe sair sangue e água pelos olhos, até que lhe cegaram. Que mais queres? Cuidei que podia morrer sem passar por esta derradeira expiação. Deus não o quis. Aqui estou penitente a teus pés, filho. Aqui está o assassino de tua mãe, de seu marido, de teu tio... o algoz e a desonra de tua família toda. — Faze de mim como for tua vontade. Sou teu pai...'
— 'Meu pai!.. Misericórdia, meu Deus!'
— 'Misericórdia, filho, e perdão para teu pai!'

Carlos levantou-se deliberadamente, veio ao velho, tomou-o a peso nos braços, foi sentá-lo na cadeira que acabava de deixar, e pondo-se de joelhos, beijou-lhe a mão em silêncio. Depois foi abraçar-se com a avó, que o apalpava sofregamente com as mãos trémulas, e murmurava baixo:
— 'Agora sim, já posso morrer, já posso morrer porque o abracei, porque o senti junto a mim, o meu filho, o filho da minha filha querida...'

Carlos é que não proferiu mais palavra; tinha-se-lhe rompido corda no coração, que ou lhe quebrara o sentimento ou lho não deixava expressar. Saiu da cela fazendo sinal que vinha logo: mas esperaram-no em vão... não tornou.

Daí a três dias, veio uma carta dele, de junto de Évora onde estava com o exército constitucional.

XXXVI

Que não se acabou a história de Joaninha. — Processo ao coração de Carlos. — Imoralidade. — Defeito de organização não é imoralidade. — Horror, horror, maldição! — Um barão que não pertence à família lineana dos barões propriamente ditos. — Porta de Atamarma. — Senátus-consulto santareno. — Nossa Senhora da Vitória *aforada* — Trenos sobre Santarém.

— POIS já se acabou a história de Joaninha?
— Não, de todo ainda não.
— Falta muito?
— Também não é muito.
— Seja o que for, acabemos; que está a gente impaciente por saber como se concluiu tudo isso, o que fez o frade, o que foi feito da inglesa, Joaninha e a avó que caminho levaram, e o pobre Carlos se...
— Pois interessam-se por Carlos, um homem imoral, sem princípios, sem coração, que fazia a corte — fazer a corte ainda não é nada — que amava duas mulheres ao mesmo tempo? Horror, horror! como dizem os dramáticos românticos: horror e maldição!
— Horror seja, horror será... e horror é, sem dúvida. E maldição que deitaram ao pobre homem. Mas imoralidade! Imoralidade é enganar, é mentir, é atraiçoar: e ele não o fez. Desgraça grande ter um coração assim; mas não me digam que é prova de o não ter. Eu digo que ele tinha coração de mais: o que é um defeito e grande, é um estado patológico e anormal. Fisicamente produz a morte; e moralmente pode matar também o sentimento. Bem o creio: mas é moléstia comum, e com que vai vivendo muita gente, até que um dia...
— Um dia, o órgão, que progressivamente se foi dilatando, não pode funcionar mais, cessa a circulação e a vida. Deve ser horrível morte!
— Falam fisicamente?
— Fisicamente. Mas no moral anda pelo mesmo. E se esse é o defeito de Carlos...
— Sentir muito?
— Não; ter sentido muito: que o coração, como órgão moral, não se dilata a esse ponto senão pelo demasiado excesso e violência de sensações que o gastaram e relaxaram. Se esse é o defeito, a moléstia de Carlos, digo que já sei o fim da sua história sem a ouvir.

— Então qual foi?
— Que um belo dia caiu no indiferentismo absoluto, que se fez o que chamam cético, que lhe morreu o coração para todo o afeto generoso, e que deu em homem político ou em agiota.
— Pode ser.
— Mas qual das duas foi, deputado ou barão? queremos saber.
— Saberão.
— Queremos já.
— E se fossem ambas?
— Oh horror, horror, maldição, inferno! Ferros em brasa, demónios pretos, vermelhos, azuis, de todas as cores! Aqui sim que toda a artilharia grossa do romantismo deve cair em massa sobre esse monstro, esse...
— Esse quê? Pois em se acabando o coração à gente...
— Eu não creio nisso. Acaba-se lá o coração a ninguém!

Houve gargalhada geral à custa do pobre incrédulo, e levantámo-nos para ir ver o Santo milagre, que era a hora aprazada, e estava o prior à nossa espera.

Amanhã o fim da história da menina dos olhos verdes.

No caminho encontrámos o nosso antigo amigo, o barão de P. — barão de outro género, e que não pertence à família lineana[254] que nesta obra procurámos classificar para ilustração do século — cavalheiro generoso, e tipo bem raro já hoje da antiga nobreza das nossas províncias, com todos os seus brios e com toda a sua cortesia de outro tempo, que em tanto relevo destaca da grosseria vilã dessas notabilidades improvisadas...

Vinha em nossa procura para nos guiar. Seguimo-lo.

Fomos de passagem observando algumas das mais interessantes coisas daquela interessantíssima terra em que se não pode dar um passo sem que a reflexão ou a imaginação encontre objeto para se entreter. Inclinando-se um pouco à direita, demos na celebrada porta de Atamarma.

Por aqui entrou D. Afonso Henriques, por aqui foi aquela destemida surpresa que lhe entregou Santarém, e acabou para sempre com o domínio árabe nesta terra.

Os ilustrados municipais Santarenos têm tido por vezes o nobre e generoso pensamento de demolir esta porta! o arco de triunfo de Afonso Henriques, o mais nobre monumento de Portugal!

A ideia é digna da época.

---

[254] Relativo a Carlos Lineu (1707-1778), sueco considerado pai da taxonomia moderna. (N.E.)

Felizmente parece que tem faltado o dinheiro para a demolição; e o senátus-consulto dos dignos padres conscritos não pôde ainda executar-se.

Não que eu creia este arco o genuíno arco moiresco por onde entraram os bravos de D. Afonso; mas creio que essa porta da antiga vila se foi reparando, consertando e conservando em suas sucessivas alterações, até chegar ao que hoje está: e ainda assim como está, é um monumento de respeito que só bárbaros pensariam desacatar e destruir.

Por cima dela está uma capelinha de Nossa Senhora da Vitória: quer a tradição que primeiro erguida e consagrada à Virgem pelo heroico fundador da monarquia e da independência portuguesa. Este é um dos muitos pontos em que a religião das tradições deve ser respeitada, crida sem grandes exames, porque nada ganha a crítica em pôr dúvidas, e o espírito nacional perde muito em as aceitar.

Deixá-la estar a Virgem da Vitória sobre o arco de Afonso Henriques. Prostremo-nos e adoremos, como bons portugueses, o símbolo da fé cristã e da fé patriótica levantado pelas mãos ensanguentadas do triunfador!

Mas seria ele ou não que levantou essa capelinha? os documentos faltam, os escritores contemporâneos guardam silêncio; a história deve ser rigorosa e verdadeira...

Deve: e os grandes fatos importantes que fazem época e são balizas da história de uma nação, também eu os rejeitarei sem dó quando lhes faltarem essas autênticas indispensáveis. Agora as circunstâncias, para assim dizer, episódicas de um grande feito sabido e provado, quem as conservará, se não forem os poetas, as tradições, e o grande poeta de todos, o grande guardador de tradições, o povo?

Eu creio na Senhora da Vitória de Santarém, e em muitos outros santos e santas, que a religião do povo tem por esses nichos e por essas capelas e por esses cruzeiros de Portugal, a recordar memórias de que se não lavrou outro auto, não se escreveu outra escritura, de que não há outro documento, e que os frades croniqueiros não julgaram dever escrever no livro de terça ou de noa, em nenhum livro preto nem encarnado, porque o tinham por melhor escrito e mais bem guardado nos livros de pedra em que estava.

Coitados! não contaram com os aperfeiçoadores, reparadores e demolidores[255] das futuras civilizações que, para pôr as coisas em ordem, tiram primeiro tudo do seu lugar.

A câmara de Santarém, não podendo demolir o arco, tomou um meio-termo que aposto que ninguém é capaz de adivinhar. Aforou a capela

---

[255] Na publicação da Portugália Editora: "reparadores, fomentadores e demolidores". (N.E.)

por cima dele, com altar, com santos e tudo: e assim esteve afoada alguns anos, não sei para quê nem por quê; o caso é que esteve.

O ano passado porém (1842) começou a manifestar-se esta reação religiosa que os especuladores quiseram logo converter em ganância pessoal, descontando-a no mercado das agiotagens facciosas; mas perdem o seu tempo, inda bem! Veio, digo, esta reação nas ideias das gentes; e a capela da Senhora da Vitória sobre o arco, não sei também como nem por quê, foi *desaforada*, e restituída ao culto popular.

Subimos a ver a capela por dentro: é um rifacimento ridículo e miserável, sem nenhuma da solenidade do antigo, nem elegância moderna alguma.

Desapontou-me tristemente. Vamos ao Santo milagre depressa, que me quero reconciliar com Santarém; e já começa a ser difícil.

Mas é injustiça minha. Que culpa tem ela, coitada?

Ai Santarém, Santarém, abandonaram-te, mataram-te, e agora cospem-te no cadáver.

Santarém, Santarém, levanta a tua cabeça coroada de torres e de mosteiros, de palácios e de templos!

Mira-te no Tejo, princesa das nossas vilas: e verás como eras bela e grande, rica e poderosa entre toda as terras portuguesas.

Ergue-te, esqueleto colossal da nossa grandeza, e mira-te no Tejo: verás como ainda são grandes e fortes esses ossos desconjuntados que te restam.

Ergue-te, esqueleto de morte, levanta a tua foice, sacode os vermes que te poluem, esmaga os répteis que te corroem, as osgas torpes que te babam, as lagartixas peçonhentas que se passeiam atrevidas por teu sepulcro desonrado.

Ergue-te Santarém, e dize ao ingrato Portugal que te deixe em paz ao menos nas tuas ruínas, mirrar tranquilamente os teus ossos gloriosos; que te deixe em seus cofres de mármore, sagrados pelos anos e pela veneração antiga, as cinzas dos teus capitães, dos teus letrados e grandes homens.

Dize-lhe que te não vendam as pedras de teus templos, que não façam palheiros e estrebarias de tuas igrejas; que não mandem os soldados jogar a pela com as caveiras dos teus reis, e a bilharda com as canelas dos teus santos.

Tiraram-te os teus magistrados, os teus mestres, os teus seminários... tudo, menos o entulho e a caliça, as imundices e os monturos que deixaram acumular em tuas ruas, que espalharam por tuas praças.

Santarém, nobre Santarém, a Liberdade não é inimiga da religião do céu nem da religião da terra. Sem ambas não vive, degenera, corrompe-se, e em seus próprios desvarios se suicida.

A religião de Cristo é a mãe da Liberdade, a religião do Patriotismo a sua companheira. O que não respeita os templos, os monumentos de uma e outra, é mau amigo da Liberdade, desonra-a, deixa-a em desamparo, entrega-a à irrisão e ao ódio do povo ....
....

Vamos ao Santo milagre.

XXXVII

A Graça e sua bela fachada gótica. — Sepultura de Pedro Álvares Cabral. — Outro barão que não é dos assinalados. — Igreja do Santo milagre. — Belos medalhões moçárabes. — De como, chegando o prior e o juiz, houve o A. vista do Santo milagre, e com que solenidades. — Monumento da muito alta e poderosa princesa a infanta D. Maria da Assunção. — Casa onde sucedeu o milagre, convertida em capela de estilo filipino. — O homem das botas, e o que tem ele que haver com o Santo milagre de Santarém. — Admirável e graciosa esperteza da regência do Rossio. — Aaroun-el-Arraschid: e teoria dos governos folgazões, os melhores governos possíveis. — Volta o paládio escalabitano de Lisboa para Santarém.

INCLINÁMOS o nosso caminho para a esquerda, e fomos passar diante do arrendado e elegante frontispício gótico da Graça. A ausência de não sei que regedor, ou insignificante personagem de igual importância que tem as chaves da igreja e convento, nos fez perder toda a esperança de visitar a sepultura de Pedro Álvares Cabral que ali jaz, assim como outras belas e interessantes antiguidades de não menor preço.

Fomos seguindo até casa do barão de A., outro ilegítimo, porque não pertence aos barões assinalados

> Que, sem passar além da Taprobana,
> No velho Portugal edificaram
> Novo reino que tanto sublimaram.

Encontrámo-lo pronto a acompanhar-nos, e a presidir, como juiz da irmandade que é, à grande cerimónia da exposição e ostensão do Santo milagre.

Juntos descemos à igreja, que é perto.

A igreja pequena e do pior gosto moderno por dentro e por fora. Notável não tem nada senão uns quatro medalhões de pedra lavrada com bustos de homens e mulheres em relevo que visivelmente pertenceram a edificação antiga, e que atualmente estão incrustados na tosca alvenaria do cruzeiro.

Os bustos são de puro e finíssimo lavor gótico, altos de relevo e desenhados com uma franqueza que se não encontra em esculturas muito posteriores.

São talvez relíquias da primitiva igreja do Santo milagre que nas sucessivas reedificações se têm ido conservando. Abençoado seja o escrupuloso que as salvou deste último melhoramento que houve no desgraçado e desgracioso templo: o que não há muitos anos por certo.

Chamo gótico ao lavor daquelas cabeças porque é a frase vulgar e imprópria usada de toda a gente: segundo já observei noutra parte, com mais exação se devera dizer moçárabe.

Chegou o prior, o Sr. juiz deu as suas ordens, vieram uns poucos de irmãos com tochas, distribuíram-nos a cada um de nós a sua, e processionalmente nos dirigimos à porta lateral do altar-mor, da qual se sobe, por uma escada assaz larga e cómoda, à espécie de camarim que está paralelo com o mais alto do trono em que perpetuamente se conserva o grande paládio[256] santareno.

Subimos, acompanhados do prior em sobrepeliz e estola; chegados ao alto, ajoelhámos em roda dele que subiu a uns degrauzinhos, abriu, com a chave dourada que trazia pendente ao pescoço, uma como porta de sacrário, depois ajoelhou, incensou, tornou a ajoelhar, disse alguns versetos a que respondeu o sacristão, e finalmente tirou de seu repositório uma espécie de âmbula de ouro de fábrica antiga, mas não mais antiga que o décimo sexto, ou décimo quinto século, quando muito.

Depois de nos inclinarmos e receber a bênção que o padre nos deitou com a relíquia, foi-nos permitido erguer-nos, e chegar perto para ver e observar.

Entre uns cristais já bem velhos e embaciados se descobre com efeito o pequeno vulto amarelado-escuro que piedosamente se crê ser o resto da partícula consagrada que a judia roubara para seus feitiços.

Escuso de contar a história do Santo milagre de Santarém que toda a gente sabe. O bom do prior, ex-frade trino gordo e bem conservado, não nos perdoou o menor ponto dela, que tivemos de ouvir com a maior compunção.

Encerrada outra vez a âmbula com as mesmas solenidades, entrámos em conversação com o prior.

Naquele mesmo camarim junto à devota relíquia se conservaram, por espaço de cinco ou seis anos, se bem me recordo do que o bom do pároco nos contou, os restos mortais da senhora infanta D. Maria da Assunção, que falecera em Santarém nos últimos meses da ocupação daquela vila pelas forças realistas. O cadáver, mal embalsamado e com más drogas,

---

256 **paládio**: objeto sagrado. (N.E.)

foi metido num caixão de folha de flandres. Em pouco tempo a corrupção estragou e rompeu a folha, e uma infecção terrível apestava a igreja. Sofreu-se isto anos, representou-se ao governo por vezes, mas nenhuma resolução se pôde obter. Até que afinal, declarando o prior que, se não mandavam tomar conta daqueles tristes restos da pobre princesa, ele se via obrigado a metê-los na terra, foi-lhe respondido que fizesse como entendesse; e ele entendeu que os devia sepultar no cruzeiro da igreja, como fez, do lado da epístola, isto é, à direita.

E aí jaz em sepultura rasa, sem mais distinção nem epitáfio, a muito alta e poderosa princesa D. Maria, filha do muito alto e poderoso príncipe D. João o VI, rei de Portugal, imperador do Brasil, e da conquista e navegação etc.

Assim é o mundo, as suas grandezas e as suas glórias!

A visita ao Santo milagre não é completa sem se ir ver a casa onde ele se operou. Conservou-se ela por alguns séculos em grande veneração, e em mil seiscentos e tantos se converteu por fim em capela. Hoje está abandonada, chove em toda ela, e apenas tem uma má porta que a defende das incursões dos animais. Pena e desleixo grande, porque é elegante e graciosa a capelinha, lavrada de bons mármores, no melhor gosto do décimo sexto[257] século, de renascença já muito adiantada no clássico: é um verdadeiro tipo do estilo filipino, que tanto predomina nessa época em toda a península.

A história do Santo milagre de Santarém muitas vezes tem andado ligada com a história do reino; e já neste século, no tempo da guerra da independência, veio prender com um dos fatos mais importantes, e também com a mais curiosa e cómica aventura de que em Lisboa há memória.

Aludo nada menos que ao 'homem das botas'. E perdoem-me as senhoras beatas a irreverência aparente, que bem sabem não ser eu de motejar com as coisas sérias e santas. Mas o fato é que a história do Santo milagre está ligada com a célebre história do 'homem das botas'.

Saiba pois o leitor contemporâneo; e saiba a posteridade, para cuja instrução principalmente escrevo este douto livro, que pela invasão de Massena[258], o grande paládio escalabitano[259] foi mandado recolher a Lisboa, e aí se conservou alguns anos até muito depois da completa retirada dos franceses.

---

257 Na publicação da Portugália Editora: "sétimo". (N.E.)
258 **invasão de Massena:** terceira invasão francesa, comandada pelo general Massena entre julho de 1810 e abril de 1811. (N.E.)
259 **escalabitano:** relativo a Escalabis, antigo nome de Santarém. (N.E.)

Passado todo o perigo de que o exército invasor roubasse — ou profanasse — que era o mais provável — a santa relíquia, começou a reclamá-la o senado e o povo santareno, e a mostrar muito pouca vontade de lha restituir o senado e povo ulissiponense[260]. Era uma questão de entre Alba e Roma que dava sério cuidado aos refletidos Numas da regência do Rossio[261].

Em poucas perplexidades tão graves se viu aquele pobre governo que tantas teve, e de quase todas se saiu tão mal.

Não assim desta, que a evitou com o mais inesperado e admirável estratagema, digno de ornar os maravilhosos faustos do grande Aaroun--el-Arraschid[262], ou de qualquer outro príncipe de bom humor, desses poucos felizes que em felizes tempos reinaram a brincar, e zombaram com o seu povo, mas fazendo-o rir.

Pois, senhores, apertada se via a regência destes reinos com a restituição do Santo milagre que era de justiça fazer-se a Santarém, mas que Lisboa recusava, e ameaçava impedir. Temia-se alboroto no povo.

Não sei de quem foi o alvitre, mas foi de maganão de bom gosto; e bom gosto teve também o governo em o aceitar e aproveitar. Para o dia em que o Santo milagre devia sair de Lisboa Tejo acima, e que se esperava fosse com grande solenidade e pompa eclesiástica, — fez-se anunciar por cartazes que um fulano de tal passaria o rio, de Lisboa a Almada, em umas botas de cortiça nas quais se teria direito e enxuto, navegando a pé sem mais embarcação, vela nem remo.

A logração era gorda e grande; melhor e mais depressa foi engolida. No dia aprazado despovoou-se a capital, e uns em barcos outros por navios, outros por essas praias abaixo, tudo se encheu de gente de todas as classes, e todos passaram o melhor do dia à espera do 'homem das botas'.

No entanto, muito sorrateiramente embarcava o Santo milagre no seu barco de água-arriba, e navegava com vento e maré para as ditosas ribeiras de Santarém.

Ninguém o viu sair, nem soube novas dele em Lisboa senão quando constou da sua chegada a Santarém, e das grandes festas que lhe fizeram aqueles saudosos e devotos povos ribatejanos.

Os Aarouns-el-Arraschids do Rossio riram de socapa: e nunca tão inocentemente se riu governo algum de ter enganado o povo.

---

260 **ulissiponense:** lisboeta. (N.E.)
261 **regência do Rossio:** grande praça em Lisboa. (N.E.)
262 **Aaroun-el-Arraschid:** califa árabe que reinou em Bagdá entre os séculos VIII e IX. (N.E.)

Nós celebrámos a história como ela merecia, e fomos jantar à Alcáçova, para irmos de tarde ver a Ribeira, e procurar os vestígios do seu ínclito alfageme.

XXXVIII

Jantar nos reais paços de Afonso Henriques. — Sautés e salmis. — Desce o A. à Ribeira de Santarém em busca da tenda do Alfageme. — A espada do Condestável. — Desapontamento. — O salão elegante. Dissipam-se as ideias arqueológicas. Os fósseis. — Tudo melhor quando visto de longe. — O baile público. — Soirée de piano obrigado. — Teatro. Desafinações da prima-dona. Sífilis incurável das traduções. Destempero dos originais. — A xácara de rigor, o subterrâneo e o cemitério. — Sublime galimatias do ridículo. — A bela e necessária palavra 'galimatias'. — Se as saudades matam. — Perigo de aplicar o escalpelo ou a lente ao mais perfeito das coisas humanas. — De como a lógica é a mais perniciosa de todas as incoerências.

ESPERAVA-NOS com efeito em casa do nosso bom hóspede, nos régios paços de Afonso Henriques, um esplêndido jantar a que assistiram quase todos os cavalheiros da terra. — Não quero dizer as notabilidades, por ser palavra peralvilha a que tenho invencível zanga. — As iguarias de legítima escola portuguesa, não menos saborosas e delicadas por aparecerem estremes de *sautés* e *salmis*[263] estrangeirados. Brilharam sobretudo os produtos das duas grandes vindimas rivais, do Ribatejo e Ribadouro. Foi largo e alegre o jantar.

Acabámos tarde, montámos logo a cavalo, e pela porta de Atamarma descemos à Ribeira; era quase sol posto quando lá chegámos.

É o subúrbio democrático da nobre vila, hoje o rico e o forte dela. Faz lembrar aquelas aldeias que se criaram à sombra dos castelos feudais e que, libertas, depois, da opressora proteção, cresceram e engrossaram em substância e força: o castelo, esse está vazio e em ruínas.

Por aqui se faz quase todo o comércio da Estremadura e Beira com o Alentejo. Os habitantes laboriosos e ativos conservam os antigos brios e independência do caráter primitivo: é a única parte viva de Santarém.

Cruzámos a povoação em todos os sentidos, procurando rastrear algum vestígio, confrontar algum sítio onde pudéssemos colocar, pela mais atrevida suposição que fosse, a tenda do nosso alfageme com as suas espadas bem 'corregidas', as suas armaduras luzentes e bem-postas — e o

---
263 *sautés* e *salmis*: modos de preparo típicos da culinária francesa. (N.E.)

jovem Nuno Álvares passeando ali por pé, ao longo do rio — como diz a crónica — namorado daquela perfeição de trabalho, e dando a 'correger' a bela espada velha de seu pai ao rústico profeta que tantos vaticínios de grandeza lhe fez, que o saudou condestável, conde de Ourém e salvador da sua pátria.

Nada pudemos descobrir com que a imaginação se iludisse sequer, que nos desse, com mais ou menos anacronismo, uma leve base tão somente para reconstruirmos a gótica morada do célebre cutileiro-profeta que a história herdou das crónicas romanescas, e hoje o romance outra vez reclama da história.

Em Santarém há poucas casas particulares que se possam dizer verdadeiramente antigas; na Ribeira, nenhuma. As emplastagens e replastagens sucessivas têm anacronizado tudo. É uma feliz expressão do Sr. Conde de Raczynski* bem aplicada por ele ao estado de quase todos os nossos monumentos, esta de anacronismo.

Mas ali, na vila alta ou Marvila, no Santarém propriamente dito, há os templos, os conventos, a cerca das muralhas que todavia conservam a fisionomia histórica da terra; aqui nem isso há.

Voltei completamente desapontado da Ribeira, isto é, da sua pedra e cal: gosto imenso da sua gente.

Outra surpresa de mui diferente género nos esperava à noite em Marvila, no elegante salão da B. de A. com quem fomos tomar chá.

Em meio das ruínas e desconforto daqueles desertos e mortos pardeiros circunstantes, ir encontrar uma casa em plena florescência de civilização e de vida; ver a amabilidade e a elegância fazendo graciosamente as honras dela — por mais que se devesse esperar — sempre espanta à primeira vista: parecia golpe de varinha de condão.

Em tão agradável e jovem companhia todas as ideias arqueológicas se desvaneceram, apesar de dous ou três fósseis que ali apareciam para se não perder de todo a cor local talvez.

Largamente se conversou, de Lisboa principalmente, dos nossos mútuos amigos, das festas do último Inverno, das probabilidades que se deviam esperar do futuro.

Ralhámos muito da sociedade portuguesa; exaltámos Paris e Londres e não sei se Pequim e Nanquim também, e concluímos que antes Timbokotuo[264] do que a secante capital do nosso pobre reino. E contudo estávamos

---

* Na sua obra intitulada 'Les arts en Portugal', Paris, 1845. (N.A.)
264 **Timbokotuo:** Timbuktu, cidade do Mali atualmente considerada patrimônio mundial pela Unesco. (N.E.)

com saudades dela; e concessão daqui, concessão dali, viemos a que não era tão má terra como isso.

Admirável condição da natureza humana, que tudo nos parece melhor e menos feio quando visto de longe!

O baile público mais sensabor, detestável de barulho e confusão, em que, para repousar os olhos num rosto conhecido e agradável, foi preciso furar por entre centenas de cotovelos bárbaros que se não sabe donde vieram, levar desalmadas pisadelas do dançante noviço, do deputado recém-chegado, e botas novas do novo diretor da Galocha — e, mais horrível que tudo! ver as absurdas toilettes, os penteados fabulosos, as caras incríveis e as antediluvianas figuras de tanta mulher feia e desastrada... pois esse mesmo baile, quando já não é senão reminiscência que acorda no meio do enfado ronceiro de uma terra de província, parece outro. As luzes, as flores, a música, toda aquela animação lembra com prazer, o mais esquece, e involuntariamente se descai um pobre homem a suspirar por ele.

A soirée mais maçante, de piano obrigado, com dueto das manas, polca das primas e casino das tias velhas — recordada em iguais circunstâncias, também já não acode à memória senão como uma reunião escolhida e íntima, de fácil e doce trato... oh! o verdadeiro prazer da sociedade.

Pois o teatro... Que se lembre alguém, na província, dos martírios que sofreu o ouvido com os berros da prima-dona, as desafinações do tenor, ou com o enfadonho ressoar daquela adormecida orquestra de São Carlos!

A enjoativa tradução de uma comédia da Rua dos Condes, roída de incurável sífilis, figura-se aveludada de todas as graças do estilo de Scribe[265].

E o destempero original de um drama plusquam[266] romântico, laureado das imarcescíveis palmas do Conservatório para eterno abrimento das nossas bocas! Lá de longe aplaude-o a gente com furor, e esquece-se que fumou todo o primeiro ato cá fora, que dormiu no segundo, e conversou nos outros, até à infalível cena da xácara, do subterrâneo, do cemitério, ou quejanda; em que a dama, soltos os cabelos e em penteador branco, endoudece de rigor, — o galã, passando a mão pela testa, tira do profundo tórax os três ahs! do estilo, e promete matar seu próprio pai que lhe apareça — o centro perde o centro de gravidade, o barbas arrepela as barbas...*

---

265 **Scribe**: Eugène Scribe (1791-1861), dramaturgo francês. (N.E.)
266 *plusquam*: expressão que equivale a "mais do que". (N.E.)
* Centro e barbas são qualificações e nomes de empregos teatrais. (N.A.)

e maldição, maldição, inferno!... 'Ah mulher indigna, tu não sabes que neste peito há um coração, que deste coração saem umas artérias, destas artérias umas veias — e que nestas veias corre sangue... sangue, sangue! Eu quero sangue, porque eu tenho sede, e é de sangue... Ah! pois tu cuidavas? Ajoelha, mulher, que te quero matar... esquartejar, chacinar!' — E a mulher ajoelha, e não há remédio senão aplaudir...

E aplaude-se sempre.

E não é de mim que falo, que eu gosto disto: os outros é que se enfastiam e cansam de tanta barafusta, sempre a mesma...

Mas enfim o que digo é que na província não há tal fastio, que esquece a canseira, e que nem o sublime galimatias do ridículo dali se percebe.

Peço aos ilustres puritanos que à força de sublimado quinhentista, têm conseguido levar a língua à decrepitude para a curar de suas enfermidades francesas, peço-lhes que me perdoem o *galimatias*, porque ele é muito mais português que outra coisa. A célebre oração *pro gallo Mathiae* deu origem a esta bela e expressiva palavra, que sim foi procriada em francês, mas hoje precisamos cá muito mais dela que em parte nenhuma.

Volto já da digressão filológica: tornemos à óptica e à catóptrica.

Grande coisa é a distância!

E dizem que saudades que matam! Saudades dão vida; são a salvação de muita coisa que, em seu pleno gozo e posse pacífica, pereceria de inanição ou morreria da opressora moléstia da saciedade.

Por isso eu não gosto de meter o escalpelo no mais perfeito da construção humana, nem de aplicar a lente ao mais fino e delicado do seu funcionar...

Vamos usando destas palavras que herdámos, sem meter louvados na herança; não suceda descobrirmos que estamos mais pobres do que se cuidava... vamos repetindo estas frases que nos formularam nossos antepassados sem as analisar com muito rigor; não suceda vermos claro demais que temos passado a vida a mentir...

Detesto a filosofia, detesto a razão; e sinceramente creio que num mundo tão desconchavado como este, numa sociedade tão falsa, numa vida tão absurda como a que nos fazem as leis, os costumes, as instituições, as conveniências dela, afetar nas palavras a exatidão, a lógica, a retidão que não há nas coisas, é a maior e mais perniciosa de todas as incoerências.

Não falemos mais nisto, que faz mal, e acabemos aqui este capítulo.

XXXIX

Processo de ceticismo em que está o autor. — Moralistas de *requiem*. — O maior sonho desta vida, a lógica. — Diferença do poeta ao filósofo. — O coração de Horácio. — O colégio de Santarém. — Jesuítas e templários. — O aliado natural dos reis. — 'Ficar na gazeta', frase muito mais exata hoje do que 'Ficar no tinteiro'. — São Frei Gil e o Doutor Fausto. — De como o A. foi ao túmulo do santo bruxo e o achou vazio. — Quem o roubaria?

O final do capítulo antecedente é, bem o sei, um terrível documento para este processo de ceticismo em que me mandaram meter certos moralistas de *requiem* de quem tenho a audácia de me rir, deles e da sua querela e do seu processo, protestando não me agravar nem apelar, nem por nenhum modo recorrer da mirífica sentença que suas excelentíssimas hipocrisias se dignarem proferir contra mim.

Feita esta declaração solene, procedamos.

E quanto a ti, leitor benévolo, a quem só desejo dar satisfação, a ti, se ainda te cansas com essas quimeras, dou-te de conselho que voltes a página obnóxia, porque essas reflexões do último capítulo são tão deslocadas no meu livro como tudo o mais neste mundo. Dorme pois, e não despertes do belo ideal da tua lógica.

É uma descoberta minha de que estou vaidoso e presumido, esta de ser a lógica e a exação nas coisas da vida muito mais sonho e muito mais ideal do que o mais fantástico sonho e o mais requintado ideal da poesia.

É que os filósofos são muito mais loucos do que os poetas; e demais a mais, tontos: o que estoutros não são.

Voltemos, voltemos a página com efeito, que é melhor.

Amanheceu hoje um belo dia, puro e sublime. Dorme nas cavernas do padre Éolo aquele vento seco e duro, flagelo dos estios portugueses. Suspira no ar uma viração branda e suave que regenera e dá vida. Mal empregado dia para o passar a ver ruínas! No seio da sempre jovem natureza, sob a remoçada espessura das árvores, sobre a alcatifa sempre renovada das gramas verdes e variegadas boninas, queria eu que me corresse este dia em ócio bem-aventurado de corpo e de alma, sentindo pulsar lento e compassado o coração livre e solto de todo empenho, o verdadeiro coração de Horácio,

Solutus omni foenore![267]

Tomara-me eu no vale outra vez, com a irmã Francisca a dobar à porta, a nossa Joaninha a deslindar-lhe a meada; e embora venha o terrível espectro de Fr. Dinis projetar sua funesta e trágica[268] sombra no idílio deste quadro suave, que não pode destruir-lhe toda a amenidade bucólica, por mais que faça.

Lá voltaremos ao nosso vale, amigo leitor, e lá concluiremos, como é de razão, a história da menina dos rouxinóis. Por agora almocemos, que é tarde, e terminemos os nossos estudos arqueológicos em Marvila de Santarém.

Cá estamos no Colégio, edifício grandioso, vasto, magnífico, própria habitação da companhia-rei que o mandou construir para educar os infantes seus filhos.

Creio que esta e a de Coimbra eram as duas principais casas que para isto tinham os Jesuítas em Portugal.

Foram os templários dos séculos modernos, os Jesuítas. A potência formidável e quase régia que aqueles levantaram com a espada, tinham estes fundado com a doutrina. Riquezas, poder, influência, uns e outros as tiveram com aplauso e aquiescência geral; uns e outros as perderam do mesmo modo.

Extintas e perseguidas, ambas as ordens renasceram no mistério, e se converteram em associações secretas para conspirarem; ambas tomaram diversos nomes e variadas máscaras para o fazerem mais seguramente.

Ambas em vão!

O predomínio, crescente há séculos, do elemento democrático anula todas essas conspirações. Sós e sem ele, os reis tinham sucumbido... É a aliada natural dos reis a democracia.

O edifício do Colégio é todo filipino, já o disse: a igreja dos mais belos espécimens desse estilo, que em geral seco, duro e sem poesia, não deixa contudo de ser grandioso.

Aqui esteve depois muitos anos o seminário patriarcal, cujas aulas frequentava a mocidade do distrito. Hoje leem-se ali outras palestras da cátedra administrativa. É a sede do governo civil chamado: corromper a moral do povo, sofismar o sistema representativo é o tema das lições.

---

267 Tradução do latim: "livre de todo empenho". (N.E.)
268 Na publicação da Portugália Editora: "trágica e funesta". (N.E.)

Todo outro ensino se tirou de Santarém. Fala-se num liceu e não sei que mais 'que ficou na gazeta': frase portuguesa moderna que deve suprir a antiga e antiquada de — 'ficou no tinteiro' — por muitas razões, até porque hoje não fica nada no tinteiro senão o senso comum, tudo o mais de lá sai, tudo. E muitas graças a Deus quando não passa às balas do impressor para dar a volta do mundo.

Santarém é das terras de Portugal a melhor situada e qualificada para um grande estabelecimento de instrução e de educação pública. Por que não há de estar aqui o Colégio militar ou a Casa pia, ou outra grande escola, seja qual for? Por que há de ser esta centralização de ensino em Lisboa? Em que se funda um privilégio à capital em prejuízo e à custa das províncias?

Saímos do Colégio, fomos direitos a São Domingos, um dos mais antigos estabelecimentos monásticos do reino e que eu tanto desejava visitar. Não sei descrever o que senti quando a enferrujada chave deu a volta na porta da igreja e o velho templo se patenteou aos nossos olhos. Acabara de servir, não imaginem de quê... de palheiro!

A derradeira camada de palha que apodrecera, aderia ainda ao lajedo húmido, e exalava um forte vapor mefítico que nos sufocava. Mal pudemos ver os túmulos dos Docems e tantos outros interessantes monumentos que abundam na parte superior do templo. A inferior, ou corpo da igreja como dizem, é de um miserável e moderno anacronismo.

Respirando a custo aquele ar infecto, todo o tempo que lhe pudesse resistir, quis aproveitá-lo em examinar a principal e mais interessante relíquia da profanada igreja — a capela e jazigo do grande bruxo e grande santo, São Frei Gil.

Algures lhe chamei já o nosso Doutor Fausto: e é com efeito. Não lhe falta senão o seu Goethe.

Vixere fortes ante Agamemnona multi.[269]

Houve fortes homens antes de Agamemnão, e fortes bruxos antes e depois do Doutor Fausto. Mas sem Homero ou Goethe é que se não chega à reputação e fama[270] que alcançaram aqueles senhores. Nós precisamos de quem nos cante as admiráveis lutas — ora cómicas, ora tremendas — do nosso Frei Gil de Santarém com o diabo. O que eu fiz na 'Dona Branca' é

---

269 Tradução do latim: "Muitos heróis viveram antes de Agamemnon". (N.E.)
270 Na publicação da Portugália Editora: "fama e reputação". (N.E.)

pouco e mal esboçado à pressa. O grande mago lusitano não aparece ali senão episodicamente; e é necessário que apareça como protagonista de uma grande ação, pintado em corpo inteiro, na primeira luz, em toda a luz do quadro.

Então o seu ardente e ansiado desejo de saber, os seus vastos estudos, os recônditos mistérios da natureza que descobriu até penetrar no mundo invisível — a sede de oiro, de prazer e de poder que o perseguia e o fez cair nas garras do espírito maligno — o fastio e saciedade que o desencantaram depois — o seu arrependimento enfim, e a regeneração de sua alma pela penitência, pela oração e pelo desprezo da vã ciência humana — então essas variadas fases de uma existência tão extraordinária, tão poética, devem mostrar-se como ainda não foram vistas, porque ainda não olhou para elas ninguém com os olhos de grande moralista e de grande poeta que são precisos para as observar e entender.

Lembra-me que sempre entrevi isto desde pequeno, quando me faziam ler a história de São Domingos, tão rabugenta e sensabor às vezes, apesar do encantado estilo do nosso melhor prosador; e que eu deixava os outros capítulos para ler e reler somente as aventuras do santo feiticeiro que tanto me interessavam.

Com todas estas reminiscências que me reviviam na alma, com os admiráveis versos do Fausto a acudir-me à memória, e com uma infinidade de associações que essas ideias me traziam, caminhei direito à capela do santo, cheio de alvoroço, e como tocado, para assim dizer, de sua mágica vara de condão.

A capela — oh desapontamento! a capela de São Frei Gil é um mesquinho rifacimento moderno, do lado esquerdo da igreja, sem nenhum vestígio de antiguidade, nenhum ornato característico, pesada, grosseira — velha sem ser antiga — um verdadeiro non-descriptum de mau gosto e sensaboria. Quem tal dissera?

O túmulo do santo está elevado do altar numa espécie de mau trono. Subi acima da degradada e profanada credência para o examinar de perto.

É de pedra o jazigo; mas ultimamente vê-se que tinham pintado a pedra; não tem valor algum. — E estava vazio, a loisa levantada e quebrada!..

Quem me roubou o meu santo?

Quem foi o anátema que se atreveu a tal sacrilégio?..

XL

As Claras. — Aventura noturna. — Se as freiras metem medo aos liberais? — O Salmo. — Três frades. — Prática do franciscano. — O corpo de São Fr. Gil. — Que se há de fazer das freiras? — Mal do governo que deixar comer mais aos barões.

ERA de noite, reinava a confusão, a desordem, o susto e a ansiedade nos muros de Santarém, três homens chegavam, por horas mortas, ao antigo mosteiro das Claras, davam à portaria um sinal surdo e misterioso; respondiam-lhe de dentro com outro igual; e daí a pouco, sem rumor e com as mais escrupulosas precauções se abria quietamente a porta da clausura.

Os três homens entraram, a porta fechou-se sobre eles do mesmo modo precatado.

Que será?

Os homens levavam uma espécie de cofre que parecia conter preciosidades de grande valor: tal era o desvelo com que o resguardavam.

Há um mistério que se figura criminoso nesta aventura. Mas os tempos são para tudo.

Era no ano de 1834.

Entremos nesse convento das pobres Claras, tão aflitas e desconsoladas agora que as ameaçam de dissolução como aos frades.

Não será assim: aquelas instituições não metem medo aos verdadeiros liberais, e os outros lá têm o espólio dos frades para devorar; estão entretidos: as freiras salvam-se por ora.

Tais eram as esperanças dos três homens que entravam a essas desoras nos vedados precintos do mosteiro. Sigamo-los porém, que é tempo.

Chegavam eles a uma pequena capela do claustro das freiras, foram depor sobre o altar o cofre que traziam, e ajoelharam devotamente diante dele. Logo se ouviu ao longe o salmear baixo e sumido de vozes femininas; e daí a pouco, toda a comunidade das Claras, de tochas na mão, em duas alas, e a abadessa com o seu báculo atrás, entravam processionalmente no claustro e se dirigiam à mesma capela.

O salmo que cantavam era este:

'Meu Deus, vieram os bárbaros às tuas herdades*, poluíram o teu santo templo, puseram Jerusalém como um granel de frutos.

'Puseram os cadáveres de teus filhos de cevo às aves do céu; as carnes dos teus santos às alimárias da terra.

'O sangue deles derramaram-no como água nos vales de Jerusalém; já não havia quem sepultasse.

'Estamos feitos o opróbrio dos nossos vizinhos; o escárnio e a zombaria dos que vivem por nossos arredores.

'Até aonde, ó Senhor, te hás de irar enfim; e se há de acender o teu zelo como fogo?

'Verte a tua ira sobre as gentes que te não conheceram, contra os reinos que não invocaram o teu nome;

'Que devoraram a Jacob; e desolaram suas terras.

'Não te lembres de nossas iniquidades passadas, e depressa nos alcancem as tuas misericórdias; já que tão pobres demais estamos.

'Ajuda-nos Deus, salvador nosso; e pela glória do teu nome livra-nos, Senhor, amerceia-te de nossos pecados por causa do teu nome.'

Cantavam assim as pobres das freiras, cantavam em latim que elas mal entendiam; mas dizia-lhes o instinto do coração, dizia-lhes a tão excitável imaginação feminina, que era chegada a hora de se cumprir a seus olhos, e sobre elas mesmas também, a tremenda profecia do salmo que entoavam.

Havia pois lágrimas naquelas vozes que assim cantavam, saíam da alma aqueles sons e na alma vibravam também com profunda e solene melancolia.

Chegadas junto à capela aonde estava o cofre, as freiras pararam conservando as mesmas duas alas da procissão e continuando no acentuado murmúrio do seu salmo.

Os três vultos de homem permaneceram de joelhos curvados diante do altar.

Findou o salmo e seguiu-se breve intervalo de silêncio. Depois, os três homens levantaram-se, e caindo-lhes para os lados as longas capas em que vinham envoltos, viu-se que o do meio era um frade velho, magro, curvado e seco, trajando ainda, apesar da lei, o burel preto dos franciscanos e cingido com sua corda. Os outros dous eram domínicos e vestiam de preto e branco segundo as cores de seu também proscrito instituto.

O velho franciscano subiu com passo trémulo os degraus do altar, beijou o cofre que estava sobre ele, e voltando-se para a comunidade que o

---
* Deus, venerunt gentes in hereditatem tuam (S. 78). (N.A.)

contemplava em religioso silêncio, disse com uma voz cava que parecia vir do sepulcro mas acentuada e forte:
'Irmãs, vimos entregar-vos este depósito precioso. Deus não quer que os cadáveres dos seus santos fiquem expostos às aves do céu e às alimárias da terra. Este é o santo corpo de um dos maiores santos que produziu esta terra de Portugal quando era abençoada. Hoje é maldita e não devia conservar as suas relíquias. Os filhos de São Domingos foram expulsos de sua casa, assim como nós fomos, nós os filhos de Francisco, encontrámo-nos sem teto nem abrigo uns e outros, e juntamos as nossas misérias para as chorarmos como irmãos que somos, como filhos de pais que tanto se amaram e ajudaram. Peregrinaremos juntos por essas solidões da terra, e juntos iremos bater por essas portas que cerrou a impiedade e a indiferença, a pedir o pão de cada dia porque temos fome.
'Que importa! não professámos nós, não nos honramos nós de ser mendigos? De que vivemos nós sempre senão de esmola?
'Não choreis irmãs, não choreis sobre nós. Deus que o permitiu bem sabe o que fez. Louvado seja ele sempre! Nós tínhamos pecados para mais! Ainda foi misericordioso conosco o Senhor da justiça e do castigo.
'A nós tiraram-nos tudo! Até estas mortalhas que tínhamos escolhido em vida e que nem a morte ousava roubar-nos.
'A furto e como quem se esconde para um ato criminoso, nós as vestimos esta noite para cometer o que eles chamarão um furto, e que era uma obrigação sagrada nossa.
'Fomos à antiga casa de nossos irmãos e roubámos o corpo do bem-aventurado São Frei Gil.
'Aqui vo-lo entregamos; guardai-o. Enquanto estes muros estiverem em pé, que o abriguem dos desacatos dessa gente sem Deus nem lei. A vós não ousarão expulsar-vos daqui: talvez vos matem à fome... Não pode ser: Deus não há de permiti-lo.
'Mas qualquer que seja a sua vontade, resignai-vos a ela, minhas irmãs. Só ele sabe como nos ama e como nos castiga. Louvemo-lo por tudo.'
Aqui foi um chorar e um suplicar fervente como só se ouve na hora da angústia.
As aflitas monjas estavam prostradas nas lajes húmidas do claustro, sobre as sepulturas de suas irmãs, sobre seus próprios jazigos que haviam de ser. O frade com os braços estendidos pronunciou as solenes palavras de bênção, descrevendo com a direita o augusto símbolo da redenção:
'Bendiga-vos Deus onipotente, Pai, Filho e Espírito Santo!' 'Ámen!' respondeu o coro; e os três proscritos se retiraram, deixando a salvo o seu tesouro.

Assim desapareceu do túmulo o corpo de São Frei Gil de Santarém.
Ninguém sabia dele; soube eu e guardei o segredo religiosamente.

Os tempos são outros hoje: os liberais já conhecem que devem ser tolerantes, e que precisam de ser religiosos. Não há perigo em dizer-lhes onde ele está.

Quando houver em Portugal um governo que saiba ser governo, há de regular e consolidar a existência das freiras, há de aproveitá-la para as piedosas instituições do ensino da mocidade, da cura dos enfermos, e do amparo dos inválidos.

Os barões andam-lhe com o cheiro nos poucos bens que lhes restam às pobres das freiras. Mal do governo que deixar comer mais aos barões!

XLI

O roubador do corpo santo descoberto pela arguta perspicácia do leitor benévolo. — Grande lacuna na nossa história. — Por que se não preenche? — Página preta na história de Tristão Shandy. — Novelas e romances, livros insignificantes. — O adro de São Francisco e as suas acácias. — Que será feito de Joaninha? — O peito da mulher do norte. —Vamos embora: já me enfada Santarém e as suas ruínas. — A corneta do soldado e a trombeta do juízo final. — Eheu, Portugal, eheu!

POR certo, leitor amigo, no franciscano velho que vai de noite roubar os ossos do santo ao seu túmulo, e os vem esconder na clausura das freiras, por certo, digo, reconheceu já a tua natural perspicácia ao nosso Frei Dinis, o frade por excelência — frade por teima e acinte.

Pois esse era, não há dúvida.

Assim se passou aquela cena e assim ma contaram. Do que mediara entre ela e o acontecido com o frade, Carlos, Joaninha, a avó e a inglesa, disso é que nada pude saber.

É uma grande lacuna na nossa história; mas antes fique assim do que enchê-la de imaginação.

Oh! eu detesto a imaginação.

Onde a crónica se cala e a tradição não fala, antes quero uma página inteira de pontinhos, ou toda branca — ou toda preta, como na venerável história do nosso particular e respeitável amigo Tristão Shandy[271], do que uma só linha da invenção do croniqueiro.

Isso é bom para novelas e romances, livros insignificantes que todos leem todavia, ainda os mesmos que o negam.

Eu também me parece que os leio, mas vou sempre dizendo que não...

Enfim, tornemos ao frade, e tornemos às minhas viagens.

Cheio dele e da sua memória, palpitando com a recordação das tremendas cenas que, havia tão poucos anos, se tinham passado em seu antigo mosteiro, eu me aproximei enfim do real convento de São Francisco de Santarém.

Dei pouca atenção ao belo adro e à solene vista que dele se descobre — e menos ainda às doentias acácias que aí vegetam enfezadas e

---

[271] **Tristão Shandy**: narrador de *A vida e as opiniões do cavalheiro Tristam Shandy*, de Laurence Sterne. (N.E.)

raquíticas, como plantadas de má mão e em má hora — porque moças são elas, é visível: puseram-nas aí depois de extinto o convento. São triste mas verdadeiro símbolo da apagada e factícia vida que se quis dar ao que era morto.

Vamos dentro, e vejamos pelas baixas e aguçadas arcadas do claustro, pelas altas naves do templo se descobrimos algum vestígio do último guardião desta casa, e dessa fadada família cujo destino em hora aziaga tão estreitamente se ligou com o dele.

Já me interessa isto mais, confesso, ai! muito mais, do que todos esses túmulos e inscrições que por aí estão, e que tanto caracterizam este um dos mais antigos e mais históricos edifícios do reino.

Mas em vão interrogo pedra a pedra, laje a laje: o eco morto da solidão responde tristemente às minhas perguntas, responde que nada sabe, que esqueceu tudo, que aqui reina a desolação e o abandono, e que se apagaram todas as lembranças de outro estado...

Que foi feito de ti, Joaninha, e dos teus amores? Que será feito desse homem que ousou amar-te amando a outra? E essa outra onde está? Resignou-se ela deveras? Sepultou com efeito, sob o gelo aparente que veste de tríplice mas falsa armadura o peito da mulher do norte, todo aquele fogo intenso e íntimo que solapadamente lhe devora o coração?

Não tenho esperanças de saber nada disso aqui.

Só pude descobrir que, no dia imediato à cena noturna das Claras, Fr. Dinis saiu de Santarém, não se sabe em que direção — que nesse mesmo dia Georgina saíra também pela estrada de Lisboa, levando em sua carruagem a avó e a neta, ambas meias mortas e ambas meias loucas — que não houvera mais novas de Carlos — e que a sua última carta, aquela que escrevera de junto de Évora, Joaninha a levava apertada nas mãos convulsas quando partira.

Pois também eu me quero partir, me quero ir embora. Já me enfada Santarém, já me cansam estas perpétuas ruínas, estes pardeiros intermináveis, o aspecto desgracioso destes entulhos, a tristeza destas ruas desertas. Vou-me embora.

E contudo São Francisco é uma bela ruína, que merecia examinada[272] devagar, com outra paciência que eu já não tenho.

Se tudo me impacienta aqui!

Da bela igreja gótica, fizeram uma arrecadação militar; andou a mão destruidora do soldado quebrando e abolando esses monumentos

---

272 Na publicação da Portugália Editora: "que merecia ser examinada". (N.E.)

preciosos, riscando com a baioneta pelo verniz mais polido e mais respeitado desses jazigos antiquíssimos; os lavores mais delicados esmoucou-os, degradou-os. Levantaram as lajes dos sepulcros; e ao som da corneta militar acordaram os mortos de séculos, cuidando ouvir a trombeta final...

    Decididamente vou-me embora, não posso estar aqui, não quero ver isto. Não é horror que me faz, é náusea, é asco, é zanga.

    Malditas sejam as mãos que te profanaram, Santarém... que te desonraram, Portugal... que te envileceram e degradaram, nação que tudo perdeste, até os padrões da tua história!..

    Eheu, eheu, Portugal!

XLII

Protesto do autor. — Desafinação dos nervos. — O que é preciso para que as ruínas sejam solenes e sublimes. — Que Deus está no Coliseu assim como em São Pedro. — Quer-se o autor ir embora de Santarém. — Como, sem ver o túmulo de el-rei D. Fernando? — Em que estado se acha este. — Exemplar de estilo bizantino. — Coroa real sobre a caveira. — O rei de espadas e o símbolo do império. — Quem nunca viu o rei cuida que é de ouro. — Brutalidades da soldadesca num túmulo real. — O que se acha nas sepulturas dos reis. — A frenologia. — Vindita pública, tardia mas ultrajante. — Camões e Duarte Pacheco. — A sombra falsa da religião. — Regímen dos barões e da matéria — A prosa e a poesia do povo. — Síntese e análise. — O senso íntimo. — Se o autor é demagogo ou Jesuíta? — Jesus Cristo e os barões.

NÃO chamem exagerado ao que vai escrito no fim do último capítulo; senti o que escrevi, senti muito mais do que escrevi. O que poderá haver é desacerto nas palavras, porque em verdade não sei explicar a impressão que me faz uma ruína neste estado. Desafinam-me os nervos, vibram-me numa discordância e dissonância insuportável. Queria ver antes estes altares expostos às chuvas e aos ventos do céu, — que o sol os queimasse de dia, — que à noite, à luz branca da lua, ou ao tíbio reflexo das estrelas, piasse o mocho e sussurrasse a coruja sobre seus arcos meio caídos.

Não me parecia profanado o templo assim, nem descaído de majestade o monumento. Podia ajoelhar-me no meio das pedras soltas, entre as ervas húmidas, e levantar o meu pensamento a Deus, o meu coração à glória, à grandeza, o meu espírito às sublimes aspirações da idealidade. O material, o grosseiro, o pesado da vida não me vinham afligir aí.

Deus, a ideia grande do mundo — Deus, a Razão Eterna — Deus, o amor — Deus, a glória — Deus, a força, a poesia e a nobreza de alma — Deus está nas ruínas escalavradas do Coliseu, como nos zimbórios de bronze e mármore de São Pedro.

Mas aqui!.. nos pardeiros de um convento velho, consertado pelas Obras públicas para servir de quartel de soldados — aqui não habita espírito nenhum.

Quero-me ir embora daqui!

E como? sem ver o túmulo de el-rei Fernando? Não pode ser, é verdade.
Onde está ele?
No coro alto.
Subamos ao coro alto.

Oh! que não sei, de nojo, como o conte!

O belo jazigo do rei formoso e frívolo, tão dado às delícias do prazer como foi seu pai às austeridades da justiça em que estado ele está! Oh nação de bárbaros! Oh maldito povo de iconoclastas que é este!
O túmulo do segundo marido de D. Leonor Teles é um sarcófago de pedra branca, fina e friável, elegante e simplesmente cortada, com mais sobriedade de ornatos do que têm de ordinário os monumentos do século XIV, mas de uma acabada escultura, casta e continente, como o não foi a vida do rei que aí encerraram depois de morto.
Percebem-se ainda vestígios das vivas cores em que foram induzidos os relevos da pedra branca: — estilo bizantino de que não sei outro exemplar em Portugal. Este é — ou antes, era — precioso.
Era; porque a brutalidade da soldadesca o deturpou a um ponto incrível. Imaginou a estúpida cobiça destes Alanos[273] modernos que devia de estar ali dentro algum grande haver de riquezas encantadas, — talvez cuidaram achar sobre a caveira do rei a coroa real marchetada de pérolas e rubis com que fosse enterrado, — talvez pensaram encontrar apertado ainda entre as secas falanges dos dedos mirrados, aquele globo de oiro maciço que lhes figura o rei de espadas do sujo baralho de sua tarimba, e que eles têm pela indisputável e infalível insígnia do supremo império; — talvez supuseram que mesmo depois de morto, um rei devia ser de oiro... Enfim quem sabe o que eles cuidaram e pensaram? O que se sabe, porque se vê, é que quiseram abrir e arrombar o túmulo. Tentaram, primeiro, levantar a campa; não puderam: tão solidamente está soldada a pedra de cima ao corpo ou caixão do jazigo, que o todo parece maciço e inconsútil. Mas neste empenho quebraram e estalaram os lavores finos dos cantos, os cairéis delicados das orlas; e a campa não cedeu: parece chumbada pelo anjo dos últimos julgamentos com o selo tremendo que só se há de quebrar no dia derradeiro do mundo.
A cobiça estólida dos soldados não se aterrou com a religião do sepulcro, nem lhe causou atrição, ao menos, esta resistência quase sobrenatural

---

[273] **alanos:** antigo povo de origem asiática que invadiu a península Ibérica no século V. (N.E.)

das pedras do moimento. Vê-se que trabalhou ali, de alavanca e de aríete, algum possante e ponderoso pé de cabra; mas que trabalhou em vão muito tempo.

Desenganaram-se enfim com a tampa; e resolveram atacar, mais brutalmente mas com mais vantagem, as paredes do sarcófago, que justamente suspeitaram de menos espessas. Assim era; e conseguiram na parede da frente abrir um rombo grosseiro por onde entra fácil um braço todo e pode explorar o interior do túmulo à vontade.

Assim o fiz eu, que meti o meu braço por essa abertura barrada[274], e achei terra, pó, alguns ossos de vértebras, e duas caveiras, uma de homem, outra de criança.

Não me lembra que haja memória alguma de infante que aí fosse sepultado também, segundo[275] faziam os antigos muitas vezes que punham os cadáveres das crianças nos jazigos dos pais, dos parentes, até de meros amigos de suas famílias.

Tive, confesso, uma espécie de prazer maligno em imaginar a estúpida compridez de cara com que deviam ficar os brutais profanadores, quando achassem no túmulo do rei o que só têm os túmulos — de reis ou mendigos — ossos, terra, cinza, nada!

Por mim, estive tentado a furtar a caveira de el-rei D. Fernando. Se acreditasse na frenologia[276], parece-me que não tinha[277] resistido. Não creio na ciência, felizmente — neste caso — para a minha consciência. Também não sei o que faria se a caveira fosse de outro homem. Mas o 'fraco rei' que fez 'fraca a forte gente' não são relíquias as suas que se guardem.

Oh! e quem sabe? Esta profanação, este abandono, este desacato do túmulo de um rei, ali na sua terra predileta — D. Fernando era santareno de afeição — não será ele o juízo severo da posteridade, a vindita pública dos séculos, que tardia mas ultrajante, cai enfim sobre a memória reprovada do mau príncipe, e lhe desonra as cinzas como já lhe desonrara o nome?

Quero acreditar que tal não podia suceder aos túmulos de D. Dinis, de D. Pedro I, dos dous Joanes I e II, de...

Sim: e aonde está o de Camões? O de Duarte Pacheco[278] aonde *esteve*? que ainda é mais vergonhosa pergunta esta última.

---

274 Na publicação da Portugália Editora: "bárbara". (N.E.)
275 Na publicação da Portugália Editora: "sepultado segundo". (N.E.)
276 **frenologia:** teoria que considerava características do crânio como indicativas do caráter e das faculdades mentais dos indivíduos. (N.E.)
277 Na publicação da Portugália Editora: "teria". (N.E.)
278 **Duarte Pacheco:** navegador português contemporâneo de Luís Vaz de Camões (1524/25-1580). (N.E.)

Em Portugal não há religião de nenhuma espécie. Até a sua falsa sombra, que é a hipocrisia, desapareceu. Ficou o materialismo estúpido, alvar, ignorante, devasso e desfaçado, a fazer gala de sua hedionda nudez cínica no meio das ruínas profanadas de tudo o que elevava o espírito...

Uma nação grande ainda poderá ir vivendo e esperar por melhor tempo, apesar desta paralisia que lhe pasma a vida da alma na mais nobre parte de seu corpo. Mas uma nação pequena, é impossível; há de morrer.

Mais dez anos de barões e de regímen da matéria, e infalivelmente nos foge deste corpo agonizante de Portugal o derradeiro suspiro do espírito.

Creio isto firmemente.

Mas ainda espero melhor todavia, porque o povo, o povo povo, está são: os corruptos somos nós os que cuidamos saber e ignoramos tudo.

Nós, que somos a prosa vil da nação, nós não entendemos a poesia do povo; nós, que só compreendemos o tangível dos sentidos, nós somos estranhos às aspirações sublimes do senso íntimo que despreza as nossas teorias presunçosas, porque todas vêm de uma acanhada análise que procede curta e mesquinha dos dados materiais, insignificantes e imperfeitos; — enquanto ele, aquele senso íntimo do povo, vem da Razão divina, e procede da síntese transcendente, superior e inspirada pelas grandes e eternas verdades, que se não demonstram porque se sentem.

E eu que escrevo isto serei eu demagogo? Não sou.

Serei fanático, jesuíta, hipócrita? Não sou.

Que sou eu então?

Quem não entender o que eu sou, não vale a pena que lho diga...

Perdoa-me, leitor amigo, uma reflexão última no fim deste capítulo já tão secante, e prometo não refletir nunca mais.

Jesus Cristo, que foi o modelo da paciência, da tolerância, o verdadeiro e único fundador da liberdade e da igualdade entre os homens, Jesus Cristo sofreu com resignação e humildade quantas injustiças, quantos insultos lhe fizeram a ele e à sua missão divina; perdoou ao matador, à adúltera, ao blasfemo, ao ímpio. Mas quando viu os barões a agiotar dentro do templo, não se pôde conter, pegou num azorrague e zurziu-os sem dor.

XLIII

Partida de Santarém. — Pinacoteca. — Impaciência e saudades. — Sexta-feira. — Martírio obscuro. — A figura do pecado. — Estamos no vale outra vez. — Evocação de encanto. — A irmã Francisca e Fr. Dinis. — A teia de Penélope. — E Joaninha? — Joaninha está no céu. — A mulher morta a dobar esperando que a enterrem. — A esperança, virtude do cristianismo. — Uma carta.

ESTOU deveras fatigado de Santarém; vou-me embora.

Despedimo-nos saudosos daquela boa e leal família que nos hospedara com tanto carinho, com toda a velha cordialidade portuguesa; partimos.

Apenas comecei a respirar o ar fresco da manhã nos olivais, senti desafogar-se-me alma daquela constrição cansada que se experimenta na longa visita a um museu de antiguidades, a uma galeria de pinturas.

Perdoem-me que não diga 'pinacoteca': bem sei que é moda, e que a palavra é adotável segundo as mais estritas regras de Horácio, pois 'cai da fonte grega' direitamente e sem mistura: mas soa-me tão mal em português que não posso com ela.

Santarém fatigou-me o espírito, como todas as coisas que fazem pensar muito. Deixo-a porém com saudade, e não me hei de esquecer nunca dos dias que aqui passei.

De quê e como sou eu feito, que não posso estar muito tempo num lugar, e não posso sair dele sem pena?

Já me está custando ter deixado Santarém. Por que não havíamos de partir amanhã, e ter ficado ainda hoje ali?

E hoje que é sexta-feira?.. Mau dia para começar viagem!

Sexta-feira! Era o dia aziago do nosso vale, da pobre velha cega que aí vivia sua triste vida de dores, de remorsos e desconforto, esperando porém em Deus, conformada com seu martírio: martírio obscuro, mas tão ensanguentado daquele sangue que mana gota a gota e dolorosamente do coração rasgado, devorado em silêncio pelo abutre invisível de uma dor que se não revela, que não tem prantos nem ais.

Era na sexta-feira que o terrível frade, o demónio vivo daquela mulher de angústias, lhe aparecia tremendo e espantoso diante de seus olhos cegos, elevado pela imaginação às proporções descomunais e gigantescas de um vingador sobrenatural.

Era a figura tangível, e visível à vista de sua alma, do enorme pecado que contra ela estava sempre.

Creio que escuso dizer que não tenho eu esta superstição dos dias aziagos que tinha a desgraçada velha, que a sua Joaninha partilhava. Mas confesso que, recordando as fatalidades daquela família e daquele dia, não gostei de voltar nele ao vale de Santarém.

Estávamos porém no vale; e já eu via de longe aquelas árvores e aquela janela que tanto me impressionaram, quando estas reflexões me acudiam ao espírito e mo contristavam.

Afrouxei insensivelmente o passo, deixei tomar larga dianteira aos meus companheiros de viagem; e quando chegava perto da casa, tinha-os perdido de vista.

Involuntariamente parei defronte da janela; mordia-me um interesse, uma curiosidade irresistível... Nem vivalma por aqueles arredores; apeei-me e fui direito para a casa.

Apenas passei as árvores, um espetáculo inesperado, uma evocação como de encanto me veio ferir os olhos.

No mesmo sítio, do mesmo modo, com os mesmos trajos e na mesma atitude em que a descrevi nos primeiros capítulos desta história, estava a nossa velha irmã Francisca...

Ela era, e não podia ser outra; sentada na sua antiga cadeira, dobando, como Penélope tecia, a sua interminável meada. Não havia outra diferença agora senão que a dobadoira não parava, e que o fio seguia, seguia, enrolando-se, enrolando-se contínuo e compassado no novelo; e que os braços da velha lidavam lentamente mas sem cessar no seu movimento de autómato que fazia mal ver.

Defronte dela, sentado numa pedra, a cabeça baixa, e os olhos fixos num grosso livro velho, que sustinha nos joelhos, estava um homem seco e magro, descarnado como um esqueleto, lívido como um cadáver, imóvel como uma estátua. Trajava um non-descriptum negro, que podia ser sotaina de clérigo ou túnica de frade, mas descingida, solta, e pendente em grossas e largas pregas do extenuado pescoço do homem.

Também não podia ser senão Frei Dinis.

Cheguei junto deles; não me sentiu nenhum dos dois; nem me viu ele, o que só via dos dois.

Sem mais reflexão, e continuando alto na série de pensamentos que me vinha correndo pelo espírito, exclamei:

— 'E Joaninha?'

— 'Joaninha está no céu': — respondeu sem sobressalto, sem erguer os olhos do seu livro, a sombra do frade — que outra coisa não parecia.
— 'Joaninha, pobre Joaninha! Pois como foi, como acabou a infeliz?'
— 'Joaninha não é infeliz: foi ser anjo na presença de Deus.'
— 'E... e Carlos?' balbuciei eu hesitando, porque temia a suscetibilidade do frade.
— 'Carlos!' respondeu ele erguendo enfim os olhos e cravando-os em mim...
E oh! que nunca vi olhos como aqueles, nem os hei de ver!
— 'Carlos!.. E quem é que mo pergunta? quem é que tanto sabe de mim e dos meus?.. Dos meus? Eu não tenho meus; sou só.'
— 'Só! Não está aqui, que eu vejo?..'
— 'Vê essa mulher morta que aí ficou, que a matei eu, e que aqui está à espera que dê a hora de a eu enterrar, mais nada. Eu estou só e quero estar só. Morreu tudo. Que mais quer saber?'
— 'Venho de Santarém...'
— 'Santarém também morreu; e morreu Portugal. Aqui não, vive senão o meu pecado, que Deus não perdoou ainda, nem espero...'
— 'A nossa religião fez uma virtude da esperança.'
— 'Fez.'
— 'E nisso se distingue das outras todas.'
— 'Pois ainda há quem o saiba nesta terra?'
— 'Há mais do que não houve nunca — pelo menos há mais quem o saiba melhor.'
— 'Pode ser: os juízos de Deus são incompreensíveis.'
— 'E infinita a sua misericórdia.'
— 'Mas a sua cólera implacável, a sua justiça tremenda.'
— 'A misericórdia é maior.'
— 'Quem lhe ensinou tudo isso?'
— 'O evangelho, o coração, e minha mãe que mos explicou ambos.'
— 'Sente-se aqui... ao pé de mim.'
Sentei-me. O frade pegou-me na mão com as suas ambas, e pôs-me os olhos com uma expressão que nenhuma língua pode dizer, nem nenhum pincel pintar.
Esteve assim algum tempo, como quem me observava. Vi-lhe apontar claramente uma lágrima, vi-lha retroceder, e ficaram-lhe enxutos os olhos. Senti-lhe estrangular um suspiro que lhe vinha à garganta; percebi distintamente o estremeção que lhe correu o corpo; mas observei que todo se serenou depois.

Disse-me então com voz magoada mas plácida e sem aspereza já nenhuma:
— 'Sabe a história do vale?'
— 'Sei tudo até à partida de Carlos para Évora.'
— 'Aqui tem a carta que ele escreveu.'
Tirou do breviário um papel dobrado, amarelo do tempo, e manchado, bem se via, de muitas lágrimas, algumas recentes ainda.
— 'Leia.'
Li.
Esta era a carta de Carlos.

XLIV

Carta de Carlos a Joaninha.

Évora-monte...
de maio de 1834.

É a ti que escrevo, Joana, minha irmã, minha prima, a ti só.
Com nenhum outro dos meus não posso nem ouso falar.
Nem eu já sei quem são os meus: confunde-se, perde-se-me esta cabeça nos desvarios do coração. Errei com ele, perdeu-me ele... Oh! bem sei que estou perdido.
Perdido para todos, e para ti também. Não me digas que não; tens generosidade para o dizer, mas não o digas. Tens generosidade para o pensar, mas não podes evitar de o sentir.
Eu estou perdido.
E sem remédio, Joana, porque a minha natureza é incorrigível. Tenho energia de mais, tenho poderes de mais no coração. Estes excessos dele me mataram... e me matam!
Tu não compreendes isto, Joaninha, não me entendes decerto; e é difícil.
És mulher, e as mulheres não entendem os homens. Sempre o entrevi, hoje sei-o perfeitamente. A mulher não pode nem deve compreender o homem. Triste da que chega a sabê-lo!..
E daí... quando se tem de morrer, antes saber a morte de que se morre, do que expirar na ignorância do mal que nos matou.
Tu és jovem e inexperiente, a tua alma está cheia de ilusões doces; vou dissipar-tas enquanto se não condensam, que te ofusquem a razão e te deixem para sempre escrava cega do maior inimigo que temos, o coração.
Quero contar-te a minha história: verás nela o que vale um homem.
Sabe que os não há melhores que eu; e tão bons, poucos. Olha o que será o resto!
Tu não ignoras já hoje o porque fugi da casa materna: sabia-a manchada de um grande pecado, e imaginei-a poluída de um enorme crime.
Esse homem que é meu pai, não o podia ver; hoje que sei o que me ele é... Deus me perdoe, que ainda o posso ver menos!

Minha avó, julguei-a cúmplice no crime; ela só o era no pecado. Perdoe-lhe Deus; e bem pode e bem deve, já que a fez tão fraca. Minha pobre mãe sucumbiu por sua culpa, por sua irremissível complacência...

Deus pode e deve, repito... mas eu, como lhe hei de perdoar eu este rubor que sinto nas faces ao nomear minha mãe?

Tem padecido e sofrido muito... coitada! A sua penitência é um martírio, a sua velhice uma longa paixão, e esse homem que a perdeu um verdugo sem piedade. Mas tudo isso é com Deus, não é comigo.

Eu sou filho; minha mãe morreu sem perdoar — não posso perdoar eu.

E quem me há de perdoar a mim? Ninguém, nem quero.

Não serás tu, minha irmã; não, que não deves. Porque eu amei-te com um coração que já não era meu; aceitei o teu amor sem o merecer, sem o poder possuir, traí quando te amava, menti quando to disse, menti-te a ti, menti-me a mim, e não guardei verdade a ninguém.

Mas espera, ouve; deixa-me ver se posso atar o fio desta minha incrível história — incrível para ti, bem simples para quem conheça o coração do homem.

Saí de Portugal, e posso dizer que não tinha amado ainda. Inclinações de criança, galanteios de sociedade, ligações que nasceram da vaidade, ou que só os sentidos alimentam, não merecem o nome de amor.

Eu não tinha amado.

Há três espécies de mulheres neste mundo: a mulher que se admira, a mulher que se deseja, a mulher que se ama.

A beleza, o espírito, a graça, os dotes de alma e do corpo geram a admiração.

Certas formas, certo ar voluptuoso criam o desejo.

O que produz o amor não se sabe; é tudo isto às vezes, é mais do que isto, não é nada disto.

Não sei o que é; mas sei que se pode admirar uma mulher sem a desejar, que se pode desejar sem a amar.

O amor não está definido, nem o pode ser nunca. O amor verdadeiro; que as outras coisas não são isso.

Eu vivi poucos meses em Inglaterra; mas foram os primeiros que posso dizer que vivi. Levou-me o acaso, o destino — a minha estrela, porque eu ainda creio nas estrelas, e em pouco mais deste mundo creio já — levou-me ao interior de uma família elegante, rica de tudo o que pode dar distinção neste mundo.

Estranhei aqueles hábitos de alta civilização, que me agradavam contudo; moldei-me facilmente por eles, afiz-me a vegetar docemente na branda atmosfera artificial daquela estufa sem perder a minha natureza de planta estrangeira. Agradei: e não o merecia. No fundo de alma e de caráter eu não era aquilo por que me tomavam. Menti: o homem não faz outra coisa. Eu detesto a mentira, voluntariamente nunca o fiz, e todavia tenho levado a vida a mentir.

Menti pois, e agradei porque mentia. Santo Deus! para que sairia a verdade da tua boca, e para que a mandaste ao mundo, Senhor?

Havia três meninas naquela família. Dizer que eram as três graças é uma vulgaridade cansada, e tão banal que não dá ideia de coisa alguma. Três anjos seriam; três anjos posso dizer com mais propriedade. E quando em nossos longos passeios solitários, por aqueles campos sempre verdes, por aquelas colinas coroadas de arvoredo, tapeçadas de relva macia, os seus vestidos brancos, singelos, simples, trajados sem arte, flutuavam com a brisa da tarde... e os longos anéis de seus cabelos — os de uma eram loiros, os de outra castanhos, não há nome para a indefinida cor dos da terceira — quando esses longos anéis descaíam de sua ondada espiral com o orvalho húmido do crepúsculo — e que a essa luz vaga e misteriosa eu as contemplava todas três com adoração e recolhimento devoto de alma — sinceramente exclamava: 'São três anjos celestes que é forçoso adorar!..'

E assim é que os adorava os três anjos, todos três, e não podia adorar um sem os outros.

Que me queriam elas, é certo; que insensivelmente se habituaram à minha companhia e já não podiam viver sem ela... ai! era preciso ser um monstro para o não confessar com lágrimas de gratidão e de remorso.

Os mais difíceis e delicados ápices da perfeição de sua tão caprichosa e tão expressiva língua, as belezas mais sentidas de seus autores queridos, o espírito e tom difícil de sua sociedade tão desdenhosa e fastienta, mas tão completa e tão calculada para sublimar a vida e a desmaterializar — isso tudo, e um indefinível sentimento do *gentil*, que só com natural tato se adquire, é verdade, mas que se não alcança com ele só — isso tudo o aprendi ali das suaves lições que insensivelmente recebia a cada instante.

Se valho alguma coisa, tudo valho por elas; se tenho merecido alguma consideração no mundo, toda lha devo.

Vês que confesso a dívida, verás como a paguei.

O tom perfeito da sociedade inglesa inventou uma palavra que não há nem pode haver noutras línguas enquanto a civilização as não apurar. To flirt é um verbo inocente que se conjuga ali entre os dous sexos, e não significa *namorar* — palavra grossa e absurda que eu detesto — não significa 'fazer a corte'; é mais do que estar amável, é menos do que galantear, não obriga a nada, não tem consequências, começa-se, acaba--se, interrompe-se, adia-se, continua-se ou descontinua-se à vontade e sem comprometimento.

Eu flartava, nós flartávamos elas flartavam[279]...

E não há mais doce nem mais suave entretenimento de espírito, do que o flartar com uma elegante e graciosa menina inglesa; com duas é prazer angélico, e com três é divino.

Para quem nasceu naquilo, não é perigoso; para mim degenerou, breve, aquela plácida sensação em mais profundo sentimento.

Veio a admiração primeiro.

E como as eu admirava todas três as minhas gentis fascinadoras!

E elas conheciam-no, riam, folgavam e estavam encantadas de me encantar.

Fizeram nascer os desejos!

Julguei-me perdido, e quis fugir.

Não me deixaram e zombaram de mim, da ardência do meu sangue espanhol, da veemência das minhas sensações...

Em breve eu amava perdidamente uma delas — queria muito às outras duas; mas amar, amar deveras, de alma cuidava eu, de coração ia jurá-lo, era a segunda — Laura, a mais gentil, mais nobre, mais elegante e radiosa figura de mulher que creio que Deus moldasse numa hora de verdadeiro amor de artista que se dignou tomar por esse pouco de greda que tinha nas mãos ao formá-la.

---

[279] O verbo *flertar* foi introduzido em nosso idioma por Almeida Garrett nesta obra. (N.E.)

XLV

Carta de Carlos a Joaninha: continua.

LAURA não era alta nem baixa, era forte sem ser gorda, e delicada sem magreza. Os olhos de um cor de avelã diáfano, puro, aveludado, grandes, vivos, cheios de tal majestade quando se iravam, de tal doçura quando se abrandavam, que é difícil dizer quando eram mais belos. O cabelo quase da mesma cor tinha, demais, um reflexo dourado, vacilante, que ao sol resplandecia, ou antes, relampejava, — mas a espaços, não era sempre, nem em todas as posições da cabeça: — cabeça pequena, modelada no mais clássico da estatuária antiga, poisada sobre um colo de imensa nobreza, que harmonizava com a perfeição das linhas dos ombros.

A cintura breve e estreita, mas sem exageração, via-se que o era assim por natureza e sem a menor contrafeição de arte. O pé não tinha as exiguidades fabulosas da nossa península, era proporcionado como o da Vénus de Médicis.

Tenho visto muita mulher mais bela, algumas mais adoráveis, nenhuma tão fascinante.

Fascinante é a palavra para ela.

O rosto oval e perfeitamente simétrico, pálido; só os beiços eram vermelhos como a rosa de cor mais viva.

A expressão de toda esta figura é que se não descreve. A boca breve e fina sorria pouco; mas quando sorria, oh!..

Vê-la num baile, vestida e calçada de branco, cingida com um cinto de vidrilhos pretos — toilette inalterável para ela desde certa época — sem mais ornato, sem mais flores, apenas um farto fio de pérolas derramando-se-lhe pelo colo — era ver alguma coisa de superior, de mais sublime que uma simples mulher.

Tal era Laura, Laura que eu amei quanto podia e sabia amar. Era pouco, sei-o agora; então parecia-me infinito.

Disse-lho a ela, disse-lho um dia que passeávamos sós, e depois de andarmos horas e horas esquecidas, sem trocar uma frase. Pensávamos, eu nela, ela não sei em quê.

Seria em mim?

Seria mas não mo confessou.

E ouviu-me sem dizer palavra, sem olhar para mim uma só vez, sem fugir com a mão que lhe eu apertava, que lhe beijava, e que sentia fria e húmida nas minhas que escaldavam.

Era tarde, dirigimo-nos para casa. À porta disse-me: 'Não entre'; e vi-a banhada em lágrimas. Quis segui-la, fez-me um gesto imperioso que me confundiu. Pela primeira vez, depois de tanto tempo, fui só, triste e melancólico para a minha pobre habitação, onde passei a noite.

Quando era madrugada quis-me deitar. Não dormi.

No dia seguinte recebi uma carta de Júlia: assim se chamava a mais velha, a mais sensível e a mais carinhosa das três irmãs.

O bilhete parecia indiferente; não continha senão palavras usuais, pedia-me que fosse almoçar com ela... não falava nas irmãs.

Senti que era chegada a minha hora, pareceu-me que ia ser expulso daquele Éden de inocência em que tinha vivido. A letra de Júlia, uma letra linda, perfeita, natural, figurava-se-me um agregado de sinais cabalísticos terríveis que encerravam o mistério da minha condenação.

Vesti-me, fui, achei-me só com Júlia no *parlour*[280] elegante de seu exclusivo uso.

Era um pequeno gabinete de estudo, ornado somente de umas *étagères*[281] com livros e músicas, uma harpa e um cavalete.

Sobre o cavalete estava o meu retrato esboçado, na estante da harpa uma romança francesa a que eu tinha feito letras portuguesas...

A urna assoviava sobre a mesa, Júlia fazia o chá e não parecia atender a mais nada.

É preciso que te descreva a pequena Júlia — Julieta como nós lhe chamávamos — nós, as duas irmãs e eu que rivalizávamos a qual lhe havia de querer mais...

Oh! que saudade e que remorso para toda a minha vida nestas recordações de fraternal intimidade!

Júlia era pequena, delicadíssima, propriamente infantina no rosto, na figura, na expressão e no hábito de toda a sua encantadora e diminutiva pessoa.

---

280 *parlour*: cômodo reservado. (N.E.)
281 *étagère*: tipo de estante. (N.E.)

Nenhuma inglesa, desde o tempo da rainha Bess, teve pé e *ancle*[282] mais delicado. Nenhuma, desde o rei Alfredo, se ocupou tão elegantemente dos elegantes cuidados de um interior britânico — gentil quadro de 'género' como não há outro.

Lady Júlia R. era a mais pequena e a mais bonita súdita britânica que eu creio que tenha existido.

Vista à lua, no meio do seu parque, volteando por entre os raros exóticos que no curto verão inglês se expõem ao ar livre, facilmente se tomava pela bela soberana das fadas realizando aquela preciosa visão de Shakespeare, o 'Midsummer night's dream'[283].

Seus olhos de azul-celeste, sempre húmidos e sempre doces, os cabelos de um claro e assedado castanho todos soltos em anéis à roda da cabeça e caindo pelos ombros, espalhando-se pelo rosto, que era uma lida contínua para os tirar dos olhos, um corpo airoso, uma boca de beijar, os dentes miúdos, alvíssimos e apertados, a mão pequena estreita, e de cera — tudo isto fazia de Júlia um tipo ideal de bondade, de candura, de inocência angélica.

E era um anjo... oh se era!

Contemplei-a muito tempo em silêncio: ela sorria-me tristemente de vez em quando, mas não falava. Enfim almoçámos, levaram o trem.

Ela disse à sua aia:

— 'Phebe, eu estou só com Carlos; e quero estar só. Em casa para ninguém.'

— 'Sim, minha senhora.' Resposta obrigada do criado inglês a tudo.

E ficámos sós completamente.

---

282 **ancle**: o mesmo que *ankle*, do inglês: "tornozelo". (N.E.)
283 **Midsummer night's dream**: em português, a obra é conhecida como *Sonho de uma noite de verão*; trata-se de comédia teatral escrita pelo inglês William Shakespeare (1564-1616), publicada em 1600. (N.E.)

XLVI

Carta de Carlos a Joaninha: continua.

JÚLIA levantou finalmente para mim os seus olhos húmidos, assombrados das mais longas e assedadas pestanas que ainda vi em olhos de mulher, e disse-me:
— 'Carlos, eu estou triste. Devia consolar-me; diga-me alguma coisa que me console. Fale-me.'
— 'Que hei de eu dizer?..'
— 'É um cavalheiro, Carlos: diga-me que o é, e desassombre-me deste terror em que estou.'
— 'Pois duvida, Júlia?..'
— 'Não duvido. Queremos-lhe todos muito aqui... muito demais... receio: como havemos de duvidar?'
— 'Oh Júlia, perdoe-me!' exclamei eu lançando-me a seus pés, tomando-lhe as mãos ambas nas minhas, e beijando-lhas mil vezes num paroxismo de verdadeira contrição. 'Perdoe-me, Júlia: bem sei que fiz mal, e prometo...'
— 'Não prometa nada, senão que há de ser cavalheiro. Isso sei eu e sinto que o pode cumprir.'
— 'Juro por... por ela.'
— 'Ela!.. Ela ama-o, Carlos. É melhor dizer a verdade de uma vez, e encarar todas as consequências de uma posição difícil, do que iludir-se a gente sem as evitar. Laura ama-o, mas não deve nem pode amá-lo. Se fosse livre, não sei o que diria — não sei o que faria eu... Mas não se trata de mim' — prosseguiu com volubilidade febril — não se trata de mim, Carlos, trata-se dela. Laura não o pode amar, está comprometida. Há de partir em três meses para a Índia.'
— 'Para a Índia!'
— 'Sim: é verdade: vê-lo-á. O seu noivo é capitão ao serviço da companhia, e parte em casando.'

Eu sentia-me morrer o coração dentro do peito: foi a primeira dor verdadeira de alma que sofri... Aquele era o primeiro amor sincero da minha vida, e aquela foi também a primeira excruciante pena de amor por que passei.

Eu que de tais penas zombara sempre, que as desterrava da realidade para os romances, eu!.. Ai! que poeta ou que novelista soube nunca pintar um padecer como eu experimentei naquela hora?

Não sei o que fiz nem o que disse; não me recordo senão que senti as lágrimas de Júlia caírem-me sobre a face e misturarem-se com as minhas que corriam em abundância. Levantei os olhos para ela, e a expressão que vi nos seus... oh! como a hei de esquecer nunca?

Quanto há de piedade e compaixão no tesouro infinito de um coração feminino se derramava daqueles olhos celestes para me consolar. Lá não ficava senão uma tristeza profunda, desanimada e mortal...

Não sei que vago pensamento, que ideia louca... ou antes, que pressentimento indeterminado e confuso me atravessou pelo espírito — ou seria pelo coração? — naquele momento...

Se Júlia?..

Mas não pode ser.

— 'Júlia, Júlia' bradei eu 'quero vê-la: hei de vê-la uma vez ao menos. Não me negue este último favor. Sei que devo, que preciso, que é forçoso fugir dela. Mas antes hei de dizer-lhe...'

— 'O quê?..'

— 'Que a amo como nunca amei, como nunca mais hei de amar...'

— 'Ai, Carlos!'

— 'Que para sempre, sempre...'

Júlia levantou-se sem dizer palavra, e lançando sobre mim um olhar de inefável compaixão, saiu rapidamente do quarto.

Achei-me só, não sei o que pensei nem se pensei. Sentia-me aturdido da cabeça, exausto do coração — numa depressão de espírito que tocava na estupidez. Se me apontassem uma pistola aos peitos, não levantava o braço para a arredar... Já não sentia pena nem desejo. Parecia-me que começava a morrer; e não achava que morrer custasse muito.

Neste estado fiquei não sei que tempo; muito não foi. Percebi que se abria a porta, não tive força para levantar os olhos. Até que senti uma doce e querida mão na minha... era Júlia... e era Laura também... santo Deus! que estavam ao pé de mim ambas.

Júlia tinha a minha mão na sua; e Laura encostada ao ombro da irmã, deixava cair sobre mim aqueles olhos em que a severidade habitual se tinha relaxado numa indulgência tão doce, numa compaixão tão celeste que, juro por Deus, naquela hora acreditei firmemente que tinha diante de mim dous anjos seus, baixados nas asas da piedade divina para me trazer todo o perdão, toda a misericórdia do céu à minha alma.

Como te direi eu, Joana, querida Joaninha, como te direi a ti que me amas, a ti que eu amo — porque te amo, e Deus me castigue que deve! porque te amo, cegamente te amo com este infame e abominável coração que Ele me deu[284] — como te hei de eu dizer a ti, e para quê, as palavras que ali dissemos, os protestos que ali fiz, os juramentos que ali se deram, as promessas que ali foram trocadas?

Júlia foi para a janela — indulgente chaperão que nos não via e fingia não nos ouvir. O dia passou-se assim, um longo dia de junho que tão curto e rápido nos pareceu. Era noite quando fomos jantar.

À mesa Laura apareceu em trajos de viagem: partia naquela noite para o país de Gales onde tinha uma amiga, com quem ia estar até o dia terrível, e preparar-se para ele, me disse, longe de mim, no seio da amizade.

Imagine-se aquele jantar. Nem comer fingíamos. Ao sair da mesa achámos à porta da casa a caleche posta, o cocheiro na almofada, e o criado à portinhola. Montámos, as três irmãs e eu.

Eram duas milhas dali à estalagem onde tocava a mala-posta e onde Laura devia encontrá-la. Fizemo-las sem proferir palavra nenhum dos quatro.

A lua ia grande e bela com sua luz triste e fria por um céu sem nuvens. Era uma daquelas noites raras, mas admiráveis do breve estio britânico.

A areia que rangia com o atrito das rodas da carruagem nas lisas ruas do parque, os ramos descaídos das árvores por que roçávamos levemente ao passar, os veados mansos que se levantavam para nos ver — os faisões que erguiam seu rasteiro voo de moita para moita ao sentir o estalido do chicote, com que o cocheiro mais moderava do que excitava os seus cavalos, tudo para mim eram impressões de nunca sentida e inexplicável tristeza. Ficava-me a alma após tudo aquilo, sentia fugir-me a felicidade para sempre, e que era eu que a afugentava, e que me ia encontrar só, desamparado e proscrito no deserto da vida.

Não me sentia força para blasfemar, para maldizer de Deus; senão tinha-o feito.

Tinha: e outras ânsias mais angustiadas e mortais me têm aflito na vida; em nenhuma me senti tão capaz de renegar de Deus e descrer dele como nesta.

---

284 Na publicação da Portugália Editora: "Deus me castigue que deve! cegamente te amo com este infame e abominável coração que Ele me deu". (N.E.)

Seria efeito de sua inexaurível piedade que talvez quis acudir à minha alma antes que se perdesse, seria por certo — pois nesse mesmo instante distintamente me apareceu diante dos olhos de alma a única imagem que podia chamá-la do abismo: era a tua, Joana! Era a minha Joaninha pequena, inocente, aquele anjinho de criança, tão viva, tão alegre, tão graciosa que eu tinha deixado a brincar no nosso vale: o nosso vale rústico, tão grosseiro e tão inculto! oh como as saudades dele me foram alcançar no meio daquelas alinhadas e perfeitas belezas da cultura britânica! Os raios verdes de teus olhos, faiscantes como esmeraldas, atravessaram o espaço, e foram luzir no meio daqueloutros lumes que me cegavam. A esteva brava, o tojo áspero da nossa charneca mandavam-me ao longe as exalações de seu perfume agreste, e matavam o suave cheiro do feno macio dessas relvas sempre verdes que me rodeavam. As folhas crespas, secas, alvacentas das nossas oliveiras como que me luziam por entre a espessura cerrada da luxuriante vegetação do norte, prometendo-me paz ao coração, anunciando-me o fim de uma peleja em que mo dilaceravam as paixões.

E tu, Joana, tu, pobre inocente, e desvalida criancinha, tu aparecias-me no meio de tudo isso, estendendo para mim os teus bracinhos amantes, como no dia que me despedira de ti nesse fatal, nesse querido, nesse doce e amargo vale das minhas lágrimas e dos meus risos, onde só me tinham de correr os poucos minutos de felicidade verdadeira da minha vida, onde as verdadeiras dores da minha alma tinham de ma cortar e destruir para sempre...

Oh! de quê e como é feito o homem, para quê e por que vive ele? Que vim eu, que vimos nós todos fazer a este mundo?

Eu sentado ali nas almofadas de seda daquela esplêndida e macia carruagem, rodeado de três mulheres divinas que me queriam todas, que eu confundia numa adoração misteriosa e mística — cego, louco de amores por uma delas, no momento de lhe dizer adeus para sempre... eu tinha o pensamento fixo numa criança que ainda andava ao colo! — Revendo-me nos olhos pardos de Laura que eu adorava, eram os teus olhos verdes que eu tinha na alma! Os sentidos todos embriagados daquele perfume de luxo e civilização que me cercava, — era o nosso vale rústico e selvagem o que eu tinha no coração...

Oh! eu sou um monstro, um aleijão moral deveras, ou não sei o que sou. Se todos os homens serão assim?

Talvez, e que o não digam.

Joana, minha Joana, minha Joaninha querida, anjo adorado da minha alma, tem compaixão de mim, não me maldigas. Não quero que me

perdoes, nem tu nem ninguém, que o não mereço: mas que tenhas dó e lástima de mim.
Ai! que isso mereço eu, oh sim.
Deixa-me para aqui. Falta-me o ânimo para me estar vendo a este terrível espelho moral em que jurei mirar-me para meu castigo, donde estou copiando o horroroso retrato de minha alma que te desenho neste papel.
Sabia que era monstro, não tinha examinado por partes toda a hediondez das feições que me reconheço agora.
Tenho espanto e horror de mim mesmo.

XLVII

Carta de Carlos a Joaninha: continua.

CHEGÁMOS ao Inn (estalagem), triste casa solitária no meio dos campos à borda da estrada. A mala chegava ao mesmo tempo quase.

Eu dei a mão a Laura para sair da caleche e entrar no coche; e apenas tivemos tempo para um convulsivo shake-hands[285] e para nos dizer adeus! adeus! com a afetada secura que exige a lei das conveniências britânicas.

A mala partiu ao grande trote... E dir-te-ei a verdade ou queres que minta? Não, hei de dizer-te a verdade. Pois senti como um alívio desesperado, consolação cruel em a ver partir. Senti o que imagino que deve sentir um enfermo depois da operação dolorosa em que lhe amputaram parte do corpo com que já não podia viver, e que era forçoso perder ou perder a vida.

Também deve de ser assim a morte: um descanso apático e nulo depois de inexplicável padecer.

Era como morto que eu estava; não sofria pois.

E já não pensava em ti, já te não via na minha alma: eu não existia, estava ali.

Voltámos ao parque; apeei silenciosamente as minhas duas gentis companheiras, e eu fui só, a pé, com passo firme e resoluto para a minha habitação. Nenhuma delas me procurou reter, nem me disse nada, nem tentou consolar-me. Para quê?

L. William R. chegava, na manhã seguinte, de uma de suas habituais excursões a Londres. Veio ver-me assim que chegou, e trazer-me cartas de Portugal que eu esperava há muito. — Disse-me que partia no outro dia para Swansea, a terra de Gales para onde Laura fora; e que me encarregava de fazer companhia às duas filhas que ficavam sós.

A mim!..

---

285 *shake-hands*: quando duas pessoas apertam as mãos uma da outra selando um compromisso. (N.E.)

Estive três dias sem as ver: em todos três não fiz mais do que escrever a Laura.

No quarto dia fui ao parque. Júlia deu um grito de alegria quando me viu: raro exemplo de exceção às formuladas regras que tiranizam a vida inglesa, que prescrevem até a cara com que se há de morrer, e têm graduado o tom em que se deve exalar o último suspiro.

Mas a natureza chega a triunfar às vezes até da própria etiqueta britânica.

Júlia cuidava que eu não queria voltar àquela casa, tinha-se resignado a não tornar a ver-me; não pôde reprimir a alegria que lhe causou a minha inesperada aparição.

Passámos todo o dia juntos e sós: quase todo se nos foi passeando no parque, ou sentados à sombra de seus espessos arvoredos, ou mirando-nos nas cristalinas águas de uma vasta represa povoada de aves aquáticas e rodeada daqueles imensos mantos de veludo verde de que perpetuamente se enfeita a terra inglesa e que só desaparecem quando vem o inverno estender-lhe por cima seus alvos lençóis de neve.

Quis ver o que eu escrevia à irmã; dei-lhe a carta, leu-a, meditou-a, restituiu-ma sem dizer palavra.

Que horas passámos neste silêncio, nesta eloquente mudez que não vem senão do muito demais que a alma sente, do muito demais que diria se falasse!

À despedida, essa noite, deu-me uma bolsa de rede que Laura tinha estado fazendo para mim e que lhe deixara para me entregar. Senti que tinha dentro o que quer que fosse a bolsa, não quis examinar. Achei, quando voltei a casa, que era o *fadado cinto* de vidrilhos pretos que eu tanto tinha admirado em certo baile onde fôramos juntos, e que Laura não deixara de pôr nunca mais em se vestindo de branco e que fizesse alguma toilette.

Ainda o conservo aquele cinto precioso, Joana; ainda o tenho, no meu tesouro mais guardado, aquela joia, aquela relíquia. E amo-te, e amo-te a ti só como realmente nunca amei nem poderei tornar a amar. Mas aquele ˏcinto é uma sorte, um talismã, um amuleto em que está o meu destino...

Amei... isto é, amei... pois sim, amei, já que não há outra palavra nestas estúpidas línguas que falam os homens; pois amei outras mulheres, e nos dias de maior entusiasmo por elas, não deixei nunca de beijar devotamente aquele cinto, de o apertar sobre o meu coração, de me encomendar a ele — como o salteador napolitano se encomenda ao escapulário da madona que traz ao peito, com as mãos ensanguentadas de matar, ou carregado do roubo que acaba de fazer.

Ai, Joana, não te digo eu que estou perdido, sem remédio, e que para mim não há, não pode haver salvação nunca?

Vivi assim dous meses. Laura não me escrevia: recebia as minhas cartas e respondia a Júlia: por este modo nos correspondíamos. Júlia era parte de nós, era uma porção do nosso amor, vivíamos nela a nossa vida. E já as confundia ambas por tal modo no meu coração que me surpreendia a não saber a qual queria mais. Júlia parecia feliz deste estado; eu era-o. Insensivelmente me habituei a ele, já não tinha saudades do passado. E quando se aproximou o casamento de Laura, que ela tinha de voltar de Gales, e que eu, fiel ao que prometera, devia pretextar negócio urgentíssimo em Londres que me obrigasse a ausentar-me até à sua partida para a Índia, eu tive uma pena, uma dificuldade em cumprir o que prometera que me envergonhava.

Parti porém; e ali me demorei um mês. Júlia escrevia-me todos os dias e eu a ela. Na véspera do dia fatal em que Laura ia ser de outro homem, Júlia escreveu-me estas palavras sós: — 'O nosso romance acabou; começa uma história séria. Laura manda-lhe o seu último adeus'.

E nunca mais se escreveu, nem se pronunciou o nome de Laura entre nós dous.

O galeão que me levava para o Oriente as ruínas de toda a minha esperança há muito que navegava; entrava outubro e o inverno inglês com suas mais ásperas, e neste ano precoces, severidades. Eu sentia-me morrer de tristeza e de isolamento no meio da populosa e turbulenta Londres, Júlia percebeu-o, e mandou-me voltar a — shire. Voltei.

XLVIII

Carta de Carlos a Joaninha: continua.

O que eu senti quando, apesar de tão desfigurados pelos três altos de neve que os cobriam, comecei a reconhecer aqueles sítios da vizinhança do parque, e a confrontar as árvores, os pastios, os casais daqueles arredores! Era outra a expressão de fisionomia da paisagem, mas as queridas feições eram as mesmas, e uma a uma lhas ia estremando.

Enfim o meu *stage*[286] parou à entrada do parque, e eu tomei a pé pela longa avenida. Eram nove horas da manhã, e a manhã brumosa, fria, mas o tempo macio, não estava cru, segundo a expressiva frase do país.

Por entre a névoa que me encobria a antiga mansão e envolvia as árvores circunstantes num sudário cinzento e melancólico, fui caminhando, quase pelo tato, até meia alameda talvez.

Parei a refletir na posição e no que eu ia ser naquela casa que de novo me abria suas portas hospitaleiras, quando, através da neblina brancacenta e onde ela era mais rara, descobri um vulto que vinha a mim de entre as árvores do parque.

O vulto era de mulher e parecia uma sombra, uma aparição fantástica em meio daquela cena misteriosa, só, triste.

Na distância figurava-se-me alto em demasia: Júlia não era nem podia ser; Júlia a mais diminutiva e delicada de quantas fadas bonitas e graciosas têm trazido varinha de condão. Laura... ai! Laura tão longe estava dali!.. Quem seria pois? Só se fosse!.. Quem?

Aquela elegância, aquele cabelo solto e anelado, aquele ar gentil não podia ser senão dela...

— Dela, quem?

Ainda te não falei, quase, da última das três belas irmãs que me encantavam, não ta descrevi, não ta nomeei pelo seu nome. Repugnava-me fazê-lo. Mas é preciso: custa-me, não há remédio.

---

[286] *stage*: *stagecoach;* do inglês, "coche". (N.E.)

Era Georgina...

Georgina que tu conheces, Georgina que... era Georgina a que vinha a mim naquela — fatal ou feliz? — manhã; Georgina que de todas três era a que menos me falava, que eu verdadeiramente menos conhecia.

Este meu coração, à força de ferido e de mal curado que tem sido, pressente e adivinha as mudanças de tempo com uma dor crónica que me dá. Pressenti não sei quê ao ver aproximar-se Georgina...

— 'Como foi bom em vir! Estou realmente feliz de o ver. E Júlia, a pobre Júlia, que alegria que vai ter, há de curá-la de todo.'

— 'Pois quê! Júlia está doente?'

— 'Não o sabia!.. Ai! não, bem sei que não: ela não lho quis dizer. Júlia está doente; mas não é de cuidado. Eu sempre quis adverti-lo antes que a visse, por isso calculei as horas do coche e vim para aqui esperá-lo.'

Estas palavras eram simples, não tinham nada que me devesse impressionar extraordinariamente, e todavia eu sentia-me agitado como nunca me sentira. Olhava para Georgina como se a visse a primeira vez, e pasmava de a ver tão bela, tão interessante.

É uma situação de alma esta que não sei que a descrevessem ainda poetas nem romancistas: desprezam-na talvez, ou não a conhecem. Está recebido que as súbitas impressões causadas por um primeiro encontro sejam as mais interessantes, as mais poéticas.

Eu não nego o efeito teatral dessas primeiras e repentinas sensações; mas sustento que interessa mais essoutra inesperada e estranha impressão que nos faz um objeto já conhecido, que víramos com indiferença até ali, e que de repente se nos mostra tão outro do que sempre o tínhamos considerado...

Mas esta mulher é bela realmente! E eu que nunca o vi! Mas aqueles olhos são divinos! Onde tinha eu os meus até agora? Mas este ar, mas esta graça onde os tinha ela escondidos? etc. etc.

Vão-se gradualmente, vão-se pouco a pouco descobrindo perfeições, encantos; o sentimento que resulta é mil vezes mais profundo, mais fundado, sobretudo, que o das tais primeiras impressões tão cantadas e decantadas.

Que mais te direi depois disto? Entrámos em casa, vi Júlia, falámos de Laura muito e muito. Mas eu já o não fiz com o entusiasmo, com a admiração exclusiva com que dantes o fazia...

Júlia recobrou, breve, a saúde, e com ela o equilíbrio do espírito. Renovou-se toda a alegria, todo o encanto das nossas conversações íntimas, dos nossos longos passeios. Laura lembrava com saudade; mas suavizava-se, embrandecia gradualmente aquela saudade.

Georgina, que até ali parecia empenhar-se em se deixar eclipsar pela irmã, agora, ausente ela, brilhava de toda a sua luz, em graça, em espírito, por um natural singelo e franco, por uma esquisita doçura de maneiras, de voz, de expressão, de tudo.

Júlia revia-se nela, e eu acabei pela adorar. Vergonha eterna sobre mim! mas é a verdade: quis-lhe mais do que a Laura, ou pareceu-me querer-lhe mais... que tanto vale.

Eu sei?.. não, não lhe queria tanto. Mas amei-a.

Amei, sim, e fui amado!

Três meses durou a minha felicidade. É o mais longo período de ventura que posso contar na vida. Falsa ventura, mas era.

A imperiosa lei da honra exigiu que nos separássemos, que partisse para os Açores. Fui. Ninguém sacrificou mais, ninguém deu tanto como eu para aquela expedição. A história falará de muitos serviços, de muitas dedicações. Quem saberá nunca desta?

A história é uma tola.

Eu não posso abrir um livro de história que me não ria. Sobretudo as ponderações e adivinhações dos historiadores acho-as de um cómico irresistível. O que sabem eles das causas, dos motivos, do valor e importância de quase todos os fatos que recontam?

Ainda não sei como parti, como cheguei, como vivi os primeiros tempos da minha estada naquele escolho no meio do mar, chamado a ilha Terceira, onde se tinham refugiado as pobres relíquias do partido constitucional.

Habituei-me por fim. A que se não afaz o homem?

Levaram-me uma tarde à grade de um convento de freiras que aí havia. O meu ar triste, distraído, indiferente, excitou a piedade das boas monjas. Uma delas, jovem, ardente, apaixonada, quis tomar a empresa de me consolar. Não o conseguiu, coitada! O meu coração estava em — shire em Inglaterra, estava na Índia, estava no vale de Santarém,

Pelo mundo em pedaços repartido;[287]

estava em toda a parte, menos ali, onde nada dele estava nem podia estar.

Era Soledade que se chamava a freirinha, e com o seu nome ficou. Disseram o que quiseram os faladores que nunca faltam, mas mentiram como mentem quase sempre, enganaram-se como se enganam sempre.

Eu não amei a Soledade.

---

287 Referência a verso de uma célebre canção de Luís Vaz de Camões (1524/25-1580). (N.E.)

E contudo lembro-me dela com pena, com simpatia... Se eu sou feito assim, meu Deus, e assim hei de morrer!

Viemos para Portugal; e o resto agora da minha história sabes tu.

Cheguei por fim ao nosso vale, todo o passado me esqueceu assim que te vi. Amei-te... não, não é verdade assim. Conheci, mal que te vi entre aquelas árvores, à luz das estrelas, conheci que era a ti só que eu tinha amado sempre, que para ti nascera, que teu só devia ser, se eu ainda tivera coração que te dar, se a minha alma fosse capaz, fosse digna de juntar-se com essa alma de anjo que em ti habita.

Não é, Joana; bem o vês, bem o sentes, como eu o sinto e o vejo.

Eu sim tinha nascido para gozar as doçuras da paz e da felicidade doméstica; fui criado, estou certo, para a glória tranquila, para as delícias modestas de um bom pai de famílias.

Mas não o quis a minha estrela. Embriagou-se de poesia a minha imaginação e perdeu-se: não me recobro mais. A mulher que me amar há de ser infeliz por força, a que me entregar o seu destino, há de vê-lo perdido.

Não quero, não posso, não devo amar a ninguém mais.

A desolação e o opróbrio entraram no seio da nossa família. Eu renuncio para sempre ao lar doméstico, a tudo quanto quis, a tudo quanto posso querer. Deus que me castigue, se ousa fazer uma injustiça, porque eu não me fiz o que sou, não me talhei a minha sorte, e a fatalidade que me persegue não é obra minha.

Adeus Joana, adeus prima querida, adeus irmã da minha alma! Tu acompanha nossa avó, tu consola esse infeliz que é o autor da sua e das nossas desgraças. Tu, sim, que podes, e esquece-me.

Eu, que nem morrer já posso, que vejo terminar desgraçadamente esta guerra no único momento em que a podia abençoar, em que ela podia felicitar-me com uma bala que me mandasse aqui bem direita ao coração, eu que farei?

Creio que me vou fazer homem político, falar muito na pátria com que me não importa, ralhar dos ministros que não sei quem são, palrar dos meus serviços que nunca fiz por vontade; e quem sabe?.. talvez darei por fim em agiota, que é a única vida de emoções para quem já não pode ter outras.

Adeus minha Joana, minha adorada Joana, pela última vez, adeus!

XLIX

De como Carlos se fez barão. — Fim da história de Joaninha. — Georgina abadessa. — Juízo de Fr. Dinis sobre a questão dos frades e dos barões. — Que não pode tornar a ser o que foi, mas muito menos pode ser o que é. O que há de ser, Deus o sabe e proverá. — Vai o A. dormir ao Cartaxo. — Sonho que aí tem. — Volta a Lisboa. — Caminhos de ferro e de papel. — Conclusão da viagem e deste livro.

ACABEI de ler a carta de Carlos, entreguei-a a Fr. Dinis em silêncio. Ele tornou-me:
— 'Leu?'
— 'Li.'
— 'Que mais quer saber? Sinto que lhe posso dizer tudo: não o conheço, mas...'
— 'Mas deve conhecer-me por um homem que se interessa vivamente...'
— 'Em quê? nas eleições, na agiotagem, nos bens nacionais!'
— 'Não, senhor. Fui camarada de Carlos, não o vejo há muitos anos e...'
— 'Nem o conhecia se o visse agora: engordou, enriqueceu, e é barão...'
— 'Barão!'
— 'É barão, e vai ser deputado qualquer dia.'
— 'Que transformação! Como se fez isso, santo Deus! E Joaninha e Georgina?'
— 'Joaninha enlouqueceu e morreu. Georgina é abadessa de um convento em Inglaterra.'
— 'Abadessa?'
— 'Sim. Converteu-se à comunhão católica, era rica, fundou um convento em — shire e lá está servindo a Deus.'
— 'E esta pobre senhora, a avó de Joaninha?'
— 'Aí está como a vê, morta de alma para tudo. Não vê, não ouve, não fala, e não conhece ninguém. Joaninha veio morrer aqui nesta fatal casa do vale, eu estava ausente, expirou nos braços dela e de Georgina. Desde esse instante a avó caiu naquele estado. Está morta, e não espero aqui senão a dissolução do corpo para o enterrar, se eu não for primeiro, e Deus queira que não! quem há de tomar conta dela, ter caridade com a pobre da demente? Mas depois... oh! depois... espero no Senhor que se compadeça enfim de tanto sofrer e me leve para si.'

— 'Mas Carlos?'
— 'Carlos é barão: não lho disse já?'
— 'Mas por ser barão?..'
— 'Não sabe o que é ser barão?'
— 'Oh se sei! Tão poucos temos nós?'
— 'Pois barão é o sucedâneo dos...'
— 'Dos frades... Ruim substituição!'
— 'Vi um dos tais papéis liberais em que isso vinha: e é a única coisa que leio dessas há muitos anos. Mas fizeram-mo ler.'
— 'E que lhe pareceu?'
— 'Bem escrito e com verdade. Tivemos culpa nós, é certo; mas os liberais não tiveram menos.'
— 'Errámos ambos.'
— 'Errámos e sem remédio. A sociedade já não é o que foi, não pode tornar a ser o que era: — mas muito menos ainda pode ser o que é. O que há de ser, não sei. Deus proverá.'

Dito isto, o frade benzeu-se, pegou no seu breviário e pôs-se a rezar. A velha dobava sempre, sempre. Eu levantei-me, contemplei-os ambos alguns segundos. Nenhum me deu mais atenção nem pareceu cônscio da minha estada ali.

Sentia-me como na presença da morte e aterrei-me.

Fiz um esforço sobre mim, fui deliberadamente ao meu cavalo, montei, piquei desesperado de esporas, e não parei senão no Cartaxo.

Encontrei ali os meus companheiros; era tarde, fomos ficar fora da vila à hospedeira casa do Sr. L. S.

Rimos e folgámos até alta noite: o resto dormimos a sono solto.

Mas eu sonhei com o frade, com a velha — e com uma enorme constelação de barões que luzia num céu de papel, donde choviam, como farrapos de neve, numa noite polar, notas azuis, verdes, brancas, amarelas, de todas as cores e matizes possíveis. Eram milhões e milhões e milhões...

Nunca vi tanto milhão, nem ouvi falar de tanta riqueza senão nas mil e uma noites.

Acordei no outro dia e não vi nada... só uns pobres que pediam esmola à porta.

Meti a mão na algibeira, e não achei senão notas... papéis!

Parti para Lisboa cheio de agoiros, de enguiços e de tristes pressentimentos. O vapor vinha quase vazio, mas nem por isso andou mais depressa.

Eram boas cinco horas da tarde quando desembarcámos no Terreiro do Paço.

Assim terminou a nossa viagem a Santarém; e assim termina este livro.
Tenho visto alguma coisa do mundo, e apontado alguma coisa do que vi. De todas quantas viagens porém fiz, as que mais me interessaram sempre foram as viagens na minha terra.
Se assim o pensares, leitor benévolo, quem sabe? pode ser que eu tome outra vez o bordão de romeiro, e vá peregrinando por esse Portugal fora, em busca de histórias para te contar.
Nos caminhos de ferro dos barões é que eu juro não andar.
Escusada é a jura porém.
Se as estradas fossem de papel, fá-las-iam, não digo que não.
Mas de metal!
Que tenha o governo juízo, que as faça de pedra, que pode, e viajaremos com muito prazer e com muita utilidade e proveito na nossa boa terra.

VIDA & OBRA
Almeida Garrett

O Conselheiro João Baptista d'Almeida Garrett

J B de Almeida-Garrett.

LIBERDADE E AMOR

Paulo Giovani de Oliveira

Mestre em Literatura Brasileira pela Universidade de São Paulo (USP). Professor do curso Anglo Vestibulares e do Colégio Waldorf Micael de São Paulo. É autor de material didático sobre literatura e artes, além de articulista em revistas especializadas.

Infância

João Baptista da Silva Leitão — apenas mais tarde "de Almeida Garrett" — nasceu em 1799 na cidade do Porto, em Portugal, filho de um funcionário da alfândega. O futuro poeta viveu a primeira infância em contato com a natureza em quintas da família, onde se fascinava com as histórias antigas, heranças de longas tradições, que lhe eram narradas pelas empregadas simples da família. Sua iniciação no sentimento poético deu-se nesse período, comunicado pela simpatia das tradições populares. Entretanto, a despreocupação infantil seria abalada pelo complicado contexto político de seu país: fugindo do horror imposto pela invasão das tropas napoleônicas, tiveram de se mudar para os Açores, de onde provinha a família do pai, no ano de 1811.

Não foram os únicos a fugir das tropas francesas. O príncipe regente dom João — que assumira o poder desde que a rainha-mãe, dona Maria, fora declarada louca — fugiu para o Brasil com a família real e sua corte no início de 1808, escoltado pela Marinha britânica. Portugal então amargou tempos difíceis, tornando-se, na prática, ora uma terra conquistada pelo Exército francês, ora um protetorado inglês, ora ainda uma espécie de colônia brasileira, já que a sede do poder imperial passara a ser o Rio de Janeiro. Enquanto isso, na cidade açoriana de Angra, na Ilha Terceira, a formação educacional de Garrett era orientada pelo tio, dom Frei Alexandre da Sagrada

Ao lado, imagem de Almeida Garrett por volta de 1844.

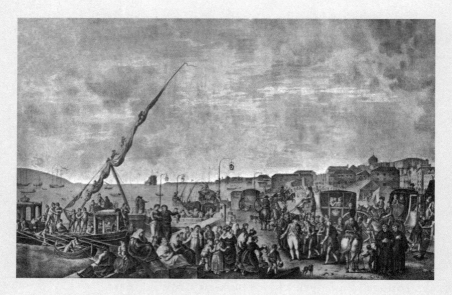

Embarque da Família Real para o Brasil no porto de Belém, às 11 horas da manhã de 27 de novembro de 1807. Gravura de Francisco Bartolozzi.

Família, que ocupava então o cargo de bispo da cidade. Humanista e poeta árcade, logo cedo o eclesiástico percebeu o talento excepcional do sobrinho e procurou dar-lhe sólida formação cultural. O próprio Garrett, referindo-se a si mesmo em terceira pessoa, assim descreve os estudos desse tempo:

> Perfeito no latim, forte nos elementos da aritmética e da geometria, principiou a estudar ao mesmo tempo (aos doze anos de idade) a língua grega, a retórica e a poética. Aos treze para os quatorze estava versado em quase todos os autores clássicos da antiguidade, em nossos melhores escritores e em muitos dos franceses, italianos e castelhanos. Do inglês só foi senhor mais tarde; e do alemão só bastantes anos depois foi sabedor; mas já nesta idade tinha lido nas traduções francesas as obras de Locke e Newton, e ousava arrojar-se às dificuldades de Leibniz e de Kant, ao mesmo passo que Homero e Camões, Horácio e Racine, faziam as delícias das suas horas de recreio.

Vendo tão precoce interesse pelo mundo intelectual, o tio bispo orienta-o para a vida eclesiástica. Mas o gênio forte do rapaz opõe-se terminantemente e Garrett parte para Coimbra em 1816 a fim de frequentar o curso jurídico.

Coimbra

Atendendo a seus rígidos princípios de elegância — o poeta era o mais fino exemplo do que na época se chamava "dândi" —, o jovem estudante decidiu mudar seu próprio nome, indo buscar numa avó o sobrenome Garrett e uma obscura ascendência nobre.

Em Coimbra, Garrett foi prontamente influenciado pelas ideias liberais que vicejavam no ambiente universitário. Os estudantes exigiam que o rei se submetesse a uma Constituição feita por representantes eleitos pelo povo. Embora o direito ao voto fosse limitado aos proprietários, aquele pensamento representava a luta pelo fim da centralização do poder nas mãos do monarca, que sempre governara com a ajuda de uma corte escolhida por ele. Estava declarada a guerra contra o absolutismo.

Os estudantes liberais eram os porta-vozes da insatisfação com a vexatória situação de Portugal: além das condições impostas pelas potências estrangeiras, a situação econômica era deplorável. A regência que assumira o comando, na ausência do rei, perseguia implacavelmente

Imagem atual das construções da antiga Universidade de Coimbra (erigida entre os séculos XVII e XVIII).

VIAGENS NA MINHA TERRA **235**

as ideias liberais. O ambiente era propício para a explosão de uma revolta. Garrett começava então a ser reconhecido entre os seus colegas devido a seus dotes literários, fazendo encenar algumas tragédias e divulgando discursos carregados de ideário liberal.

A Revolução Liberal

No ano de 1820 eclodiu a Revolução Liberal do Porto. Depois de algumas vitórias militares, os liberais fizeram uma série de exigências, como o imediato retorno do rei e o juramento do soberano sobre as bases da futura Constituição. Garrett descreve com entusiasmo aquele tempo:

> entre as muitas esperanças que todos os bons portugueses tiveram, entrou a de vermos restabelecida a nossa Literatura, enxotados do templo da arte e ciências os zangões do seu mel, afugentadas as trevas da nossa ignorância, acesa a luz da verdadeira sabedoria e gosto.

Em 1821, em Lisboa, quando se representava a tragédia *Catão*, de sua autoria, Garrett conheceu Luísa Midosi, parente de um amigo, que tinha então catorze anos de idade. Segundo um testemunho da época, a menina era belíssima: "os cabelos eram uns fios de ouro, os olhos de um azul límpido de um céu sem nuvens". Garrett foi tomado de intensa paixão. Trezes meses depois, casava-se com ela.

No mesmo ano, publicou *O retrato de Vênus*, um poema que abordava, em moldes ainda neoclássicos, a pintura e suas diferentes escolas. Críticos conservadores como o padre José Agostinho de Macedo (citado ironicamente nas *Viagens na minha terra*) acusaram o poema de imoral, pagão e obsceno, e ainda viram no texto versos carregados de "filosofismo": isso bastou para que Garrett fosse interpelado juridicamente e seu poema, proibido.

Como fruto das lutas liberais, foi promulgada a Constituição de 1822, conhecida como Constituição Vintista — texto de forte caráter liberal que acabava com diversos privilégios de origem feudal e contrariava firmemente os interesses das ordens eclesiásticas instaladas no país. Entretanto, os absolutistas não se deram por vencidos. Buscaram apoio da rainha Carlota Joaquina e do filho dela, dom Miguel, empreendendo uma luta para restaurar o poder.

Em 1823, dom Miguel e os absolutistas pegaram em armas em Vila Franca de Xira, fizeram uma contrarrevolta e tomaram novamente o poder, no episódio conhecido como "Vilafrancada". Dom João VI, por sua vez, contrariando os ímpetos absolutistas da esposa e do filho, prometeu uma Constituição menos radicalmente liberal, estabelecendo o que seria, nas palavras do historiador português Oliveira Marques, um "absolutismo moderado". Mesmo assim perseguições políticas levaram Garrett para a cadeia do Limoeiro, em Lisboa, de onde sairia direto para o exílio na Inglaterra.

Sessão das Cortes de Lisboa, durante a Revolução Liberal do Porto, em 1820. Representação feita por Oscar Pereira da Silva.

Casado havia poucos meses e amargando duras privações financeiras, Garrett foi abrigado por uma elegante família inglesa no condado de Warwick, terra de Shakespeare. Ali, além de aprofundar-se na obra do grande dramaturgo inglês, tomou contato com o trabalho de vários mestres do romantismo, como lorde Byron e Walter Scott. Era um tempo de valorização da cultura medieval, com a retomada dos cantos populares tradicionais da Escócia e da Inglaterra. Esse influxo inspirou Garrett a voltar-se às suas reminiscências infantis, quando ouvia da boca de pessoas simples histórias antigas e poemas populares sem autoria definida. Foi nessas recordações que o poeta encontrou o forte sentimento patriótico que o alimentaria pelo resto de sua vida, por meio do estudo profundo e sistemático das tradições do povo como forma de resgatar o verdadeiro espírito da nacionalidade lusitana.

Mas sua condição de emigrado não permitia abusar da boa vontade de seus anfitriões. O poeta partiu então para Londres a fim de procurar emprego. Como não obteve sucesso, um amigo conseguiu-lhe uma colocação na casa bancária Laffite, na França, como tradutor da correspondência comercial com o Brasil.

Garrett fixou residência na cidade de Havre no ano de 1824. Nos intervalos de sua labuta profissional, refletia sobre o decaimento cultural amargado pelo seu país e decidiu retomar a trajetória do maior poeta lusitano como forma de resgatar a grandeza pretérita de sua nação. Em seu exílio na França, compõe o poema *Camões*, que, publicado em 1825, viria a ser o marco inicial do romantismo em Portugal. Em carta a um amigo, datada de julho de 1824, o poeta esclarece a forma da composição do poema:

> A ação é a composição de *Os lusíadas* — e portanto grande parte do meu poema uma análise poética dele. Já vê que não faltam episódios com que guarnecer e enfeitar o quadro. Dei-lhe um tom e ar de romance, para interessar os menos curiosos de letras, e geralmente falando o estilo, vai moldado ao do Byron e Scott (ainda não usado nem conhecido em Portugal) mas não servilmente e com macacaria, porque sobretudo quis fazer uma obra nacional.

No mesmo período, Garrett dedicou-se à composição do poema *Dona Branca*, inspirado na leitura de crônicas medievais. Dessa forma, buscava atuar na sociedade de seu país por meio do resgate de uma tradição medieval. Visava a valorizar o maravilhoso popular ibérico, em vez de apenas repetir as tópicas literárias greco-latinas que, desde o advento do humanismo renascentista — conjugado com a forte influência italiana, espanhola e francesa —, predominavam na produção literária de seu país. Em pleno exílio, o poeta encontrava alimento espiritual em remotas tradições nacionais.

Em 1826, em circunstâncias suspeitas, o rei dom João VI morreu. O herdeiro natural do trono era dom Pedro, imperador do Brasil. Visando a uma política de conciliação, Pedro abdicou a Coroa portuguesa em nome de sua filha

Maria da Glória — então com apenas sete anos de idade —, com a condição de ela se casar com seu tio dom Miguel. Já nomeado dom Pedro IV de Portugal, revogou a Constituição de 1822 e outorgou a Carta Constitucional de 1826, de caráter bem menos radical que o da Constituição Vintista, um verdadeiro meio-termo entre os liberais e os absolutistas. Dom Miguel aceitou o que o irmão impusera e no final de 1827 realizou os esponsais — espécie de contrato com promessa de casamento — com a sobrinha.

O novo cenário político tornava viável o regresso do poeta a Portugal. Por intervenção da esposa junto ao ministro da justiça, Almeida Garrett pôde voltar então ao país. Mas sua situação não era das mais tranquilas. O intendente de polícia, em maio de 1826, classificou-o como um "sectário fogoso dos princípios democráticos". De fato. Já nas terras de seu país, Garrett se dedicou intensamente à imprensa, fundando os jornais liberais O Português Constitucional e O Cronista.

O retorno do absolutismo e a guerra civil

A atividade jornalística de Garrett teve de enfrentar um novo lance político: motivado pelo apoio dos absolutistas, dom Miguel convocou as Cortes (assembleias reunindo representantes de diferentes Estados da sociedade e o soberano) e foi proclamado rei em 1828. O absolutismo voltara a triunfar em Portugal, reinaugurando o despotismo e a perseguição aos liberais. Depois de três meses de prisão, mais uma vez o poeta foi obrigado a fugir para Londres, onde fundou, em 1831, o jornal O Precursor, que "conclama todos os liberais a se reunirem em torno de D. Pedro". Por mais que o cenário político fosse desfavorável, a produção intelectual de Garrett não arrefecia. Mesmo emigrado, publicou Lírica de João Mínimo, o poema Adozinda e Tratado de Educação, dissertação de caráter didático. Temendo a perda da soberania nacional, Garrett escreveu o importante trabalho Portugal na balança da Europa.

O país estava às vésperas de uma sangrenta guerra civil que iria opor os absolutistas, reunidos ao redor de dom

Miguel, aos liberais, reunidos em torno de dom Pedro, que abdicara da coroa brasileira em 1831 e fora para a Europa lutar pelo direito de sua filha Maria da Glória à Coroa portuguesa. Dom Pedro assumiu o comando direto da causa liberal e reuniu uma tropa de 7.500 homens (boa parte deles mercenários) na Ilha Terceira, nos Açores. Nomes importantes do romantismo português, como Alexandre Herculano e o próprio Garrett, integraram o Batalhão dos Acadêmicos. Assim Garrett se expressava em carta a um amigo: "nunca tive, certo, a balda de valentão, mas agora, sem a mínima fanfarronada, prefiro muito e muito antes morrer de uma bala do que estar mais tempo emigrado".

Os liberais desembarcaram no Mindelo, localidade próxima à cidade do Porto, no norte de Portugal, em julho de 1832. Embora as forças fossem bastante desiguais — as tropas de dom Miguel somavam cerca de 80 mil homens —, os liberais tomaram a cidade do Porto. Os miguelistas reagiram impondo um cerco que durou um ano, com bloqueio de suprimentos e batalhas violentas. Apesar da situação terrível, Garrett ainda teve ânimo para esboçar o texto de *O arco de Sant'Anna* e participar de projetos de reformulação de leis e de instituições públicas lusitanas. Por fim os liberais conseguiram furar o cerco e conquistaram Lisboa por mar, quase sem luta, em julho de 1833. Os absolutistas estavam desmoralizados, e as deserções começaram a acontecer em grande número. Dom Miguel e seus soldados fiéis bateram em retirada e se refugiaram no vale de Santarém, travando contra os constitucionalistas as duras batalhas de Almoster (fevereiro de 1834) e Asseiceira (maio

Manuel Passos, Almeida Garrett, Alexandre Herculano e José Estevão de Magalhães por Columbano Bordalo Pinheiro.

Caricatura sobre o conflito entre os irmãos Pedro I e dom Miguel, feita por Honore Daumier.

de 1834). Sem recursos, os absolutistas foram obrigados a depor as armas, e dom Miguel assinou em 26 de maio de 1834 o acordo de capitulação conhecido como Concessão de Évora-Monte.

Consequências políticas da guerra civil

O país estava arrasado. Com a morte de dom Pedro poucos meses depois, as forças políticas decidiram declarar a maioridade de Maria da Glória, que recebeu o título de Maria II. A nova rainha compôs um governo de maioria conservadora que desagradou cada vez mais à oposição liberal. Em 1836, deputados oposicionistas, eleitos pelo Porto, foram saudados pela população ao chegarem a Lisboa para assumir seu mandato. Com o apoio dos militares, esse grupo mais radical, liderado por Manuel Passos (também conhecido como Passos Manuel), depôs o antigo ministério e propôs uma nova Constituição. Engajado nesse movimento, batizado como Setembrismo, Garrett viveu a partir de então um notável período na vida pública. Defendeu o novo movimento com brilhantismo na tribuna, participando ativamente da redação da nova Constituição, a que em 1836 a rainha jurou obedecer. Essa Constituição era mais avançada do que a Carta de 1826, mas muito mais moderada do que a Constituição de 1822. Manuel Passos incumbiu o poeta de planejar a criação e a organização do Teatro Nacional de Lisboa; dos planos de Garrett nasceram a Inspeção-Geral dos Teatros e o Conservatório Geral de Arte Dramática, além de diversas peças, produzidas no ensejo de incrementar o teatro no país por meio da formação de jovens atores e dramaturgos.

O governo setembrista se apoiava sobretudo nas camadas médias urbanas. Suas reformas progressistas pareceram excessivamente radicais aos olhos dos grandes proprietários rurais, da alta burguesia e dos banqueiros, que logo trabalharam de modo a destituí-lo, em 1839. Assumiu então o poder o ministro da Justiça, o ex-combatente vintista Costa Cabral, que se tornaria o homem forte do governo já a partir daquele ano. Para atender ao mesmo tempo aos interesses das classes endinheiradas e dos partidários da rainha dona Maria II, em 1842, Costa Cabral revogou a Constituição de 1838 e restaurou a Carta Constitucional de 1826. Empossado como ministro do Reino e

Vista da sala do Teatro Nacional de Lisboa.

atuando como o verdadeiro dirigente do país, contrariou suas próprias origens políticas, estabelecendo um governo marcado pelo autoritarismo e pela corrupção.

Ao se colocar veementemente contra diversos atos do governo cabralino, considerando que velhas bandeiras do liberalismo estavam sendo deturpadas, Garrett teve como resposta sua destituição dos cargos públicos que ocupava, como os de inspetor-geral dos teatros, cronista-mor do Reino e presidente do Conservatório. O poeta passa então definitivamente para a oposição a Costa Cabral, associando-o diversas vezes a um governo absolutista. Na vida pessoal, Garrett havia se afastado da esposa Luísa Midosi. Envolvera-se então com a jovem Adelaide Pastor, com quem teve uma filha, chamada Maria Adelaide. Devido a complicações decorrentes do parto, Adelaide Pastor morreu aos vinte e dois anos de idade.

Em sua trajetória de vida, Garrett recorreu, nos momentos difíceis, ao consolo da tradição cultural de seu país. Em 1843, baseando-se livremente na vida de Frei Luís de Sousa, do século XVI, escreveu a peça de mesmo nome, que se tornaria um marco do teatro português. Três

Igreja de são João do Alporão, em Santarém, citada no livro *Viagens na minha terra.*

anos depois, publica as *Viagens na minha terra*, obra de caráter heterogêneo em que, por meio de uma viagem de Lisboa a Santarém, o enunciador tece considerações e diversos comentários críticos sobre a situação de Portugal após a guerra civil.

Costa Cabral seria apeado do poder em 1846, quando as classes mais pobres se insurgiram contra o governo, na revolta popular conhecida como Maria da Fonte. A política tenderia, a partir de então, a uma postura de aproximação entre os setembristas, que representavam os anseios liberais mais radicais, e os cartistas, partidários da manutenção da Carta Constitucional de 1826. Era o período que ficaria conhecido como Regeneração.

Garrett continuava a ter posição política de destaque, recebendo missões diplomáticas. Em 1851, foi agraciado com o título de visconde e, no ano seguinte, chamado ao poder para ser o ministro dos Negócios Estrangeiros, cargo do qual se demitiu alguns meses depois, por discordar da reação de membros do governo ante medidas que tinha tomado.

Garrett nunca deixou de se entusiasmar com a vida mundana, a frequência nos salões e a conversação elegante e ilustrada. Num desses eventos, conheceu uma senhora casada, Rosa Montufar, a viscondessa da Luz, por quem se apaixonou perdidamente. Essa paixão proibida inspirou os versos ardentes de *Folhas caídas*, uma das grandes obras lírico-amorosas do romantismo português, publicada em 1853.

Uma doença hepática martirizou o poeta durante todo o ano de 1854, levando-o à morte em 9 de dezembro. Almeida Garrett dedicou sua vida à defesa do liberalismo e ao estudo e à divulgação da cultura nacional lusitana. Sua coerência de ideias e de ações políticas é vista até hoje como exemplo de um talento genuíno, de abnegação e de profundo amor à pátria.

RESUMO BIOGRÁFICO

1799   João Baptista da Silva Leitão nasce a 4 de fevereiro na cidade do Porto.

1804-1808   Infância vivida entre a Quinta do Castelo, para onde a família se transferiu, e a do Sardão. Com a invasão francesa em Portugal, a Família Real foge para o Brasil.

1809   Adolescência na ilha dos Açores. O tio de Garrett se encarrega da educação do sobrinho, encaminhando-o à vida eclesiástica.

1812   Portugal liberta-se da ocupação francesa. A situação do país é de crise política.

1814-1819   Primeiras incursões literárias, algumas com o pseudônimo de Josino Duriense. Matricula-se na Universidade de Coimbra para cursar Leis, em 1816. Entra em contato com os escritores iluministas e românticos. Funda uma loja maçônica e escreve o soneto "O campo de Santana". Com a renovação do teatro universitário, redige várias peças. Passa a ser chamado de Almeida Garrett.

1820-1822   Revolução de 1820 em Portugal, ou Revolução Constitucional do Porto. Dela, participa como poeta, dramaturgo e líder estudantil. Organiza o protesto pelo direito de voto nas eleições para as Cortes Constituintes. Gradua-se e publica o poema libertino O retrato de Vênus, que gera polêmica. Casa-se com Luísa Midosi. Após um golpe que coloca dom Miguel no poder, a Vilafrancada, Garrett é preso e deportado para a Inglaterra.

1823-1828   Mora na França. No ano de 1824 redige o poema romântico Camões. Em 1826, a morte de dom João VI desencadeia uma disputa pelo poder entre constitucionalistas e monarquistas (entre dom Pedro e dom Miguel). Obtém anistia e retorna a Portugal. Ocupa um lugar na secretaria do Reino.

1829-1834   Após novo golpe de dom Miguel, segue-se uma guerra civil. Parte para um segundo exílio na Inglaterra. Com a entrada das tropas liberais em Lisboa, regressa com a família. Inicia-se na carreira diplomática.

1835-1840   Em 1835 separa-se da mulher. Em Paris, busca tratamento para uma grave doença. Volta a Portugal em 1836. Funda o jornal O Português Constitucional. Apresenta o projeto de criação da Inspeção-Geral dos Teatros, do Teatro D. Maria II e do Conservatório de Arte Dramática. Recebe o grau de cavaleiro da ordem de Torre e Espada, o título de Conselheiro de Sua Majestade; integra a comissão de reorganização do Diário das Cortes e inspetor-geral dos Teatros. É incumbido de redigir o projeto da nova Constituição, em 1837. Passa a viver com Adelaide Pastor Deville. No ano de 1838, inicia a sua obra renovadora do teatro nacional com Um auto de Gil Vicente. É nomeado cronista-mor do Reino. Eleito deputado em 1839, elabora o projeto de lei sobre a propriedade literária.

1841-1850   Lidera a oposição parlamentar e é afastado das atividades públicas. Morrem a mãe e Adelaide. Em 1841 publica Um auto de Gil Vicente. Acontece o golpe dos irmãos Costa Cabral, no Porto, em 1842. No ano de 1843 escreve Frei Luís de Sousa. Inicia viagem ao vale de Santarém. No ano de 1845 publica o tomo I de O arco de Sant'Anna que gera polêmica na imprensa.

Na *Revista Universal Lisbonense* inicia a publicação em capítulos das *Viagens na minha terra*, que viria a ser lançado em dois tomos no ano de 1846. Publica as líricas de *Flores sem fruto*. Em 1846 ocorre novo golpe na política de Portugal. Fora da vida pública, frequenta salões literários e a sociedade de Lisboa. Redige a segunda parte do romance *O arco de Sant'Anna*. Em 1850 assina, com Herculano, um Protesto Contra a Proposta sobre a Liberdade de Imprensa e se dedica à compilação final do seu *Romanceiro*.

1851 Início do movimento da Regeneração. É encarregado da redação do que será o primeiro Ato Adicional à Carta Constitucional. Publica os tomos II e III do *Romanceiro*.

1853 Edita a lírica de *Folhas caídas*. Já gravemente doente, começa a escrever *Helena*, romance que ficou incompleto.

1854 Transfere-se para uma casa na rua de Santa Isabel, onde falece.

OBRAS DO AUTOR

ENSAIO
Lírica de João Mínimo (1829); Portugal na balança da Europa (1830).

POESIA
Hymno patriótico (1820); O retrato de Vénus (1821); Camões (1825); Dona Branca (1826); Adozinda (1828); Folhas caídas (1853).

PEÇAS
Catão (1822); Mérope (1841); O alfageme de Santarém (1842); Frei Luís de Sousa (1844).

ROMANCE
Romanceiro e cancioneiro geral (1843); O arco de Sant'Anna (1845-50); Viagens na minha terra (1846).

OUTROS
Bosquejo da história da poesia e língua portuguesa (1826).

BOM LIVRO NA INTERNET

Ao lado da tradição de quem publica clássicos desde os anos 1970, a Bom Livro aposta na inovação. Aproveitando o conhecimento na elaboração de suplementos de leitura da Editora Ática, a série ganha um suplemento voltado às necessidades dos estudantes do ensino médio e daqueles que se preparam para o exame vestibular. E o melhor: que pode ser consultado pela internet, tem a biografia do autor e traz a seção "O essencial da obra", que aborda temas importantes relacionados à obra.

Acesse **www.atica.com.br/bomlivro** e conheça o suplemento concebido para simular uma prova de vestibular: os exercícios propostos apresentam o mesmo nível de complexidade dos exames das principais instituições universitárias brasileiras.

Na série Bom Livro, tradição e inovação andam juntas: o que é bom pode se tornar ainda melhor.

Créditos das imagens

capa: *L'Été 2 et 3*, 2010, obra de Marcia de Moraes; **232:** Acervo Iconographia/Reminiscências; **234:** Gravura a buril/Museu Histórico Nacional, Rio de Janeiro; **235:** Prisma/Album/Latinstock; **237:** Óleo sobre tela/Museu Paulista da USP, São Paulo, SP; **240:** Óleo sobre tela/Sala dos Passos Perdidos, Assembleia da República, Portugal; **241:** Litografia aquarelada/Biblioteca Nacional de Portugal, Lisboa, Portugal; **242:** AKG-Images/Latinstock; **243:** Prisma/Album/Latinstock; **245:** Litografia/Biblioteca Nacional de Portugal, Lisboa, Portugal; **256:** *Catálogo de clichês*/D. Salles Monteiro, São Paulo, Ateliê Editorial, 2003; **quarta capa:** Edilaine Cunha.

OBRA DA CAPA

MARCIA DE MORAES
(São Carlos, SP, 1981)
L'Été 2 et 3, 2010
Lápis de cor e grafite sobre papel, 150 x 204 cm

O desenho de Marcia de Moraes sobre a superfície retangular nos remete a serras observadas de uma janela, talvez por um viajante, que poderia estar em um trem ou em um ônibus, embora Almeida Garrett provavelmente tenha contemplado vales e montanhas do lombo de seu cavalo. As linhas sinuosas traduzem bem o estilo digressivo do autor, que passeia por lugares, pela história, pela literatura e pela filosofia. As formas abstratas e a variedade de cores também sugerem outra característica de *Viagens na minha terra*: o registro de impressões íntimas e reflexões subjetivas, pintura das paisagens "de dentro".

MARCIA DE MORAES nasceu na cidade de São Carlos (SP), em 1981. Cursou Artes Plásticas na Unicamp, onde também fez mestrado. Em 2009, realizou sua primeira exposição individual no Centro Universitário Maria Antônia, em São Paulo. No ano seguinte, estudou em LaCourDieu, em La Roche-en-Brenil, França. Em 2011, fez residência artística no Carpe Diem Arte e Pesquisa, em Lisboa. Participa regularmente de exposições coletivas nacionais e internacionais. Atualmente, vive e trabalha em São Paulo.

BOM LIVRO

Veja outros grandes clássicos da série Bom Livro:

- **ALUÍSIO AZEVEDO**
  O cortiço

- **BERNARDO GUIMARÃES**
  O seminarista

- **CAMILO CASTELO BRANCO**
  Amor de perdição

- **EÇA DE QUEIRÓS**
  A cidade e as serras
  O crime do padre Amaro

- **EUCLIDES DA CUNHA**
  Os Sertões

- **GONÇALVES DIAS**
  Poesia lírica e indianista

- **JOAQUIM MANUEL DE MACEDO**
  A Moreninha

- **JOSÉ DE ALENCAR**
  Cinco minutos & A viuvinha
  O Guarani
  Iracema
  Lucíola
  Senhora

- **LIMA BARRETO**
  Os bruzundangas
  Clara dos Anjos
  Triste fim de Policarpo Quaresma

- **MACHADO DE ASSIS**
  O alienista
  Contos
  Dom Casmurro
  Esaú e Jacó
  Helena
  A mão e a luva
  Memorial de Aires
  Memórias póstumas de Brás Cubas
  Quincas Borba
  Várias histórias

- **MANUEL ANTÔNIO DE ALMEIDA**
  Memórias de um sargento de milícias

- **RAUL POMPEÍA**
  O Ateneu

- **TOMÁS ANTÔNIO GONZAGA**
  Marília de Dirceu & Cartas chilenas

- **VISCONDE DE TAUNAY**
  Inocência

Para conhecer mais títulos da série, acesse www.atica.com.br/bomlivro

Este livro foi composto nas fontes
Interstate, projetada por Tobias Frere-
-Jones em 1993, e Joanna, projetada
por Eric Gill em 1930, e impresso
sobre papel pólen soft 70 g/m²